마의 백광현

# 마의 백광현

초판 1쇄 발행  2012년 10월 22일
초판 1쇄 인쇄  2012년 10월 25일

지은이 | 이수광
펴낸이 | 김형호
펴낸곳 | 아름다운날
주소 | 서울 마포구 서교동 351-10 동보빌딩 103호
전화 | (02) 3142-8420
팩스 | (02) 3143-4154
출판등록 | 1999년 11월 22일
E-메일 | arumbook@hanmail.net
ISBN 978-89-93876-29-1 (03810)

의술로 천하를 구한 사나이

마의

백광현

이수광 지음

아름다운날

마의 백광현, 그는 누구인가.

백광현(白光炫, 1625~1697년)은 조선왕조실록에 "백광현은 종기를 잘 치료하여 많은 기효(奇效)가 있으니, 세상에서 신의(神醫)라 일컬었다."고 기록되어 있는 실존 인물이다. 그러나 신효하다는 의술보다 사람들을 더욱 놀라게 하는 것은 그가 말의 병을 다루는 마의에서 임금의 병을 고치는 어의의 자리에 오른 입지전적 인물이라는 것과 조선 최초로 한방에 외과 수술을 도입한 한의라는 점이다. 낮고 천한 자리에서 시작하여 최고의 자리에 이르게 한 그의 탁월한 의술도 대단하지만, 목숨이 위태로워질 위험을 무릅쓰고 오로지 병을 치료하기 위해 최초의 외과 시술을 감행한 그의 도전정신은 시대가 다른 오늘날에도 빛을 발한다.

백광현은 현종 때부터 의원으로 활약했으며 1695년에는 숙종(21년)의 명으로 각병을 앓는 영돈녕부사 윤지완(尹趾完)을 치료하여 완치시켰다. 그 후로 장희빈을 비롯하여 세자 경종, 왕실의 비빈들을 치료하여 더욱 이름을 높였다.

그는 뛰어난 침의로 명성을 떨쳤다. 조선시대에 이미 침으로 기생충을 치료하고 종기를 수술했다. 그의 침 한방으로 신기한 효험을 얻었다고 하여 일침신효(一鍼神效)라고 불리기도 했다. 하지만 그에 머무르지 않고 늘 연구하는 자세로 환자와 병을 대했다. 단지 침으로 치료하는 데 그치지 않고 종기 부위에 칼을 대어 병증의 깊은 뿌리까지 없애는 절개술을 시도하여 최초의 외과수술에 성공하였다.

그런 그의 도전적인 삶은 후세의 세간에도 널리 전해져 왕조실록 외에 다른 역사서에도 기록되어 있다. "종기를 절개해 치료하는 방법은 백태의(白太醫)로부터 시작된 것이다."정내교는 자신의 문집 〈완암집〉에서 이렇게 기록하였고, '시일야방성대곡'으로 유명한 장지연도 "우리나라에 결렬의 법(상처를 찢어 치료하는 법)이 백광현으로부터 시작되었다."고 적고 있다.

그런가 하면 말의 병을 고치는 마의(馬醫)였고 글자도 모른다는 기록도 있다. 그러나 이는 그를 업신여기려는 고루한 양반들에 의해 왜곡된 것이다. 그는 어의로서뿐만 아니라 강령 현감과 포천 현감으로도 활약했기 때문이다.

백광현에 대한 기록은 많지 않다. 특히 의술을 어떻게 행하였는지, 누구에게 의술을 배웠는지 분명하지 않다. 무관의 가문이면서 마의가 된 것으로 보아 어린 시절 가문의 위기를 겪었을 것으로 보인다. 그러나 그는 불행한 운명에 굴하지 않고 자신의 능력을 최대한 끌어올려 탁월한 성과를 이룩했다. 바로 이점이 백광현을 매력적인 소설의 주인공으로 떠오르게 한다.

소설은 역사와 다르고 드라마와 다르다. 작가의 관점에 따라 재구

성되고 새롭게 창작된다. 백광현이 활약했던 시기는 현종과 숙종의 시대다. 비록 정치와는 무관한 어의라고 해도 서인과 남인의 대립에 휘말리지 않을 수 없었을 것이다. 이 소설은 남인과 서인의 치열한 당쟁 속에서도 오로지 의술로 세상을 구하고자 한 마의 백광현의 일대기다. 어느 시대, 어느 분야에나 있기 마련인 탁월한 능력을 가진 천재에 대한 시기와 음해 속에서 백광현이 어떻게 자신을 지키며 신기에 가까운 의술을 펼치는가와 숙종의 여인 옥정과 나누는 은밀한 사랑 이야기가 역사적 사건들을 배경으로 애틋하게 가미되어 있다.

한 시대를 선도한 천재 의사로서, 그리고 자신의 운명을 이겨낸 한 인간으로서 백광현의 삶에 많은 독자들의 성원을 부탁드린다.

2012. 10
이수광

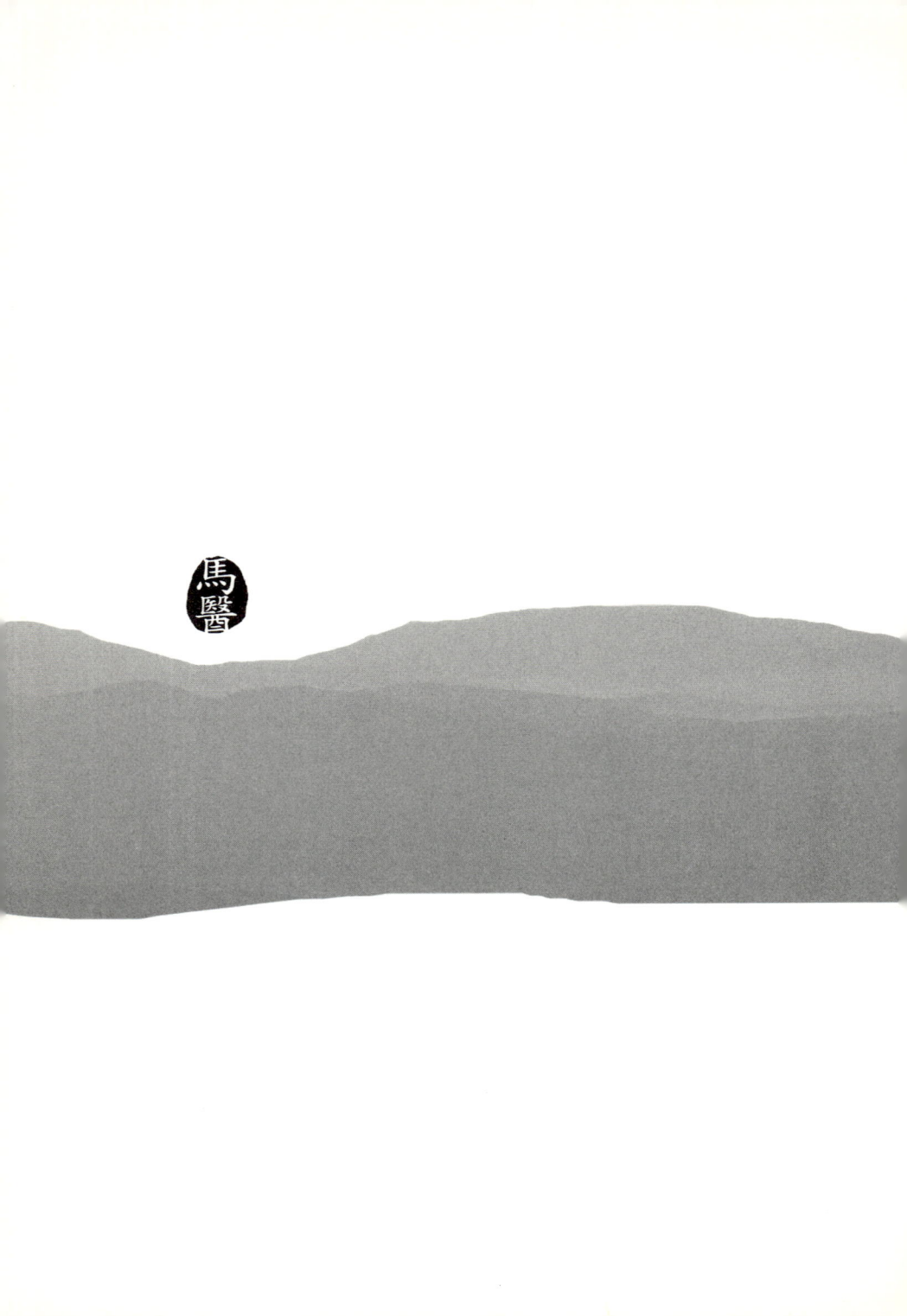

# 말을 치료하는
## 사나이

평양 군영 밖에 있는 아늑한 마을이었다. 마을 뒤로는 청산의 첩첩 연봉이 병풍을 치듯 둘러서 있고, 앞으로는 눈까지 파래질 것 같은 푸른 들판이 끝없이 펼쳐져 있었다. 들판 가운데로 마을을 갈지자로 돌아 개울이 흐르고, 징검다리 옆으로 물레방아가 한가하게 돌고 있었다. 마을에는 감나무, 대추나무가 듬성듬성 서 있고, 퇴락한 초가가 몇 채 옹기종기 모여 있었다. 초가의 흙담에는 호박 넝쿨과 박 넝쿨이 지붕까지 타고 올라가 있었다. 마을 초입에 홰나무가 우뚝 솟아 그늘을 만들고, 홰나무에서 오른쪽으로 백 보쯤 떨어져 있는 초가 앞으로 새들이 날아내리며 개들이 뛰어다니는 것이 보였다. 병사(病舍)로 쓰이는 듯 두 채의 허름한 초가 앞에 사람들이 오가고 있었다.

날씨는 후텁지근했다. 개울가의 수양버들은 푸른 가지를 길게 늘어뜨린 채 미동도 하지 않았다. 바람 한 점 불지 않는 무더운 날씨였다.

"저자가 괴의(怪醫)라는 백광현인가?"

종사관 이종문은 얼굴에 흐르는 땀을 주먹으로 훔치면서 옆에 있는 조득구에게 물었다. 광현의 약방이 한눈에 내려다보이는 언덕이었다. 조득구는 약재상으로, 전국의 약방이나 의원에 약재를 공급하고 있었다.

"괴의가 아니고 마의(馬醫)입니다."

조득구가 더위 때문에 손으로 부채질을 하면서 헉헉대고 있다가 지친 목소리로 대답했다.

"마의?"

"평양 군영에서 말을 치료하는 작자입니다."

"그런데 어찌 신의라고 소문이 난 것이냐?"

"말을 치료하면서 사람도 치료했는데 특히 종기를 잘 다스렸습니다. 약값이 없는 천민들을 주로 치료했지요. 약재도 쇠똥이나 집 주위에서 흔히 구할 수 있는 풀을 이용하여 약값이 거의 들지 않으니 천민들이 찾아와 치료를 받습니다."

이종문은 조득구의 말을 들으면서 다시 마당으로 눈길을 던졌다. 마당 뒤에는 감나무가 있어서 녹빛이 선연해 새들이 그곳으로 날아들고 있었다.

"새들이 집 앞으로 날아드는 것은 무슨 까닭인가?"

"새들에게 모이를 주고 있지 않습니까? 먹이를 주니까 날아들지요."

조득구가 눈살을 찌푸렸다. 한양 포도청의 종사관 이종문을 광현의 집앞까지 데리고 오기는 했으나 더위 때문에 짜증이 났다.

"왜 새들에게 모이를 주는 것이냐?"

"그야 새들을 좋아하기 때문입죠."

"새들이 저자의 어깨에 앉지 않는가?"

"광현은 새들을 좋아합니다. 먹이를 주니까 어깨에 날아와 앉는 것이지요."

"새들에게 무어라고 중얼거리고 있는 것 같은데…?"

"새들과 이야기를 합니다. 새뿐이 아닙니다. 광현은 새, 개, 말, 소. 온갖 동물들을 다 좋아하지요."

조득구가 궁시렁대듯이 중얼거렸다. 이종문이 고개를 끄덕거렸다. 그가 보고 있는 사이에 마의 광현의 초가 마당에 초부(樵夫, 나무꾼) 하나가 헐레벌떡 달려왔다. 그들은 무엇인가 이야기를 주고받더니 광현이 집안에 있던 여인네를 데리고 초부를 뒤따라갔다.

"저 여인네는 누구인가?"

"월이라는 여자입니다. 광현의 마누라지요."

"광현의 부친은 무엇을 하는 자인가?"

"백철명이라는 자로 무과에 급제하여 오위장을 지냈습니다. 광현도 어릴 때는 금군 기사로 있었다고 합니다. 그런데 무슨 일 때문인지 몰라도 부친이 사노로 전락해 역관 장경의 노비로 있다가 마의가 되었다고 합니다."

조득구가 실실 웃으면서 말했다. 이종문이 말을 끌고 성큼성큼 걸음을 뗐다. 조득구도 이마의 땀을 훔치면서 말을 끌고 이종문의 뒤를 따랐다. 조득구가 끌고 있는 말은 다리를 절고 있었다. 이내 그들은 오솔길을 내려가 개울에 이르렀다. 지난밤에 비가 내린 탓인지 개울엔 물이 콸콸대며 흘러갔다. 다행히 물은 무릎 정도밖에 오지 않았다.

"나리, 어디로 가십니까?"

이종문은 개울을 건넌 후 초가로 들어가지 않고 광현을 따라갔다.

"마의가 무얼 하는지 보아야지."

개울에서 시원하게 발이라도 담그려던 조득구는 놀라서 이종문을 따라 걸으면서 물었다.

"왜 한양에서 마의를 찾는 것입니까?"

"낸들 알겠나? 조정의 영을 받았으니 따를 수밖에…."

이종문이 미간을 접었다. 승정원에서 내린 영은 평양으로 달려가서 마의 광현을 만나보고. 그가 종기를 잘 치료하는 의원이면 내의원으로 데려오라는 것이었다. 승정원의 영에는 '종기를 잘 치료하는 의원이면'이라는 단서가 붙어 있었다. 그러나 마의의 의술을 이종문이 판단할 수는 없었다. 그래서 한양에서 약재상으로 유명한 조득구를 데려온 것이다.

초부와 광현은 초가의 뒤에 있는 마을을 향해 논둑길을 걸어갔다. 10여 호도 되지 않는 작은 마을이었다. 기와집 한 채 보이지 않아 농민들이나 천민들이 살고 있는 마을이라는 것을 알 수 있었다. 마을 입구에 예닐곱 명의 사람들이 홰나무 밑에 모여 웅성거리고 있었는데 바닥에는 송아지 한 마리가 입에 거품을 물고 쓰러져 있었다.

이종문은 멀찍이 떨어져 그들을 살폈다. 광현은 거품을 물고 헐떡거리는 송아지를 쓰다듬고 눈을 살피더니 초부에게 무엇인가를 지시했다. 그러자 초부가 집으로 들어가 뭔가가 담긴 그릇을 들고 나왔다. 광현은 송아지의 입을 강제로 벌리고 그릇에 있는 액체를 쏟아 부었다. 잠시 후 송아지가 벌떡 일어나더니 뱃속에 있는 것을 토하기 시작했다. 그리고 광현이 침을 찔러 넣자 송아지는 거짓말처럼 다시 풀썩 쓰러졌다. 광현이 다시 마을 사람들에게 무엇인가를 지시했다. 사람들이 고개를 끄덕이더니 사방으로 흩어졌다.

'무엇을 하는 것일까?'

광현은 송아지가 토한 것을 살펴보았다. 이내 사람들이 앞서거니 뒤서거니 풀을 뜯어왔다. 광현은 그것을 받아 그릇에 넣고 찧어서 즙을 내고 물을 섞어 한 바가지를 만들었다.

'저것이 약초인가?'

이종문은 광현이 하는 일을 주의깊게 살폈다. 광현은 다시 송아지의 입을 벌리게 하고 자신이 만든 약을 쏟아붓듯이 넣었다. 송아지가 다시 뱃속의 것을 토해냈다.

"에그, 더러워."

조득구가 고개를 절레절레 흔들었다. 송아지가 뱃속의 것을 다 토해내자 이번에는 맑은 물을 입 속에 부었다. 그리고 다시 풀을 갈아서 송아지 입에 흘려 넣었다. 그러는 동안 두 시진이 후딱 지나갔다. 송아지는 한 시진이 더 지나서야 깨어났다. 광현은 한나절을 송아지를 치료하는 데 허비한 것이다. 초부가 광현에게 머리를 조아리며 감사를 표했고 마을 사람들의 얼굴은 환하게 밝아졌다.

광현은 월이를 데리고 집으로 향했다. 이종문은 말을 끌고 다시 광현을 따라가기 시작했다. 해가 어느덧 뉘엿뉘엿 기울고 있었다. 조득구는 날씨가 너무 더워 견딜 수 없다면서 한참 전에 개울로 달려간 뒤였다. 지금쯤 개울가 풀숲에서 낮잠을 자고 있을 터였다.

"말을 치료하러 오셨습니까?"

제 집 마당으로 들어서는 이종문을 살피면서 광현이 공손하게 물었다.

"어찌 아는가?"

이종문이 광현의 위아래를 살피면서 되물었다.

"나리가 끌고 온 말의 눈을 보니 고통스러워하고 있었습니다."

"말의 눈을 보고 그것을 아는가?"

"말도 사람과 다름이 없습니다. 고통스러운데 눈에 드러나지 않겠습니까?"

광현은 이종문이 끌고 온 말을 쓰다듬으면서 천천히 살폈다. 그러더니 뒷다리에 상처가 있는 것을 찾아냈다. 이종문이 상처 있는 말을 끌고 온 것은 광현의 의술을 시험해보기 위해서였다.

"상처가 어떤가?"

"화살에 맞았습니다. 화살은 뽑았으나 촉이 부러져 아직 살속에 박혀 있군요. 그것이 오래되어 살을 썩게 하고 있습니다."

"치료를 할 수 있겠는가?"

광현은 대답 대신 말을 끌고 그늘로 갔다. 그는 침낭에서 침을 꺼내 말의 다리 몇 곳에 찔렀다. 그러자 고통스러워하던 말이 스르르 눈을 감았다. 월이는 광현의 옆에서 조용히 시중을 들고 있었다. 말은 결코 누워서 자지 않는다. 그러나 말이 잠이 들자 광현은 이종문과 월이의 도움을 받아 짚더미를 깔고 말을 눕혔다.

'저것은 전설로만 듣던 수술이 아닌가?'

이종문은 광현이 작은 칼로 말의 뒷다리에 있는 상처를 째고 고름을 긁어내는 것을 보고 중국 전설의 신의라는 화타와 편작을 떠올렸다. 화타는 삼국지의 영웅 관우의 팔을 째고 수술을 한 뒤에 간웅 조조의 뇌수술을 하려다가 조조의 미움을 받아 죽은 것으로 유명한 의원이었다. 편작은 춘추전국시대 의원으로 난경(難經)을 집필하고 맥법을 만들어 후세에 전했을 뿐 아니라, 배를 가르는 수술까지 하여 의성(醫聖)으로 불렸다. 죽은 자도 살린다는 전설이 있는 의원이었다.

광현은 칼로 고름을 긁어내고 뒷다리에 박힌 부러진 화살촉을 꺼냈다. 이어 지혈을 하고 상처에 붕대를 감았다. 그러는 동안 말은 깨어나지 않았고 광현은 온몸에 흥건하게 땀을 흘렸다.

'말을 치료하면서도 정성을 다하는구나.'

이종문은 광현이 말을 치료하는 것을 보다가 주먹으로 이마의 땀을 훔치며 뒤로 물러났다.

"나리, 여기서 무얼 하십니까? 날도 더운데 저기 개울에 가서 발이나 담그시지요."

조득구가 언제 왔는지 등 뒤에서 손으로 부채질을 했다. 바짓가랑이를 잔뜩 걷어 올린 것으로 보아 그 사이 개울에서 몸을 담그고 나온 모양이었다.

"그래. 개울에 가서 쉬자."

이종문은 조득구를 앞세워 개울로 걸어갔다. 마침 버드나무 아래에 바위가 하나 있었다. 이종문은 바위에 걸터앉아 버선을 벗고 물속에 발을 담갔다. 물이 차가워 뼛속까지 시원해지는 듯한 기분이었다.

"백광현이 뛰어난 의원이라고 하는데 더 뛰어난 의원은 없는가?"

"천재라고 불리는 의원이 있습니다. 내의원에 조덕윤이라는 어의가 있지 않습니까?"

"이름은 들어보았네."

"그 사람이 백광현과 쌍벽을 이룰 만합니다. 두 사람 다 한 스승에게 배웠고요. 어릴 때는 백광현이 훨씬 떨어졌는데 어찌 이리 되었는지 모르겠습니다."

"스승이 누구인가?"

"사복시 정(正, 정3품)을 지낸 이규학이라는 분입니다. 헌데 그분은 이제 안 계시지요."

조득구는 이종문의 옆에 앉아서 조덕윤과 백광현이 이규학에게 의술을 배우던 이야기를 들려주었다.

사복시는 왕실에서 소용되는 말과 마차, 수레를 관장하는 관청이었다. 사복시 정이 책임자인데 많은 말과 수레를 담당하고 있기 때문에 언제나 마의가 필요했다. 이에 사복시에서는 중인 가문의 소년들을 차출하여 수레를 제작하는 목수 일을 가르치거나 말이 다치면 치료를 하는 마의를 양성했다. 당시 사복시 정은 이규학이라는 인물로 치종술(治腫術, 종기 치료)의 대가인 임언국에게 의술을 배워 명성을 떨쳤다. 그는 말만 마의였지 내의원 태의보다 의술이 더 뛰어나다고 했다. 마의 양성소에는 조덕윤, 백광현, 이후담을 비롯하여 7,

8명의 소년들이 공부를 하고 있었다. 그런데 조덕윤과 백광현은 항상 월과에서 1, 2등을 다투었다.

"맥이 움직이는 것, 즉 맥동(脈動)에는 세 가지가 있다. 무엇을 맥동이라고 하느냐?"

이규학이 소년들에게 물었다.

"맥동에는 침맥, 중맥, 부맥이 있습니다."

조덕윤이 재빨리 대답했다.

"침맥은 무엇이냐?"

"깊이 눌러야 잡히는 것을 침맥이라고 하고, 중맥은 약간 눌러도 잡히는 것이고, 부맥은 살짝 닿기만 해도 잡히는 맥입니다."

조덕윤이 거침없이 대답을 하는데도 이규학은 눈을 지그시 감고 있었다. 조덕윤의 다음 말을 기다리는 것 같았다. 하지만 조덕윤은 다음 말을 잇지 못했다.

"부맥이 심할 때는 눈으로도 볼 수 있습니다."

백광현이 재빨리 대답했다.

"맥은 변한다. 맥이 변하는 요인 다섯 가지를 말하라. 덕윤이 말해보거라."

"맥을 느끼는 부위의 얇고 깊음은 침, 중, 부라고 하고, 맥이 느리게 뛰는 것을 지(遲), 빨리 뛰는 것을 삭(數), 맥이 어지럽게 뛰는 것을 난(亂)이라고 합니다. 혈관이 확장되고 수축하는 것을 대(大)와 소(小)라고 합니다."

"다음은 광현이 말해보거라."

"네 번째는 피가 흐르는 것을 보는 것인데, 순조로운 것을…."

광현은 쩔쩔매면서 말을 잇지 못했다. 그러자 소년들이 여기저기서 킥킥대고 웃었다.

"순조로운 것을 무엇이라고 하느냐?"

"순조로운 것을…."

"모르겠느냐? 어찌 그것 하나 외우지 못하느냐?"

이규학이 언성을 높이자 광현은 머리를 바짝 조아렸다.

"후담이 말해보거라."

이후담이 광현을 안타까운 눈으로 바라보다가 대답했다.

"피가 순조롭게 흐르는 것을 활(滑)이라고 하고, 순조롭지 않게 흐르는 것을 색(濇)이라고 합니다."

"맞다. 다음은…?"

"심장이 뛰는 것을 보는 것인데, 이를 허(虛)와 실(實)이라고 합니다."

"맞다. 그렇다면 지금까지 배운 것을 실제로 해보자. 공방에 가서 차부 오가를 데리고 오너라."

이규학의 지시에 몸이 민첩한 이후담이 공방으로 달려가서 오가를 데리고 왔다. 오가는 오십이 넘은 중노인이었다. 무슨 병이 있는지 얼굴이 멀겋게 희고 항상 아랫배를 만지면서 헛구역질을 하고 있었다.

"차례로 맥을 잡아라."

이규학의 지시에 의해 조덕윤이 먼저 오가의 왼쪽 손목을 잡았다. 그는 눈살을 찌푸리고 맥의 파동을 감지하기 시작했다. 그는 촌맥(寸脈)을 통해 소장을 살폈다. 그러더니 깜짝 놀란 듯이 우관맥(右關

脈)을 통해 위장을 살폈다.

"다음은 광현이 맥을 잡아라."

이규학이 지시하자 백광현이 오가의 손목을 잡았다. 광현도 촌맥에 이어 우관맥을 잡았다. 광현의 표정은 의외로 조용했다.

"어떠냐? 맥을 보았으니 병증을 말해보거라."

이규학이 소년들에게 지시했다.

"맥이 일정치 않고 위에서 움직임이 큽니다. 이는 위가 상했기 때문입니다. 술을 많이 마셨거나 음식의 조섭이 일정치 않아 위벽이 헐었을 것입니다."

조덕윤이 자신 없는 표정으로 대답했다.

"너는 어떠냐?"

"위에서 움직임이 큰 것은 사실입니다. 그러나 오가의 뱃속에는 고충(蠱蟲, 회충)이 다섯 마리 있습니다."

광현의 말에 소년들이 일제히 웅성거렸다. 이규학도 깜짝 놀라 눈을 크게 떴다. 그는 이미 며칠 전에 오가를 진맥하고 고충이 있다는 것을 알고 있었다.

'이놈에게 심안이 있다는 말인가? 어떻게 뱃속에 고충이 다섯 마리나 있다는 것을 아는가?'

이규학은 자신도 모르게 몸을 부르르 떨었다.

"허면 어떻게 치료하는 것이 좋겠느냐?"

"침으로 찔러 고충을 죽인 뒤에 임자(荏子, 들깨) 기름을 복용하게 하면 배설될 수 있을 것입니다."

"침으로 고충을 죽여?"

"위는 위험한 곳이 아니니 시술이 어렵지 않습니다."

광현이 천연덕스럽게 대답했다. 이규학은 스승 임언국이 고충을 침으로 찔러 죽였다는 말은 들었으나 자신도 아직 시술한 일이 없었다.

"네가 과연 할 수 있겠느냐?"

"할 수 있습니다."

장내에 무거운 침묵이 감돌았다. 조덕윤은 눈을 치뜨고 광현을 노려보았다. 의서도 외우지 못하는 광현이 진맥으로 고충을 알아맞혔다는 것이 너무나 놀라웠다. 그는 스승의 얼굴을 쳐다보았다. 이규학도 당황하고 황당하여 어찌할 바를 모르고 있었다.

'이놈은 손으로 진맥을 하는 것이 아니라 마음으로 진맥을 한다.'

이규학은 자신의 눈을 믿을 수가 없어서 광현에게 시침을 하게 했다. 사복시는 순식간에 어수선해졌다. 광현이 침으로 고충을 죽인다는 소문이 사복시 안에 퍼지고 내의원에까지 알려졌다. 내의원에서도 전례가 없는 일이라며 어의들과 의녀들이 달려왔다. 광현은 많은 사람들이 지켜보고 있는 가운데 오가의 상의를 벗기고 시침을 시작했다. 그는 놀랍게 촌맥만 잡고도 고충의 위치를 파악하여 머리카락처럼 가느다란 침으로 찔렀다. 내의원의 어의들과 의녀들이 놀라서 입을 다물지 못했다. 그들은 잔뜩 긴장하여 광현의 손끝에 시선을 집중했다. 광현은 오가의 복부에 여러 개의 침을 꽂았다. 사람들은 마른침을 삼키면서 그가 시침하는 것을 지켜보았다. 그러나 시침은 의외로 반 시진도 안 되어서 끝이 났다. 오가는 침을 찌를 때만 아, 하고 신음을 삼켰으나 그 이상 고통스러워하지는 않았다.

"네가 맥만 잡고 고충이 있는 것을 알았느냐? 이는 어의들도 진단이 쉽지 않다."

어의 이필제가 광현을 노려보면서 물었다. 그는 일개 소년 의생인 광현이 그와 같은 시침을 한다는 사실이 경이로웠다.

"소생이 맥을 잡고 있으면 그림처럼 머릿속에 떠오릅니다."

"머릿속에?"

"그러합니다. 혈도를 따라가면서 뱃속의 모습을 환히 볼 수 있습니다."

"불가(不可)하다!"

이필제는 광현의 말을 믿을 수 없었다. 광현이 오가의 복부에서 침을 모두 뽑고 임자 기름을 복용케 한 후 배설을 할 때까지 기다릴 수밖에 없었다. 오가는 임자 기름을 복용한 지 한나절이 지나서야 배설을 했다. 그런데 배설을 한 인분을 살피자 정확하게 다섯 마리의 고충이 죽은 채로 섞여 있었다.

'뱃속에 고충이 있는 걸 발견한 것도 놀랍지만 그걸 침으로 잡는 것은 나도 어려운 일이다.'

이필제는 놀라서 입을 다물지 못했다. 어의들은 믿어지지 않는다고 웅성거렸다. 이필제는 내의원으로 돌아오는데 자신도 모르게 걸음이 비틀거렸다. 광현을 괴의라고 부르게 된 것은 그 일이 널리 퍼졌기 때문이었다.


세 사람은 모깃불을 피우고 멍석을 깔고 앉았다. 월이가 술상을 차려주어 한 잔씩 나누어 마셨다. 안주는 푸성귀뿐이었다. 광현은 육식을 하지 않고 채식만 한다. 다행히 이종문은 술상에 대해서 일체 말하지 않았다.

광현은 이종문에게 시선을 거두고 하늘을 쳐다보았다. 하늘에는 푸른빛이 가득하고 별들이 빼곡하게 들어차 있었다. 포도청 종사관은 무엇 때문에 사복시에서 의생으로 지내던 시절의 이야기를 꺼내는 것일까. 이상하게 의서(醫書)는 잘 외워지지 않았다. 그러나 맥을 잡고 있으면 혈로를 따라 수많은 혈이 그림처럼 머리에 떠올랐다. 어떤 혈은 막혀 있고 어떤 혈은 시원하게 뚫려 있었다. 오장육부와 연결되어 있는 실핏줄도 살필 수 있었다. 그 실핏줄을 통해 오장육부의 모습을 낱낱이 볼 수 있었다.

"의서는 외우지 못하는데 맥은 잘 잡는다? 그 참 신통한 능력이오. 어디서 그런 능력이 생긴 것이오?"

"능력이 생기다니요? 우연일 뿐입니다."

"맥만 잘 보는 것이 아니라 자침 또한 놀랍지 않소?"

자침은 침을 놓는 것을 의미한다.

"맥이 잘 보이는데 침을 놓는 것이 무어 어렵겠습니까?"

"맥이 잘 보이는 것도 이유가 있을 거요."

광현은 잠시 생각에 잠겼다. 맥을 잘 보는 것은 어떤 연유인가. 광현이 처음부터 맥을 잘 봤던 것은 아니었다. 사복시 의생들은 침술을 연마한다고 곧잘 구침지희(九針之戲)를 했다. 구침지희는 살아 있는 닭의 몸에 침머리가 보이지 않도록 아홉 개의 침을 찔러 넣어 닭이 통증을 느끼지도 않고 죽지도 않게 하는 의술로, 중국의 전설적인 명의 화타의 제자들이 침술을 연마하기 위해 만들었다고 전해진다. 그러나 후대로 내려오면서 침술의 연마보다 내기의 수단으로 변질되었는데, 구침지희에 성공하는 사람은 거의 없었다. 누가 먼저 시작을 했는지는 알 수 없어도 사복시 의생들도 걸핏하면 닭을 잡아다가 구침지희를 하고는 했다. 그러나 구침지희에 성공하기는커녕 오침(伍針)에 이르지도 못하고 닭을 죽이기 일쑤였다.

"이놈들, 또 닭을 죽였느냐?"

이규학은 그럴 때마다 노발대발하여 의생들을 꾸짖고 벌을 내렸다.

"마의가 될 놈들이 무슨 구침지희냐?"

한양의 가장 큰 의원인 혜광원의 의생들이 사복시 의생들을 비웃었다. 사복시 의생들은 그들과도 구침지희를 했다.

'닭을 또 죽이는구나.'

광현은 의생들이 구침지희를 할 때마다 닭이 죽어나가는 것이 안타까웠다.

'침이 사혈에 꽂혀 죽었으니 침으로 살릴 수 있을지 모른다.'

광현은 죽은 닭을 살피기 시작했고 닭의 사혈에 침이 꽂혀도 완전히 죽을 때까지는 다소의 시간이 걸린다는 사실을 알게 되었다. 광현은 닭의 혈을 찾기 시작했다. 물론 닭은 사람과 완전히 달랐다. 촌맥이나, 관맥, 척맥이 어디인지도 알 수 없었다.

"맥을 잡을 때는 정신을 오로지 맥에만 집중해야 한다. 무념무상의 상태에 이르러야 맥의 파동을 감지할 수 있다."

이규학이 맥법을 가르치던 일이 떠올랐다.

"무념무상…."

광현은 혼잣말로 뇌까렸다. 닭의 핏줄은 미세했다. 그 미세한 핏줄을 손가락으로 누르고 맥동을 감지하는 데는 오랜 노력이 필요했다. 광현은 살아 있는 닭의 맥을 잡기 위해 온 신경을 집중했다. 그는 몇 달 동안이나 그 일에 매달렸다. 광현이 닭의 맥을 잡을 수 있게 된 것은 비가 오던 어느 날이었다.

'아….'

어느 순간 가슴이 세차게 뛰었다. 마침내 닭의 발목을 잡고 있던 손가락 끝에 맥동이 감지되었다. 그는 재빨리 혈로를 통해 닭의 머리에서 사혈과 생혈을 찾아냈다.

'나도 구침지희를 해볼까?'

광현은 불현듯 그런 생각이 들었다. 그러나 그는 고개를 흔들었다. 구침지희는 한낱 늘이에 지나지 않았다. 그런 놀이로 자신의 의술을 시험하고 싶지 않았다.


"동물을 유난히 좋아하는 것 같은데 무슨 까닭이오?"

이종문이 생각에 잠겨 있는 광현에게 물었다.

"그럴 사정이 있습니다.'

광현이 하루는 사복시에서 나와 집으로 가고 있는데 커다란 누런 개 한 마리가 자기 뒤를 따라오는 것이 보였다.

'집 없는 들개인가? 왜 나를 따라오는 거지?'

광현은 기이한 일이라고 생각했다. 걸음을 멈추고 누런 개를 살펴보니 눈빛이 이상했다. 마치 그에게 무엇이라고 간절하게 이야기를 하고 있는 것 같았다. 개는 광현이 가만히 쳐다보자 끙끙대면서 몸을 돌려 되돌아가기 시작했다. 광현도 다시 집을 향해 걷기 시작했다. 그런데 개가 또다시 광현의 뒤를 따라오고 있었다. 개는 광현을 따라오다 광현이 걸음을 멈추고 뒤돌아보면 다시 돌아가기를 반복했다.

'나보고 따라오라는 것인가?'

광현은 고개를 갸우뚱하고 개를 따라갔다.

'새끼가 다쳤구나!'

누런 개가 광현을 데리고 간 곳은 마을과 가까운 풀숲이었다. 그곳에 강아지 한 마리가 피투성이가 되어 고통스러워 하고 있었다. 광현은 강아지의 상처를 살핀 뒤에 집에서 지혈제를 가져다가 발라주고 헝겊으로 감싸주었다. 강아지는 여러 날이 지나서야 회복되었다. 누런 개와 강아지는 그때부터 광현을 따라다니기 시작했다.

겨울이 왔다. 며칠 동안 폭설이 내려 세상이 온통 하얗게 변했다. 발목이 푹푹 빠지는 눈길을 걸어 집으로 돌아오는데 개들이 마구 짖어댔다.

'아….'

전방을 본 광현은 소름이 오싹 끼쳤다. 폭설이 내려 먹을 것을 찾지 못한 호랑이가 민가까지 내려와 광현의 앞에서 길을 막고 있었다. 그때 누런 개가 뛰어들었다. 누런 개는 광현을 향해 달려드는 호랑이에게 그대로 몸을 날린 것이다. 누런 개뿐이 아니었다. 강아지까지 호랑이에게 달려들어 맹렬하게 싸우기 시작했다. 싸움은 순식간에 끝이 났다. 누런 개가 호랑이에게 물려 죽고 강아지는 피투성이가 되었다. 그때 마을의 개들이 사납게 짖으면서 떼 지어 달려왔다. 호랑이는 여러 마리의 개들을 보자 슬그머니 사라져버렸다.

"개가 은혜를 갚은 것입니까?"

이종문이 감탄한 표정으로 물었다.

"그렇습니다. 저는 그렇게 생각합니다."

"강아지는 어찌 되었습니까?"

"늙어서 죽고 그 새끼들이 저기 있습니다."

광현이 턱짓으로 봉당에 누워서 자고 있는 새끼들을 가리켰다.

"태의 양예수가 호랑이를 치료했다고 하더니 놀라울 뿐입니다."

"별 일 아닙니다. 그 뒤로 저는 그 개의 눈을 잊을 수가 없습니다. 개가 언제나 저를 지켜보고 있는 것 같았습니다. 그래서 동물들을 사랑하게 되었습니다."

광현이 이종문을 조용한 눈빛으로 응시했다. 멀리 하늘에서 유성이 떨어지는 것이 보였다.


후텁지근한 날씨가 계속되더니 비가 내리기 시작했다. 이종문은 이튿날 광현을 데리고 한양을 향해 달리다가 빗줄기가 쏟아지자 들판에 서 있는 정자에 들어가 비를 피했다. 파사정(破邪亭)이라는 현판이 붙어 있는 정자였다. 하늘을 올려다보니 비는 곧 그칠 것 같았다.

"마을의 송아지는 어찌하여 거품을 물었는가?"

이종문은 삿갓을 추켜올리고 광현에게 물었다. 비가 잠깐 사이에 내렸는데 온몸이 후줄근하게 젖어 있었다.

"독초를 먹었습니다."

광현이 비에 맞지 않도록 정자 가까이로 말들을 끌고 오면서 대답했다.

"그럼 독을 제거한 것인가?"

"송아지의 위장에 있는 독을 토해내게 하고 세척을 했습니다."

"아침에 보니 송아지가 살아났더군."

"다행히 독을 먹은 지 얼마 되지 않아 살릴 수 있었습니다."

"송아지를 살렸는데 감자 한 바구니를 갖다 주더군. 그것이 치료비인가?"

이종문은 송아지의 주인인 초부가 새벽에 감자 한 바구니를 슬그머니 갖다 놓고 돌아가는 것을 보았다.

"치료에 쓴 약초가 들판에서 흔하게 구할 수 있는 것이어서 돈이 들지 않았습니다."

광현의 대답은 담담했다. 이종문은 광현이라는 자가 물욕이 없다는 것을 알 수 있었다.

"약재상 조가(趙哥)와는 오래전부터 친분이 있었나?"

약재상 조가는 조득구를 말하는 것이었다. 그는 광현의 부탁으로 약재를 구하러 묘향산으로 떠났다. 이들보다 하루 이틀 한양에 늦게 당도할 것이다.

"그를 만난 지 오륙 년은 된 것 같습니다."

"어찌 한양으로 가는지 궁금하지 않은가?"

"포도청의 종사관께서 평양까지 오셨으니 나랏일일 것이고, 나랏일에 멀리서 의원을 데리고 온다 함은 왕실에 환후가 있는 분이 계시기 때문이 아니겠습니까? 내의원이 승정원에 부탁하여 승정원이 지시를 내리셨겠지요."

"의술만 고명한 것이 아니라 앞일도 내다보는군."

"제가 가는 길이 상서로운 일은 아닐 것입니다."

광현이 비 오는 하늘을 쳐다보면서 중얼거렸다. 이종문은 광현의 시선을 따라 먼 하늘을 바라보았다. 지난밤 광현과 술을 마시면서 많은 이야기를 했다. 그는 비천한 마의로 살아가고 있었으나 사서삼 경에도 해박한 지식을 갖고 있었다. 특히 의술에 대해서는 본초강목 은 물론이고 맥법, 경혈, 침술에 능통했을 뿐 아니라 편작이 집필했 다는 난경에 대해서도 막힘이 없었다.

'한낱 마의가 신의로 불리는 것은 다 까닭이 있구나.'

이종문은 광현과 이야기를 하면서 옷깃을 여미고 싶은 충동을 느 꼈다.

"나에게 묻고 싶은 것이 없는가?"

이종문은 벼이삭이 영글어가고 있는 논을 보면서 광현에게 물었 다. 절기는 입추와 말복을 지나 추분이 가까워지고 있었다. 얼마 지 나지 않으면 명절인 한가위가 돌아온다. 이미 논이 누르스름한 빛을 띠기 시작하고 한낮에는 볕이 따가웠다.

"나리께서는 헛배가 부르고 공복에 명치가 몹시 아프지 않습니 까?"

광현이 문득 이종문에게 물었다.

"어찌 그것을 아는가?"

"진찰을 하니 알 수 있습니다."

"진찰이라니? 언제 내 진맥을 했는가?"

"의원이 환자를 진찰하는 것은 여러 가지 방법이 있습니다. 맥을 짚는 것을 진맥(診脈)이라고 하고, 얼굴을 살피는 것을 망진(望診), 물어서 살피는 것을 문진(問診)이라고 합니다."

"자네 말이 맞네. 늘 헛배가 부르고 공복에는 명치가 아프다네."

"그러시면 소식을 하십시오. 아침에 찬물을 한 모금 마시고…."

이종문은 홀린 듯이 광현을 바라보았다. 그는 이종문의 얼굴을 살피는 것만으로 병증(病症)을 맞히고 있었다. 비는 한 시진이 지나지 않아 그쳤다. 비가 그치자 다시 뙤약볕이 쏟아졌다.

이종문은 다시 광현을 데리고 한양을 향해 달리기 시작했다.

# 2
# 엿 여인을
## 만나다

## 2

실내는 숨이 막힐 듯이 더웠다. 가만히 있어도 땀이 줄줄 흘러내리는 행궁의 침전은 바늘 떨어지는 소리도 들릴 만큼 조용했다. 병자년의 혹독한 전쟁이 끝난 지 여러 해가 되었으나 한양은 아직도 전쟁의 상흔이 그대로 남아 있었다. 만호 한양 장안이 잿더미로 변하고 집들이 파괴되었을 뿐 아니라, 거리에 가득하던 시체에서 질병이 발생하여 피난지에서 돌아온 성민들을 죽음으로 몰고 가 한양이 거대한 흉가가 되어 있었다.

대궐도 곳곳에 불에 탄 건물과 무너진 담장이 그대로 남아 있어 나라님은 경운궁을 임시 행궁으로 사용하고 있었다. 비좁은 행궁에 비빈과 궁녀들, 환관의 무리들로 북새통을 이루고 있는데 조정의 대신들까지 입시하여 지엄한 대전이 저잣거리처럼 어수선했다. 그러나 임금의 침전은 숨소리가 들리지 않을 정도로 조용했다. 정적 속의 고요가 있다면 이러하리라. 태고의 바닷속을 들여다볼 수 있다면 이러하리라. 잔기침 소리조차 삼가고 있는 침전의 숨 막힐 듯한 고요가 후텁지근한 공기를 무겁게 짓눌렀다.

내의원 도제조를 비롯해 부제조와 당상들이 둘러 앉고, 태의(太醫) 이필제가 그 앞에 단정하게 무릎을 꿇고 앉아 있었다. 마의 광현은 숨도 크게 쉬지 않으면서 납작 엎드려 있었다. 평소에는 감히 쳐다볼 수도 없는, 조선 팔도 삼천리 방방곡곡을 호령하는 지존이 계시는 구중궁궐의 침전이었다.

임금은 동쪽의 금침에 누워 있고 그 앞에 근엄한 표정의 조정대신들이 숨소리조차 내지 않고 엎드려 있었다. 의원들이 여러 차례 탕약을 지어 올렸지만 지난밤부터 고통이 더욱 심해져 어의들과 방의(方醫, 민간 의원)를 부른 것이다.

"간밤에 두통이 심해 한잠을 이룰 수 없었다. 침을 맞는 것이 어떠하뇨?"

임금이 기운 없는 목소리로 말하며 태의 이필제를 쳐다보았다. 방 안에는 탕약 냄새가 짙게 배어 있고 이를 상쇄시키기 위한 것인 듯 사향 냄새가 은은하게 풍기고 있었다. 어쩌면 임금의 머리맡에서 부채질을 하고 있는 명성왕후 김씨와 후궁들의 풍성한 치마 속 향주머니에서 풍기는 냄새인지도 모른다. 광현은 코를 벌름거리며 얼핏 그렇게 생각했다. 그러다가 이 무슨 무엄한 생각인고, 감히 하늘 같은 여인들의 치마 속을 생각하다니… 하면서 좌우로 바지런히 눈알을 굴리면서 혀를 찼다.

'에그 몸살이야. 나라님을 진맥하는데 어찌 허리를 잔뜩 구부리고

있어야 하는가?'

광현은 무릎을 꿇고 엎드려 있기가 지루했다. 여름이 끝나고 가을이 시작되었는데도 푹푹 찌는 더위에 겨드랑이로 미끌거리는 땀방울이 흘러내리고 숨이 막힐 것 같았다.

술기운이 치밀고 올라왔으나 광현은 정신을 바짝 차려야 한다고 생각했다. 지존이 계신 대궐에 들어와본 것도 처음이려니와 나라님을 본 것도 처음이었다. 모든 것이 낯설기도 하고 두렵기도 했다. 이종문에 의해 한양으로 올라온 광현은 혜민서에서 대기하라는 영을 받았다. 혜민서에 종일 우두커니 앉아 있기가 지루하여 처가인 천달의 옹기점에 들렀다가 근처에 있는 주막에서 술을 마시는데 갑자기 갑사들이 들이닥쳐서 끌고 들어온 것이다.

군사들에게 이끌려 처음 대궐에 들어왔을 때 눈이 휘둥그레졌다. 평소에는 담장만 보아도 외경심이 우러나왔는데 하루아침에 임금의 처소까지 들어온 것이다. 곳곳에 웅장한 전각과 화려한 누각이 즐비하고 길들은 먼지 하나 없이 깨끗하게 비질이 되어 있었다. 대궐 안의 궁녀들도 눈이 부시게 화사했다.

'아이고야, 이게 꿈인가 생시인가?'

광현은 화려하게 치장을 한 궁녀들을 보고 입이 딱 벌어졌다. 별감을 따라 대전으로 향하는데 궁녀들이 두 줄로 무리를 지어 황급히 지나갔다. 이어서 조복을 입은 당상관들이 옷자락을 펄럭이며 지나가고 그 뒤를 따라 또 내관들이 총총 걸음을 서둘렀다. 광현은 별감을 따라 대궐의 무수한 협문을 빠르게 통과하여 침전에 이르렀다. 침전 앞에는 궁녀, 내관, 당상관, 의관, 의녀들이 잔뜩 도열해 있었다. 별감이 광현을 데리고 오자 상궁이 무엇이라고 낮게 지시를 내렸다. 그러자 내관들이 광현에게 우르르 달려들어 한쪽 방으로 끌고 가더니 다짜고짜 의관의 옷을 입혔다. 광현은 어리둥절했으나 질문을 하려고 하면 내관들이 "닥치거라!" 하고 호통을 쳐서 입조차 열 수 없었다. 광현은 다시 방에서 끌려나와 의관들 앞에 세워졌다.

"그대가 평양 저잣거리에서 괴의라고 불리는 광현인가?"

높은 벼슬에 있는 것으로 보이는 의관이 광현을 날카로운 눈으로 쏘아보았다. 탐스러운 수염에 어딘지 모르게 근엄해 보이는 사람이었다.

"괴의는 말하기 좋아하는 사람들이 만들어낸 별호이고… 소인의 이름이 광현인 것은 맞습니다. 그런데 무슨 일이신지요?"

광현은 술기운이 가득한 얼굴을 들고 의관을 쳐다보았다. 취기가 말짱하게 달아나는 기분이었다.

"어허! 침을 하도 잘 놓는다고 하여 괴의라고 불린다기에 고명한 인물인 줄 알았더니 시정잡배가 아닌가?"

광현은 의관의 호통에 재빨리 고개를 떨어뜨렸다.

"게다가 술까지 마시고… 쯧쯧… 술독에 빠졌다가 왔는가? 명색이 의원이라는 자가 어찌 이리 술을 마셨는가? 술 냄새가 악취처럼 독하게 풍기지 않는가?"

"소인은 시정잡배입니다."

광현이 입 언저리에 조소를 띠고 말했다. 그때 침의 이후담이 의관의 대열에서 앞으로 나왔다.

"이보게 광현이…."

광현은 이후담을 보자 절망적인 표정을 지었다. 광현을 대궐로 불러들인 것도 이후담의 짓이라는 생각이 뇌리를 스치고 지나갔다. 이 원수 같은 놈, 친구를 도와주지는 못할망정 죽을 곳으로 데리고 온다는 말이냐? 광현은 두 눈에 독기를 품고 이후담을 노려보다가 고개를 돌렸다.

이후담은 율곡의 제자인 김장생의 문인으로 효종 때 영의정을 지내고 선조 때 신의라고 불린 허임이 〈침구경험방〉을 펴낼 때 발문을 쓴 이경석의 인척이다. 이경석은 남인으로 당대의 명재상이었으나 이후담은 서자 출신이기 때문에 의원이 되었다.

"비가 오려나? 날씨가 왜 이렇게 구물구물하지."

광현은 짐짓 딴청을 부렸다. 술에 취한 상태로 임금을 치료할 수는 없었다.

"허튼짓 하지 말게. 여기가 어디라고 감히 취한 시늉을 하는가? 전하께서 두통이 심하시니 우리가 시술을 해야 하네."

이후담의 말에 광현은 눈을 질끈 감았다가 떴다. 이놈아, 침을 놓으려면 네놈이 놓을 것이지 얌전하게 술을 마시고 있는 나는 왜 끌어들여? 욕설이 목구멍까지 치밀고 올라왔으나 지엄한 자리라 이를 악물고 참았다.

"이자가 시술을 할 수 있겠는가? 술에 취하지 않았는가?"

의관이 이후담의 앞으로 오면서 물었다. 뒤에 서 있던 의관들이 일제히 술렁거렸다.

"예. 이자는 술이 아무리 취해도 시술을 할 수 있습니다."

이후담이 고개를 숙이고 대답했다. 뭣이 어째? 너는 스승님에게 술 먹고 침 놓으라고 배웠냐? 이놈아, 의원 간판 당장 내려라. 광현은 대궐에서 나가면 이후담이 의원 노릇을 하고 있는 보활원으로 달려가서 간판을 때려 부숴야겠다고 작심했다.

"인사 여쭙게. 이분은 터의 이필제 어른이실세."

이후담이 광현에게 말했다. 광현이 비로소 이필제에게 공손히 인사를 했다. 이필제는 조선 팔도에 이름이 널리 알려진 명의고 이미 당상관의 반열에 있었다. 이필제가 광현의 얼굴을 찬찬히 살펴더니 고개를 끄덕거렸다. 광현의 눈에서 무엇인지 알 수 없는 신비로운 기운이 느껴진 것이다. 그는 시복시에 있던 광현을 기억하고 있었다. 광현도 의관이 태의 이필제라는 것을 알고는 공손한 태도를 취했다. 이필제는 영의정이자 도제조인 허적에게 다가가서 귓엣말을 한 뒤 침상으로 가까이 가서 부복하고 아뢰었다.

"전하께오서 여러 차례 침을 맞는 것이 송구스럽기는 하오나, 증세가 긴급하니 상례에 구애받을 필요는 없습니다. 침의들의 의견이 반드시 침으로 화기를 해소시켜야 통증이 감소된다고 하옵니다. 허나 신은 침 놓는 법을 잘 알지 못하옵니다."

"괴의라는 광현은 들어왔는가? 그자는 무엇이라고 하는가?"

임금이 쇠잔하고 신경질적인 목소리로 물었다.

"광현이 말하기를, 경맥을 이끌어낸 뒤에 아시혈(阿是穴, 눌러보아 아픈 곳을 혈자리로 삼음)에 종기가 있으니 칼로 이를 찢어서 고름을 짜내야 한다고 하옵니다."

이필제의 말에 대신들이 일제히 웅성거렸다. 임금의 머리에 칼을 대는 것은 상상도 할 수 없는 일이다.

"불가한 일입니다. 어찌 임금의 머리에 칼을 댄다는 말입니까? 이는 목을 베어야 할 중죄입니다."

영의정 허적이 아뢰었다. 침전 앞에 꿇어 엎드리고 있던 대신들도 일제히 불가하다고 아뢰었고, 침전은 태의 이필제를 규탄하는 소리로 어수선했다.

"태의는 어찌 생각하느뇨?"

임금이 이필제를 싸늘한 눈으로 쏘아보면서 물었다. 임금은 왜소한 체격을 갖고 있었다. 왜소한데도 커 보이는 것은 그가 이 나라의 주인이고 삼천리 방방곡곡을 벌벌 떨게 하는 생사여탈권을 가지고 있기 때문이었다.

"신도 광현의 말에 일리가 있다고 생각하옵니다."

이필제가 낮은 목소리로 대답했다. 그는 이미 사복시에서 광현이 곤충을 침으로 죽이는 것을 보았다. 그러나 대신들이 일제히 반대하자 의기소침한 목소리였다.

왕이 결심한 듯 말했다.

"민간에서 광현을 괴의라고 한다고 들었다. 그만한 이유가 있을 것이다. 광현에게 시술하게 하라."

"하오나 광현은 술을 마셨사옵니다."

"뭐라?"

방 안에 있던 비빈들과 대신들의 얼굴이 하얗게 변했다. 임금도 놀라서 몸을 벌떡 일으켜 앉았다.

"전하께서 갑자기 부를 줄은 모른 탓이라 광현에게 죄를 물을 수는 없사옵니다."

이필제가 마른침을 꿀꺽 삼켰다. 술 취한 의원에게 임금의 종기를 칼로 찢고 고름을 짜내게 할 수는 없다. 그러한 자를 대궐에 들인 것 자체가 능지처사를 당할 죄다. 그러나 임금이 극심한 고통을 호소하고 있었으므로, 한양에서 가장 큰 약방 보활원의 젊은 주인 이후담이 이조판서 이경석에게 광현을 천거한 것이었다.

광현은 평양 저잣거리에서 괴의 혹은 신의라고 불렸다. 괴의라는 것도 범상한 별호가 아니지만 신의라고 할 정도면 그의 시술이 얼마나 경이로운지 말해주는 것이었다. 그러나 평소의 행동은 천박했다. 진맥을 하거나 약초를 캐러 다니지 않으면 술을 마시고 으레 저잣거리의 왈패들과 시비를 붙어 죽지 않을 정도로 두들겨 맞고는 했다. 그래도 다음 날 또 다시 시비를 붙었다. 그러니 맞는 자보다 때리는 자가 더 먼저 지쳐서 나가떨어지기 일쑤였다.

"아이고, 백 의원이 왜 나에게 시비를 거시나? 내 잘못했네."

왈패들은 광현이 죽도록 맞으면서도 계속 시비를 걸자 혀를 내두르며 손이 발이 되도록 빌었다.

"이놈들아, 내가 한양의 검계 김망동이를 제압한 어른이다. 하하하!"

광현이 저잣거리 왈패들에게 매를 맞는 것을 보면 흡사 놀이판을 벌이는 것 같기도 하고 흥겨운 춤사위를 벌이는 것 같기도 했다.

광현은 저잣거리를 활보하면서 거드름을 피워 사람들이 손가락질을 하면서 비웃고는 했다. 게다가 치료를 한답시고 아낙네들 엉덩이며, 허리, 발바닥까지 함부로 주물러대서 남정네들이 몽둥이를 들고 쫓아오는가 하면 과부들이 엉덩이를 실룩대며 광현의 집 문턱이 닳도록 찾아오고는 했다.

"저게 무슨 의원이야?"

"백 의원이 평양 과부는 모조리 통하였을 게야. 굼벵이도 구르는 재주가 있다더니 과부들 통하는 재주가 있네그랴."

"마의 노릇을 오랫동안 하더니 양물이 말처럼 커진 게지."

사람들은 과부들이 뻔질나게 광현의 집을 드나드는 것을 보고 낄 낄대고 웃었다. 그러나 광현은 상민들이나 천민들을 치료하면서 돈 은 한 푼도 받지 않았다. 그는 환자들이 고통에서 벗어나는 것만 기 쁘게 생각했다.

"양반이나 부자만 치료를 받는 것은 불공평하다. 가난한 사람들은 잘 먹지도 잘 입지도 못하는데 병까지 걸려서 고통을 받아야 하겠 는가?"

광현이 괴의라고 불린 것은 전통적인 처방을 중요하게 생각하지 않았기 때문이다. 그는 언제나 서민들을 위해 싼 약재들로 처방했 다. 광현의 집에는 가난한 서민, 백정, 농사꾼, 도부꾼, 걸인들이 쉴 새 없이 찾아왔다. 그런데도 광현은 조금도 얼굴을 찌푸리지 않고 그들을 치료해 주었다.

이필제는 이러한 광현의 소문을 이미 들어 알고 있었다. 게다가 한양에서 내로라하는 의원들이 의술의 대가로 받드는 보활원의 주 인 이후담이 천거한 자니 믿을 수 있다고 생각한 것이다.

"태의는 어찌 술 취한 자에게 전하의 시술을 하게 하려고 하는 가?"

명성왕후 김씨가 눈을 부릅뜨고 이필제를 쏘아보았다.

"황공하옵니다. 전하께서 고통이 너무나 심한지라 부르지 않을 수 없었습니다."

이필제가 머리를 바짝 조아렸다. 그러자 임금이 용안을 잔뜩 찌푸리고 손을 내저었다.

"광현이 믿을 만한 자인가?"

임금은 지그시 이필제의 표정을 살폈다. 이필제는 병자호란이 일어났을 때도 내내 어가를 호종하면서 왕실의 치료를 했던 인물로 조정의 신임이 두터웠다.

"그러하옵니다."

"그렇다면 광현에게 시술하게 하라."

"예. 혈자리는 방의 이후담이 정하고, 광현이 시술을 하게 하겠습니다."

이필제가 머리를 조아리고 침상 앞에서 물러났다.

다시 임금이 머리를 만지면서 신음을 하자 상궁이 찬 수건으로 임금의 머리를 닦아 주었다. 이내 침전에 병풍이 쳐지고 태의 이필제, 침의 이후담과 광현이 병풍 안으로 들어갔다. 내의원의 의녀들과 궁녀들이 임금을 부축하여 앉힌 뒤에 저고리를 벗기고 물러서서 고개를 숙였다. 광현은 임금에게 가까이 가다가 왕비의 뒤에 고개를 숙이고 있는 옥정을 보고 가슴이 쿵 하고 내려앉는 것 같은 기분을 느꼈다.

'옥정이 여기에 있었구나.'

광현의 가슴이 세차게 뛰었다. 그러나 지금은 임금을 치료해야 한다.

'어? 숙휘공주도 있네.'

광현은 옥정에게서 시선을 옮기다가 명성왕후 옆에 앉아 있는 여인을 보고 눈이 휘둥그레졌다. 사복시에서 말을 치료하는 의술을 배울 때 숙휘공주를 보았었다. 숙휘공주는 말을 좋아했다. 어릴 때 부왕인 효종에게 망아지 한 마리를 얻어 손수 키우고 조금만 이상이 있어도 사복시로 끌고 와서 치료를 해달라고 졸랐다.

사복시의 마의들은 숙휘공주가 나타나면 혀를 내둘렀다. 숙휘공주가 걸핏하면 말을 제대로 다루지 않는다고 사복시 사람들을 채찍으로 때렸기 때문이었다. 그러나 기이하게도 광현에게는 한 번도 채찍을 휘두르지 않았다.

이필제가 다시 진맥을 하고 이후담에게 눈짓을 했다. 이후담이 무릎걸음으로 조심스럽게 다가가 임금의 용안을 살폈다. 광현도 고개를 살짝 들어 임금의 용안을 응시했다. 임금은 머리의 종기로 신경이 날카로워진 탓인지 눈매가 잔뜩 치켜올라가 있었다. 눈은 동광산대(瞳光散大)요, 하관은 장경오훼(長頸烏喙)였다. 동광산대는 눈의 동자가 쉴 새 없이 커졌다 작아졌다 하는 것으로 성격이 조급하거나 난폭한 사람들에게서 자주 발견할 수 있다. 장경오훼는 입이 뾰족하고 목이 긴 사람으로 환난은 같이 할 수 있어도 즐거움은 같이 할 수 없다는 사람이다. 그러나 턱밑까지 내려오는 수염은 탐스러운 미염(美髥)이었다. 긴장하고 있는 탓인가. 이후담의 이마에서 구슬 같은 땀방울이 흘러내렸다. 원 저렇게 심약해서야 어찌 제대로 혈자리를 찾겠는가. 광현은 혈을 찾는 이후담이 비지땀을 흘리는 것을 보고 속으로 혀를 찼다.

침전의 지붕 위로 검은 구름이 지나갔다. 침전은 내금위 갑사들이 횃불을 밝히고 삼엄하게 경비를 하고 있었다. 침전 앞에는 영의정인 도제조를 비롯하여 의정부와 여러 대신들이 웅성거리고 있고 내시와 궁녀들도 두 줄로 늘어서서 머리를 조아리고 있었다. 내의원에서 나온 어의들 중에 침전에 들어가지 못한 의관들도 침전을 살피면서 낮게 수군거리고 있었다.

조덕윤은 내의원 의원들과 함께 침전 밖에 서 있었다. 마침내 광현이 임금을 치료하기 위해 침전으로 들어간 것이다. 광현은 그를 알아보지 못했다. 이후담조차도 처음에는 조덕윤을 알아보지 못했었다. 조덕윤은 광현을 생각하자 눈에서 불이 일어나는 것 같았다.

'광현, 너는 이제 몇 달 살지 못할 것이다.'

조덕윤은 광현이 머지않아 죽게 될 것이라고 생각하자 기분이 야릇했다. 참으로 오랫동안 그를 미워하고 증오했는데 막상 그가 죽는다고 하자 마음이 무어라 표현할 수 없을 정도로 이상했다.

"광현이 전하의 종기를 치료하면 어찌되는 것인가?"

내의원 의원인 이내근이 옆에서 낮은 목소리로 물었다.

"어찌 되긴… 전하께서 상을 내리시겠지."

조덕윤이 씹어뱉듯이 말했다.

"상을 받는다고? 말이나 치료하던 놈이 어찌 전하의 종기를 치료한다는 말인가?"

"잠자코 있게. 주위에 눈이 있고 귀가 있잖은가!"

조덕윤은 이내근에게 눈을 흘겼다. 이내근은 조심성이라고는 조금도 없는 놈이었다.

"전하의 상을 받으면 우리의 계획이 실패하는 거 아닌가. 전하를 치료하지 못하여 벌을 받아 죽게 하려는 것이 계획이 아니었나?"

조덕윤은 이내근의 말에 대답하지 않았다. 광현을 대궐로 불러들여 임금을 치료하게 한 것은 조덕윤의 계획이 아니라 태의 이필제의 생각이었다.

"임금께서는 종기가 뇌 속에 깊이 침투하여 얼마 살지 못할 것이네. 임금이 승하하면 치료하던 어의들이 모두 죽음을 당하거나 귀양 가는 것을 알고 있겠지?"

며칠 전 태의 이필제가 조덕윤을 은밀하게 불러 말했다. 어의들은 임금이나 비빈들, 왕실의 가족을 진료하기 위해 존재한다. 그들을 치료하여 병이 나으면 벼슬이 올라가고 상을 받는다. 그러나 조금이라도 실수를 하면 엄중한 처벌을 받는다. 특히 치료하던 임금이 승하하면 어의들은 죽음을 당하거나 유배를 가게 된다.

"전하를 치료할 방법이 전혀 없습니까?"

조덕윤은 몸이 떨리는 것을 느끼면서 물었다.

"뇌 속에 있는 종기를 긁어내야 하는데 어찌 진료를 하겠는가? 병을 알아도 치료를 못하네. 화타가 어찌 죽었는지 아는가? 조조의 편두통을 치료하기 위해 뇌를 쪼개야 한다고 했다가 처형을 당했지."

"허면 어찌해야 합니까?"

"우리 대신 귀양을 가거나 죽을 자를 찾아야겠지."

이필제의 말에 머리에 퍼뜩 떠오른 것이 광현이었다. 눈엣가시와 같은 자였으니 이참에 대궐로 불러들여 죽여야 한다는 생각이 들었다.

"태의께서 생각해 두신 사람이 있습니까?"

"자네가 생각하고 있는 사람이겠지. 시중에서 가장 명성을 떨치고 있는 의원이 누군가?"

"그야 광현이 아닙니까? 광현을 일컬어 괴의라고도 하고 신의라고도 하지 않습니까?"

"그 정도 명성이 있어야 임금을 치료하지. 아무나 치료할 수 있는 것은 아니야."

"그럼 광현도 전하의 뇌 속에 있는 종기를 치료할 수 없는 것입니까?"

"자네는 뇌 속에 있는 종기를 치료할 수 있겠나?"

"소인이 어찌 그와 같은 의술을 갖고 있겠습니까? 호타가 살아온다고 해도 그런 치료는 할 수 없을 것입니다."

조덕윤은 머리를 흔들었다.

"자네가 광현을 잡아오게."

이필제가 수염을 쓰다듬으면서 말했다. 이필제는 자신 대신 죽을 자로 광현을 꼽은 것이다. 조덕윤은 이필제의 간교한 술책에 소름이 끼쳤다. 이필제가 몇십 년 동안 태의로 내의원의 수장 노릇을 할 수 있었던 것은 의술 때문이 아니라 권모술수 덕이라고 생각했다. 내의원을 나온 조덕윤은 이후담을 만나 임금의 머리에 난 두창을 치료할 방법이 없다고 한탄했고, 그 말을 들은 이후담은 조덕윤의 예측대로 이경석을 찾아가 광현을 추천한 것이다. 이경석은 당연히 영의정 허적에게 광현을 천거했다.

'결국 광현은 죽음을 당하겠구나.'

조덕윤은 광현이 들어간 침전을 응시하면서 묘한 미소를 지었다.


이후담이 먼저 임금의 마른 손을 잡고 맥을 보았다. 이후담은 맥을 보면서 무엇인가 수상한 듯 미간을 찌푸렸다. 그의 얼굴에 여러 가지 표정이 스치고 지나갔다. 이후담이 땀을 흘리며 뒤로 물러섰다. 이어서 광현이 조심스럽게 맥을 보았다. 광현은 지그시 눈을 감고 맥의 파동을 감지하기 시작했다. 수많은 물줄기처럼 인체에도 헤아릴 수 없이 많은 혈이 있다. 혈이 막혀 맥이 미약하고, 화기가 솟구쳐 종기를 만들어낸다.

'오른쪽 뇌 속에 화기가 있구나.'

광현은 맥을 잡고 임금의 두통이 어디서 오는지 찾아냈다. 화기는 일시적인 것이 아니라 종양이 생겨 썩고 있기 때문이었다. 순간 그는 태의 이필제가 왜 자신을 대궐로 불러들였는지 눈치챘다.

'나를 죽이려고 대궐로 부른 것이구나.'

광현은 이마에서 식은땀이 났다. 그제야 이후담이 왜 진맥을 하면서 쩔쩔매고 있는지 이해했다.

뇌 속의 종기는 두개골을 열어 침으로 긁어내지 않으면 안된다. 하지만 두개골을 열 방법이 없는 것이다. 광현은 뇌 속의 종기가 상당히 오래되었다는 것을 알 수 있었다. 이 정도라면 태의가 모를 까닭이 없다.

'귀 위에도 종기가 있다.'

광현은 임금의 오른쪽 귀에 종기가 있는 것을 발견하고 얼굴을 찌푸렸다. 그러나 지금은 이 종기를 시술할 때가 아니다.

"어떤가?"

태의 이필제가 낮은 목소리로 물었다. 광현이 이후담을 쳐다보자 고개를 끄덕거렸다.

"귀 위에 종기가 있습니다. 우선 침으로 화기를 다스려야 할 것입니다."

광현은 이후담과 눈짓을 주고받으며 임금의 옥체에 손을 대고 아시혈을 찾기 시작했다. 임금의 머리에 함부로 칼을 댈 수는 없다. 광현이 아시혈을 찾은 뒤에 이후담도 아시혈을 찾았다.

광현은 심호흡을 하고 침이 들어 있는 의갑을 펼쳤다. 술기운이 완전히 사라지는 기분이었다. 이후담이 땀을 흘리면서 임금의 머리에서 혈 자리를 찾고는 광현에게 고개를 끄덕거렸다.

'우선 썩은 피를 뽑아내야 하겠구나.'

광현은 청회, 상관, 현로, 현리, 곡빈, 솔곡, 천충을 따라 차례로 시침을 하기 시작했다. 임금은 광현이 시침을 할 때마다 몸을 움찔움찔 떨었다. 광현은 점점 더 침착해졌다. 이후담이 혈을 찾을 때마다 무아의 경지에 이른 듯이 광현의 손이 참침을 꽂았다. 참침은 피부를 자극하여 피를 내는 침으로 찌르기보다는 피부에 상처를 내는 침이다.

아직은 참침을 사용하고 있지만 조만간 화침을 사용해야 할 것이다. 화침은 침을 불 속에 넣어서 달구어 시침하는 것이다.

어의 이필제가 수건을 꺼내 이마의 땀을 닦았다. 광현은 부백, 두규음, 완골, 본신, 양백에 차례로 침을 놓았다. 이후담이 혈자리를 잡는 것은 광현이 혈자리를 몰라서가 아니라 실수를 하지 않기 위해서다. 반드시 두 사람의 침의가 나서서 한 명은 혈자리를 잡고 다른 한 명은 시침을 하는 것이 내의원의 오랜 전통이었다.

'머리를 찢어야 하는데 어떻게 하지? 종기를 도려내지 않으면 귀까지 썩겠구나.'

광현은 눈살을 찌푸렸다. 귀 위의 종기를 치료한다고 해도 임금은 뇌 속의 종기 때문에 살기 어려울 것이다.

광현이 임금의 침전에서 시술을 모두 마친 것은 얼추 두 시진이 지났을 때였다. 이후담과 광현이 두유위경, 본신담경까지 시침을 마치자 임금은 비로소 편안한 듯이 눈을 감고 잠이 들었다. 태의 이필제와 방의들은 병풍을 걷고 무릎걸음으로 침전에서 물러나왔다.

"전하께서는 어떠하신가?"

영의정으로 내의원 도제조를 겸하고 있는 허적이 낮은 목소리로 물었다. 그의 늙은 얼굴은 근엄했다.

"화기가 가라앉아 침수 드셨사옵니다."

이필제가 허연 수염을 쓰다듬으면서 대답했다.

"다행한 일일세. 그러면 우리는 물러나 있도록 하세."

허적은 광현을 힐끗 쳐다보고는 대신들을 이끌고 황급히 빈청으로 돌아갔다. 어의들은 상호(尙弧, 정5품)인 내시 김명선으로부터 침전 뜰에서 대기하라는 영을 받았다. 임금이 언제 잠에서 깨어나 통증을 호소할지 모르는 것이다.

'전하께서는 두 시진이 더 지나야 깨어날 것이다.'

광현은 침전 뜰에서 대기했다. 구중궁궐 대궐에도 밤이 깊어 곳곳의 누각에서 아슴한 불빛이 흘러나오고 있었다.

임금이 깨어난 것은 밤이 꽤 늦은 시각이었다. 두통이 조금 가라
앉기는 했으나 완전히 치유가 되지는 않았다. 그래도 입맛이 돌아
야참을 들고 태의 이필제를 불렀다.

"방의들은 있는가?"

임금의 목소리는 한결 부드러워져 있었다.

"예. 뜰에서 대기하고 있사옵니다."

대답을 하는 태의 이필제의 얼굴도 밝았다.

"돌아가 쉬도록 하라."

"방의들이 자시가 가까울 때 다시 한 번 시술을 해야 한다고 하옵
니다."

"그렇게 하라."

임금이 만족한 듯이 이필제에게 영을 내렸다. 이필제는 자시가 되
자 침의 이후담과 광현을 데리고 다시 침전으로 들어가 시술을 하
게 했다.

"삼가 전하께 아뢰고자 합니다."

광현이 엎드려 말했다. 임금이 눈을 뜨고 광현을 쏘아보았다.

"무엇이냐?"

"전하의 오른쪽 귀 위에 종기가 있습니다. 종기를 찢고 고름을 긁
어내지 않으면 치료가 되지 않습니다."

"음."

임금이 신음을 삼켰다. 옆에서 시중을 들던 궁녀들과 내의녀들이

웅성거렸다.

"고통이 몹시 심할 것입니다."

"하라!"

임금이 단호하게 영을 내렸다. 광현은 심호흡을 하면서 마음을 가라앉혔다. 무아지경에 이르러야 했다. 장내는 팽팽한 긴장감이 감돌고 있었다. 이내 광현이 눈을 떴다. 그의 눈은 명경지수처럼 고요했다. 수많은 사람들이 지켜보는 가운데 광현은 임금의 오른쪽 귀 위에 있는 종기에 참침을 찔러 넣었다.

"아악!"

임금이 날카로운 비명을 질렀다. 숫돌에 예리하게 연마한 참침이 종기를 파고들자 썩은 피가 분수처럼 뿜어졌다. 임금은 발버둥을 치면서 소리를 지르고 광현은 빠르게 고름을 긁어내기 시작했다. 침전에 있는 왕비와 후궁들의 얼굴이 하얗게 변했다. 임금이 계속 비명을 질렀으나 광현은 환부에서 손을 떼지 않았다.

광현은 임금의 종기에서 고름을 모두 짜내고 마치초를 발랐다. 마치초는 피부의 상처를 아물게 하는 효과가 있었다. 광현은 마치초를 바르고 무명천으로 감쌌다. 이어 두충탕을 마시게 했다. 두충탕은 수면 효과가 있기 때문에 고통을 잊을 수 있게 한다.

임금은 이후담과 광현이 시술을 마칠 때까지 고통스러워했으나 한식경이 지나자 깊이 잠이 들었다. 광현은 이후담과 함께 내의원에 가서 대기하게 되었다. 몇 개의 누각과 전각을 휘돌아 숙정문 옆에 이르자 내시부 건물 뒤에 내의원이 있었다.

"고생들 하였네. 오늘은 별일 없을 터이니 긴장들 풀고 쉬시게."

50

이필제가 이후담과 광현에게 평상의 의자를 가리키면서 말했다. 내의원의 의원들은 비록 자신들이 시침을 하지는 않았으나 시침이 끝날 때까지 대기하고 있었기 때문에 지친 표정들이었다. 광현은 의자에 앉아 양쪽 벽의 서가에 가득한 의서들을 살펴보았다. 시정에서는 볼 수 없는 진귀한 의서들이 서가마다 빼곡하게 꽂혀 있었다.

'내의원이라 이름도 못 들어보던 책들이 많구나. 저 책을 모두 볼 수 있으면 얼마나 좋겠는가.'

광현은 의서의 제목들을 훑어보고는 감탄했다.

"숙휘공주마마께서 수고하셨다고 야참을 내리셨습니다."

내시 김명선이 무수리들에게 상을 들려가지고 와서 말했다. 대궐의 소주방에서 내의원으로 음식이 나온 것이다. 내의원에서 직숙을 하던 의원들이 일제히 환호성을 올렸다.

'공주마마가 나 때문에 야참을 내리신 것인가?'

광현은 문득 그런 생각을 했다.

숙휘공주는 효종의 딸이다. 혼례를 올리기 전에 사복시에 자주 놀러와 말과 놀았다. 숙휘공주가 하루는 효종에게 비단 옷을 해달라고 졸랐다.

"네가 갑자기 무슨 일로 비단 옷을 해달라고 하는 것이냐?"

효종이 의아하여 물었다.

"나들이를 할 때 예쁜 치마를 입고 싶어요."

"내가 북벌을 위해 모든 물자를 아끼고 있는데 공주가 비단 옷을 해달라고 조르느냐? 네가 부잣집에 시집을 가면 시댁에다 해달라고 하라."

효종이 숙휘공주를 꾸짖자 공주는 사흘 동안을 울었다고 한다.

숙휘공주는 사복시에 올 때면 광현을 찾았다. 광현이 머리를 조아리면 공연히 얼굴을 붉히고 허리를 비틀었다. 그러나 그것은 오래전의 일이었다. 숙휘공주는 우참찬 정유성의 손자인 인평위(寅平尉) 정제현에게 시집을 갔으나 과부가 되었다. 슬하에 아들 하나를 두었고, 어머니인 왕대비 인선왕후가 살아 있을 뿐 아니라 남매간인 현종하고도 사이가 좋아 대궐에서 살다시피 하고 있었다.

'공주마마께서 나를 생각하시는구나.'

광현은 숙휘공주의 얼굴을 떠올리면서 그렇게 생각했다. 그러나 숙휘공주 때문에 가슴앓이를 한 적은 한 번도 없었다. 늘 가슴을 아프게 했던 것은 옥정이었다. 음식을 먹고 나자 광현은 내의원 앞에서 우두커니 하늘을 쳐다보았다. 절기는 가을로 접어들어 하늘이 맑고 바람결이 서늘했다.

광현은 옥정의 천연하고 요요한 얼굴을 떠올리면서 명치끝을 지그시 눌렀다. 옥정을 생각할 때마다 가슴이 천 갈래 만 갈래 찢어지는 것처럼 고통스러웠다. 아아, 어쩌면 이럴 수가 있을까. 이 기구한 운명을 어찌해야 한다는 말인가. 옥정 아씨가 이곳에 있는데 나는 볼 수 없으니 어찌해야 한다는 말인가. 허공 중에 부유하는 미세한 먼지들처럼 아스라하게 떠오르는 기억의 편린들. 옥정을 생각할 때마다 눈앞에 가뭇하게 어른거리는 어린 시절의 햇살, 어린 시절의 바람….

그러나 지금은 임금의 뇌 속에 있는 종기를 치료할 방법을 찾아야 했다. 종기를 치료할 방법을 찾지 못하면 죽음을 당하게 된다. 그는 누군가 자신을 해치기 위해 음모를 꾸미고 있다는 생각이 들었다.

바람이 일고 있구나. 부용지에 잔잔하게 물결이 이는 것을 보고 옥정은 마음이 심란해졌다. 부용지에 떨어진 나뭇잎들이 물결을 따라 흔들리고 있다. 부용지는 창덕궁의 후원으로, 춘궁(春宮, 동궁)이 있다. 춘궁에는 희미하게 불이 켜져 있었다. 그곳에는 세자 이순(李焞, 훗날의 숙종)이 거처하그 있었다.

낮에 왕대비 장렬왕후 조씨의 지시로 광현이 내의들과 함께 세자를 치료하고 돌아갔다. 세자가 무엇을 먹었는지. 갑자기 배를 움켜쥐고 데굴데굴 구르는 바람에 춘궁이 발칵 뒤집혔었다. 명성왕후가 얼굴이 파랗게 되어 황급히 달려오고 어의들도 우르르 달려왔다. 그들은 세자에게 침을 놓고 탕약을 올렸지만 곽란을 진정시키지 못했다. 소식을 들은 장렬왕후 조씨가 광현을 보내라고 명을 내렸다. 세자는 장렬왕후에게 손자가 된다. 왕대비전 상궁 옥정은 장렬왕후의 명을 받들고 내의원으로 갔다. 광현은 내의원의 서재에서 의서를 읽고 있었다.

"세자 저하께서 곽란이 있으신 것 같습니다. 왕대비마마께서 백의원에게 진맥을 하시라는 영을 내리셨습니다."

옥정은 광현에게 머리를 숙이고 말했다. 차마 그의 얼굴을 마주볼 수가 없었다.

"춘궁이 어디입니까?"

광현이 떨리는 목소리로 물었다. 그도 옥정을 이렇게 만날 것이라고는 생각하지 못했던 것이다.

"안내해 올리겠습니다."

옥정은 광현을 데리고 춘궁으로 갔다. 창덕궁 내의원에서 춘궁까지는 일각(一刻, 15분)을 걸어야 했지만, 세자가 위중했기 때문에 뛰다시피해서 춘궁에 도착했다. 춘궁은 명성왕후 김씨의 진노로 벌벌 떨고 있었다. 태의 이필제와 어의들도 황망하여 어찌할 바를 모르고 있었다.

"중전마마, 왕대비마마께서 방의 광현을 보내셨습니다."

옥정은 명성왕후에게 머리를 조아렸다.

"왕대비께서?"

명성왕후의 눈이 시퍼렇게 독기를 품고 옥정을 쏘아보았다. 옥정은 그녀의 눈빛에 가슴이 떨려왔다.

"예."

"속히 세자를 진맥하라."

명성왕후의 눈이 광현을 더듬더니 차갑게 영을 내렸다. 광현은 조심스럽게 세자의 방으로 들어섰다. 춘궁을 가득 메우고 있던 내시와 궁녀, 어의와 의녀들이 일시에 좌우로 갈라서서 길을 만들어주었다. 세자는 금침 위에서 데굴데굴 구르고 있었다.

장내는 팽팽한 긴장감이 감돌았다. 옥정은 광현을 따라 들어가 시중을 들었다. 춘궁에는 제조상궁을 비롯해 감찰상궁까지 그녀보다 품계가 높은 상궁들이 잔뜩 몰려와 있었으나 옥정이 대비전 상궁이라 탓하지 않았다. 옥정은 울부짖는 세자의 손을 잡고 광현이 진맥을 할 수 있도록 했다.

"저하께서는 풋과일을 드신 것 같습니다."

광현이 진맥을 하고 명성왕후에게 말했다.

"세자가 풋과일을 먹게 하다니, 천한 것들이 어떻게 보필을 한 것이냐?"

명성왕후가 서릿발이 내리는 눈빛으로 궁녀들을 쏘아보았다.

"송구하옵니다."

궁녀들이 사색이 되어 머리를 조아렸다. 광현은 침착하게 진맥을 하고 시침할 준비를 했다. 침을 본 세자가 옥정에게 와락 달려들어 가슴에 얼굴을 묻었다. 옥정은 당황하여 광현을 쳐다보았다. 세자가 그녀의 가슴에 안겨 울고 있었다. 광현이 고개를 끄덕거렸다. 옥정은 세자를 가슴에 안았다. 그러자 광현이 세자의 발바닥에 시침을 하기 시작했다.

태의 이필제와 어의들이 일제히 웅성거렸다. 광현의 시침 방법이 그들과 달랐기 때문이었다.

"저, 저런⋯."

광현이 대침으로 단전 위를 찌르자 어의들은 더욱 놀랐다. 태의 이필제는 눈을 질끈 감았다.

"끄억."

세자가 갑자기 트림을 한 뒤 손발을 가늘게 떨었다. 광현은 유는 혈에도 시침을 했다. 이내 세자의 울음이 그치고 이마에 땀방울이 솟아나기 시작했다.

"곽란이 진정되신 것 같습니다."

광현은 시침을 마치자 명성왕후에게 아뢰었다. 세자는 눈을 감은 채 축 늘어져 있었다. 탈진하여 잠이 든 것이다.

"수고하였다."

명성왕후의 얼굴이 비로소 환하게 풀어졌다. 광현은 처방전을 써서 이필제에게 주었다.

"속히 탕약을 지어 올리도록 하라."

이필제가 어의들에게 지시했다. 어의들이 분분히 물러가자 명성왕후는 세자를 잘못 모셨다면서 내시와 궁녀들을 혹독하게 질책했다.

"신 내의원으로 물러갑니다."

광현이 머리를 조아리고 춘궁을 나섰다. 옥정도 그 뒤를 따랐다. 춘궁 앞에 있는 부용지에 연꽃이 활짝 피어 있었다.

옥정은 광현을 생각하자 가슴이 무너지는 것 같았다. 그가 의원이 되어 대궐에 들어오다니. 다시는 만나지 못할 것이라고 생각했는데, 임금의 두통을 치료하고 세자의 곽란을 치료한 것이다.

"저하께서는 한숨 주무시면 쾌차하실 것입니다."

광현이 낮은 목소리로 말했다.

"참으로 오래간만입니다. 어떻게 하여 의원이 되었습니까?"

옥정은 떨리는 목소리로 물었다. 광현이 살아 있고 의원이 되었을 것이라고는 생각조차 해본 일이 없었다.

"아씨께서는 대궐에 계셨군요."

광현이 대답대신 허공을 바라보며 말했다. 그의 목소리가 떨렸다. 그리고 눈에는 눈물이 괴고 있었다.

"저를 찾으셨습니까?"

"찾았습니다. 몇 년 동안 한양 장안을 누볐습니다."

바람이 이는지 연못가의 수양버들이 검푸르게 나부꼈다. 옥정은 연못의 물결을 처연한 눈빛으로 응시했다.

"헌데 대궐에 계셨군요."

"어쩌다보니 대궐로 들어오게 되었어요."

옥정은 그것이 자신의 운명이라고 말하고 싶었다.

"대궐에서도 좋은 일이 있을 것입니다."

"저더러 대궐을 나오라고 하시면…."

옥정은 다음 말을 이을 수가 없었다. 광현이 대궐을 나오라고 하면 그를 따라가겠다는 말이었다.

"저는 이미 혼례를 올렸습니다."

광현의 말에 옥정은 가슴이 무너지는 것 같았다.

"작은 마누라면 어떻습니까? 첩이라도 상관이 없습니다."

"안 됩니다. 그럴 수 없다는 것을 아씨께서 잘 아시지 않습니까?"

"그럼 우리 인연은 완전히 끊어진 것입니까?"

"인연을 맺어서는 안 되는 사람도 있습니다."

광현은 그렇게 내의원으로 돌아갔다. 옥정은 광현이 돌아가는 모습을 보고 하염없이 눈물을 흘렸다. 그새 얼마나 많은 세월이 흘렀는가. 광현이 혼례를 올렸다고 하자 가슴이 터질 것 같았다.

"중전마마께서 찾으십니다."

옥정이 광현의 생각에 잠겨 있을 때 춘궁의 무수리가 와서 말했다. 옥정은 무수리를 따라 춘궁으로 들어갔다. 명성왕후가 동온돌(침전의 동쪽에 있는 방)에 앉아 있다가 화사한 미소를 지어 보였다.

"자네가 우리 세자를 위해 고생을 많이 했네."

"황송합니다."

"웃전의 상궁이라 예가 아닌 줄은 알지만 세자가 완치될 때까지 시중을 들어주는 것이 어떻겠나? 왕대비전에는 내가 사람을 보내겠네."

"그리하겠습니다."

옥정은 명성왕후에게 머리를 조아렸다. 세자는 열세 살이다. 나이보다 훨씬 숙성하고 총명하여 세자의 스승들이 성군이 될 것이라고 하였다. 세자빈은 율곡 이이의 수제자인 김장생의 4대손인 광성부원군 김만기의 딸이다. 열 살 때 세자빈에 책봉되었다.

3

엇갈리는
인연들

## 3

　때때로 문틈 사이로 들어오는 한 줄기 햇살에 부옇게 떠 있는 미세한 먼지처럼 과거의 일들이 아득하게 떠오를 때가 있었다. 늦여름의 어느 날 밤, 지붕 위에 박꽃이 하얗게 피어나듯이 소리 없이 아득한 기억의 저편에서 솟아오르는 얼굴이 있었다. 도화처럼 붉은 볼에 흑진주처럼 선연하게 검은 눈… 그것은 광현이 꿈에도 잊지 않고 있던 옥정의 얼굴이었다. 인연은 기구하고 삶은 부박했다. 천만번 가슴을 저며 내고 억만 번 피를 토하듯이 울면서 잊으려고 해도 결코 잊혀지지 않았던 옥정이 아니었던가. 그녀의 맑은 눈, 그녀의 고운 미소, 철석간장을 녹이는 부드러운 웃음소리… 억지로 잊으려고 웃고 떠들어도 공허하기만 했다.

　광현은 의서를 읽다가 옥정의 얼굴을 떠올리면서 슬픔에 잠겼다.

　"나를 찾았나?"

광현이 옥정에 대한 생각에 잠겨 있을 때 이후담이 서재로 들어왔다. 광현은 이후담의 뒤를 살폈다.

"무슨 일인가?"

이후담도 자신의 뒤를 살피면서 의아한 표정으로 물었다. 등 뒤에 수상한 자는 보이지 않았다.

"전하의 종기가 뇌 속에 있는 것을 자네도 발견했겠지?"

"음."

이후담이 침중한 표정이 되어 잠시 생각에 잠겼다. 밖에서 풀벌레 우는 소리가 들렸다.

"누군가 우리를 해치려그 하는 것 같네."

광현은 이후담을 쏘아보면서 날카롭게 말했다.

"어의들 중에 조덕윤이 있었네."

이후담이 한숨을 내쉬며 말했다. 광현은 가슴이 덜컥 내려앉았다. 그는 비로소 모든 상황을 이해할 수 있었다. 자신도 모르게 눈을 질끈 감고 생각에 잠겼다.

"어찌할 것인가?"

"자네는 돌아가게. 내가 남아 있겠네."

"내가 어찌 혼자 돌아가겠는가?"

"방법이 없네. 자네가 돌아가면 내가 방법을 찾아보겠네."

"뇌 속에 있는 종기를 어찌 치료할 방법이 있겠나? 두개골을 열기 전에는 종기를 어떻게 할 수 없지 않은가?"

"그렇다고 도망을 치겠나?"

"전하께서 승하하시면 의금부에 끌려가 친국을 당할 것이 아닌가? 걱정도 되지 않나?"

"왜 걱정이 되지 않겠나? 목숨이 걸린 일인데 걱정을 안 할 수 없지. 어쨌든 자네는 집으로 먼저 돌아가도록 하게."

"어떻게? 어떻게 집으로 돌아가라는 말인가?"

"집안에 우환이 있다고 하게."

"조덕윤이 보내주겠나?"

"보내줄 걸세. 그가 노리는 것은 나니까."

광현의 목소리가 단호했다. 이후담은 광현을 한참 동안 바라보았다. 광현의 안색은 조금도 흔들리지 않았다. 이후담은 무겁게 고개를 끄덕거렸다.

"자네 가족들은 내가 돌보겠네."

이후담이 서재를 나갔다. 가족들을 돌보겠다는 것은 광현의 죽음을 예상한다는 말이다. 그는 서재를 나가면서 광현을 몇 번이나 돌아보았다.

광현은 이후담의 뒤를 우두커니 바라보다가 다시 옥정을 떠올렸다.


수양버들꽃솜이 눈처럼 자욱하게 날리던 어느 봄날, 옥정은 치맛자락을 말아 쥐고 수양버들 꽃솜을 잡으러 뛰어다녔었다. 광현은 그 천진하고 요요한 옥정을 보면서 하늘에서 선녀가 내려왔다고 생각했다. 아아, 어쩌면 저리도 아름다운 소녀가 있을까. 희고 고운 살결에 반듯한 이마, 오뚝한 콧날, 앵두처럼 붉은 입술…. 무엇보다 호수처럼 깊고 서늘한 눈은 이 세상 사람 같지 않았다.

산 아래 내를 건너 옥정의 집으로 가는 길은 천지간에 봄꽃들이 화사하게 피어 있었다. 한길에는 따사로운 햇살이 나른했고 수양버들은 푸르게 잎을 돋우고 있었다. 광현은 고갯마루에 올라서자 시린 눈빛으로 한양으로 가는 길을 내려다보았다. 첩첩 산들이 웅거해 있는 산 밑으로 남쪽의 한양과 북서쪽의 삼각산으로 갈라지는 삼거리가 있고 그 주위에 병풍 속의 그림 같은 집들이 여기저기 흩어져 있었다.

집집마다 밭두둑마다 여인네 속살 같은 살구꽃 오얏꽃이 흐드러지게 피고, 희고 붉은 꽃들이 바람이 일 때마다 자욱하게 떨어지면서 독한 꽃향기를 날려 보냈다. 제기현의 북서쪽 율촌, 마을 사람들이 밤골이라고 부르는 퇴락한 촌락이었다. 촌락 앞 너른 들에는 흰 옷을 입은 농부들이 농자천하지대본(農者天下之大本)이라는 큰 깃발을 세워 놓고 농가를 브르면서 논에 써레질을 하고 있었다. 논둑의 송아지 한 마리가 써레질을 하는 어미소를 따라 오락가락하면서 음매 소리를 지르면서 울었다.

'설마 독선생이 오늘도 안 오지는 않겠지.'

광현은 눈가에 심술이 잔망스럽게 달라붙어 있는 옥정의 독선생을 생각하자 저절로 눈살이 찌푸려졌다. 옥정은 독선생이 오지 않으면 그를 데리고 마른나 냇가로 달려가 뛰어놀았다. 옥정의 집이 가까워질수록 이상하게 가슴이 설레고 눈앞이 몽롱해져 왔다.

봄 때문이리라.

천지사방에 자욱하게 떨어져 하얗게 날리는 봄꽃 때문이리라.

광현은 사금파리 조각처럼 길바닥에 하얗게 깔린 꽃잎을 밟으면서 그렇게 생각했다.

봄이 오면 나에게도 좋은 일이 있으리라.

산 너머 남촌에서 해마다 봄바람이 불어오면 천한 사노(私奴)인 자신에게도 좋은 일이 있을 것만 같았다. 그러나 해마다 봄이 오고 가고 다시 봄이 와도 좋은 일은 오지 않았다. 봄이야 언제나 무심하게 오고 가는 것이 아니던가. 봄이 올 때면 기쁘고 봄이 갈 때면 설운 마음이 가슴속에 울컥울컥 차올랐다.

광현은 제기현에서 태어났다. 아버지 백철명은 한때 오위장을 지낸 무인이었고 어머니는 현감 김종원의 딸이었다. 그러나 백명철은 소현세자의 부인인 강씨가 사사될 때 이를 반대했다고 하여 관노로 전락했고 그 뒤에 다시 역관 장경의 사노가 되었다.

종의 자식은 어미를 따른다는 종모법에 의해 광현도 장경의 사노가 되었다. 어머니는 장경의 집 허드렛일을 하는 외거(外居) 노비였다. 허리가 휘어지도록 장경의 집안일을 하면서 제집 살림도 해야 했기 때문에 늘 시난고난 앓았다. 광현은 반위(反胃)로 얼굴이 해쓱한 채 배를 움켜쥐고 괴로워하는 어머니 때문에 언제나 우울했다. 아버지는 지붕 위에서 단소만 불었다. 아버지는 자신이 천한 사노로 전락했다는 사실 때문에 울분이 가득했다. 광현도 금군에서 말을 타고 활을 쏘는 무예를 배우고 있었으나 아버지가 관노가 되면서 그 일을 할 수 없게 되었다.

"느이 아버지는 바람과 같은 사람이다. 젓대(피리)라도 불지 않았으면 벌써 복장이 터져 죽었을 것이다."

어머니가 지붕 위에서 단소를 부는 아버지를 보고 광현에게 말했다.

"왜 지붕 위에서 피리를 불어요?"

광현은 아버지가 하필 지붕 위에서 단소를 부는 까닭을 알지 못했다.

"바람처럼 떠나고 싶은 게지…."

어머니는 아버지를 풀이나 나무처럼 그렇게 생각했다. 광현은 어디론가 떠나고 싶어 하는 아버지를 이해할 수 없었다.

"그런데 왜 떠나지 않아요?"

"내가 죽어야 떠나지. 너는 아버지가 떠나는 것이 좋으냐?"

푸성귀를 다듬고 있던 어머니가 핏기 없는 누런 얼굴을 들고 광현을 쳐다보았다. 광현은 재빨리 고개를 흔들었다. 광현에게는 아버지와 어머니가 모두 설운 사람들이었다. 그리고 광현 자신도 아버지와 어머니의 뒤를 따라 설운 삶을 살아야 한다는 사실이 서글펐다.

"우리가 처음부터 관노는 아니었다. 우리 조상은 충신이었고 전통적인 무인 가문이다. 병자호란 때 목숨을 걸고 싸웠으나 오히려 모략을 당해 관노로 전락한 것이다."

아버지는 때때로 광현에게 조상들의 이야기를 해주었다. 광현은 자라면서 노비가 아니고 상민(常民)이었으면 얼마나 좋을까하고 생각했다. 양반이 아니라도 좋았다. 상민조차 못되는 천민만 아니라면 어머니가 힘들게 일을 하지 않아도 될 것이고 아버지도 울분에 가득 차서 술로 세월을 보내지도 않을 것이었다.

광현도 외거 노비였기 때문에 매일 장경의 집에 가서 일을 했다. 어린 광현의 일은 안채와 바깥채 비질을 하고 허드레 심부름을 하는 것이었다. 광현이 아침을 먹고 장경의 집에 가면 장경은 이미 사랑채에 단정하게 앉아서 글을 읽고 있었고 종복들은 부지런히 일을 하고 있었다.

'주인 나리는 신선 같은 분이구나.'

광현은 아침 저녁으로는 책을 읽고 낮에는 사역원에 나가서 공무를 보는 장경이 부러웠다. 게다가 그는 본처와 첩을 두었고 집사와 7, 8명의 종복들까지 거느리고 있었다. 평생 먹을 것 입을 것을 걱정하지 않는 사람이었다. 광현이 바깥마당을 쓸고 안채에 들어가 쉬엄쉬엄 비질을 하노라면 장경의 딸 옥정이 대청마루에 발을 쳐놓고 독선생에게 글을 배우는 것을 볼 수 있었다.

"얘, 이리 와서 먹 좀 갈아라."

옥정은 글을 쓰다가 광현이 온 것을 보면 마루로 올라오라고 하여 먹을 갈게 했다.

"남녀칠세부동석이라고 하는데 어찌 사내놈을 대청에 올라오라고 하여 먹을 갈게 하느냐?"

독선생이 빙긋이 웃으면서 옥정을 나무랐다.

"호호호… 스승님, 이 아이는 제 노비예요. 사내놈이 아니라구요. 제가 어려서 울 때는 업어주기도 했어요."

옥정은 광현에게 눈을 찡긋하고 웃음을 깨물었다. 독선생이 없을 때는 광현에게 귀한 과일이나 떡접시를 건네주면서 먹으라고 했다. 어머니가 아파서 광현이 집에 하루라도 오지 못하면 마구 화를 냈다. 옥정은 광현을 노비라고 불렀으나 실제로는 육친처럼 살갑게 대했다. 광현에게 먹을 갈게 하면서 공부가 끝날 때까지 대청을 떠나지 못하게 했다. 옥정은 딴생각을 하는지 독선생이 가르치는 글을 외우지 못해 쩔쩔맸다. 그럴 때면 먹을 갈고 있는 광현을 쳐다보았고 광현이 거의 들리지 않게 목소리를 낮추어 가르쳐주면 광현의 입모양을 보고 대답했다. 광현은 옥정의 어깨 너머로 천자문을 떼고 동몽선습을 배웠다.

"대체 누가 공부를 하는 것인지 모르겠구나. 어찌 종놈만치도 학업에 진전이 없느냐?"

독선생이 옥정을 꾸짖었으나 옥정은 천하태평이었다.

"여자가 언문이나 깨우치면 되지 무슨 공부람."

독선생에게 야단을 맞을 때마다 옥정은 혀를 날름거렸다.

장경은 사역원 부봉사를 지냈고 제기현에서 학행이 출중한 사람으로 널리 알려져 있었다. 그의 집안은 대대로 제기현에 세거하면서 역관을 했는데 육의전에서 면직물을 팔아 부자로 살고 있었다. 부인이 둘이었는데 고씨가 본처이고, 사역원 첨정 윤성립의 딸 윤씨가 첩이었다. 윤씨와는 따로 떨어져 살았는데 본처 고씨가 죽자 윤씨가 아들 희재, 딸 옥정과 함께 본가로 들어왔다.

'어찌 저리도 어여쁜 아가씨가 있을까?'

광현은 옥정을 처음 본 순간 벼락이라도 맞은 듯이 꼼짝을 할 수 없었다. 귀밑에는 솜털이 보송보송했고 눈썹은 먹으로 그린 듯이 짙었다. 눈은 가을호수처럼 서늘하면서 이따금 별빛 같은 광채를 뿜었다. 사과처럼 붉은 볼과 오뚝한 콧날에 봉긋한 입술은 그림 속의 미인을 방불케 했다.

"이놈아, 뭘 그렇게 넋을 놓고 보는 게야?"

홀린 듯이 옥정을 바라보고 있노라면 장경의 집사 김문원은 광현의 머리통을 쥐어박으면서 웃었다. 장경의 집 종복들이나 하인들 모두 주인을 닮아서 모질지가 않았다. 독선생을 모시고 공부하는 옥정을 광현이 뜰에서 바라보고 있노라면 허허 웃으면서 지나갔다.

"아저씨, 저 아가씨가 누구입니까?"

광현은 김문원을 쳐다보다가 히죽 웃으며 물었다.

"이놈아, 네까짓 게 누구인지 알아서 뭘 해?"

"그냥 여쭤본 것뿐입니다."

"허허허. 고놈 아주 숭한 놈일세. 종놈 주제에 무슨 생각을 하고 있는 게야? 오르지 못할 나무니까 쳐다보지도 말아라."

김문원이 또 다시 광현의 뒤통수를 쥐어박았다. 광현은 얼굴을 잔뜩 찌푸리면서도 옥정의 모습에서 눈을 뗄 수가 없었다. 광현은 이튿날부터 아침을 일찍 먹고 장경의 집으로 부리나케 달려갔다.

"이놈아, 아침부터 뭣하러 와?"

김문원은 광현을 보고 놀라서 물었다.

"일 하러 왔어요."

"거 희한한 종놈일세. 아침 댓바람부터 일을 하러 오다니⋯ 아침은 먹은 게야?"

광현은 김문원이 일을 시키지 않아도 스스로 장경의 넓은 집 안팎을 깨끗하게 청소했다. 그리고 옥정이 공부를 할 때면 으레 대청에 올라가 먹을 갈았다. 먹을 갈면서도 타는 듯이 붉은 눈으로 옥정을 응시했다. 먹을 갈지 않을 때는 마당에 오도카니 앉아서 나뭇가지로 땅에 글씨를 쓰고는 했다.

"네가 여기서 무엇을 하는 게냐?"

하루는 광현이 장경의 바깥마당에서 땅바닥에 글자를 쓰고 있는데 선비 두 사람이 들어와서 물었다. 나중에 알게 되었지만 그 두 사람은 조정에서 높은 벼슬을 하고 있는 조사석 대감과 사복시 정(正)인 이규학이었다. 조사석은 눈에서 푸른 서슬이 일고 있는 사람이었다. 광현은 깜짝 놀라서 벌떡 일어나 고개를 숙였다.

"자사자왈천명지위성(子思子曰天命之謂姓)이요, 솔성지위도(率性之謂道) 수도지위교(修道之謂敎)라 하니…"

조사석이 광현이 땅에 쓴 글을 읽고 찌르듯이 날카로운 눈빛으로 광현을 쏘아보았다. 이규학은 옆에서 빙긋이 웃고 있었다.

"풀이할 수 있겠느냐?"

"예."

광현은 고개를 잔뜩 조아리고 대답했다. 조사석의 눈을 감히 마주 볼 수가 없었다.

"허면 풀이해 보아라."

"하늘이 사람에게 명한 것을 성이라고 하고… 성을 따르는 것을 도… 도를 닦는 것을 가르침이라고 한다는 뜻입니다."

"흠. 이 집의 종복이냐?"

조사석이 광현의 아래 위를 다시 훑어보면서 물었다. 광현이 대답을 하려고 하는데 집사 김문원이 황망한 걸음으로 달려 나왔다.

"나리께서 어찌 기별도 없이 오셨습니까? 어서 오르십시오."

김문원이 반색을 하면서 두 사람을 사랑으로 안내했다. 장경과 손님들은 사랑채에서 술상을 놓고 밤늦게까지 이야기에 열중했다. 간간이 커다란 웃음소리가 들리는 것으로 보아 그들은 오랜 지기인 것 같았다.

광현은 무료하여 안채를 기웃거렸다. 그들이 나누는 이야기들이 간간이 들렸지만 조정의 일이며 학문에 관한 것들이라 광현은 알아들을 수 없었다.

잠시 후 옥정이 치맛자락을 끌면서 안채에서 나와 사랑으로 들어갔다. 광현은 봉당에 털썩 주저앉았다. 옥정을 보자 가슴이 방망이질을 하듯이 뛰었다. 어쩌면 저리도 고울 수 있을까. 어쩌면 저리도 얌전할 수 있을까.

옥정은 곧 사랑에서 나왔다. 두 분 손님께 인사만 드리고 나오는 모양이었다.

"사랑에 오신 분은 조사석 대감과 이규학이라는 분인데 조사석 대감은 대비마마의 친척이래. 이규학 대감은 유명한 의원이고…."

옥정이 사랑에서 나오면서 광현에게 말했다. 광현은 손님에겐 아무 관심이 없었고 홀린 듯이 옥정만 바라보았다. 옥정이 광현에게 눈웃음을 치면서 안채로 들어갔다.

사랑채에서는 화기 넘기는 이야기들이 오고 갔다.

"제 딸을 대궐로 들여보내라고요?"

"그렇네. 왕대비마마께서 잘 돌봐주실 것이네. 딸의 사주가 귀하지 않은가?"

"제가 어찌 그런 것을 믿겠습니까?"

"자네 부인이 기이한 태몽을 꾸고 낳은 아이라고 하지 않았나. 내가 보기에도 요조숙녀로 손색이 없네."

조사석이 호탕한 목소리로 껄껄 웃었다.

"광현이라는 종은 사복시로 보내게."

어우러지는 웃음 끝에 이규학이 말했다.

이튿날 아침 광현이 장경의 집으로 갔을 때 이규학은 종자 한 사람을 데리고 막 대문을 나서고 있었다. 조사석은 먼저 돌아갔는지 보이지 않았다.

"저 어른을 잘 봐두거라. 훌륭한 의원이시다. 조선에 저처럼 훌륭한 의원은 없을 것이다."

장경이 멀어지는 이규학을 바라보면서 말했다.

"저 어른께서 너에게 사복시에 와서 의술을 배우라고 하셨다. 저분이 앞으로 네 평생의 은인이 될 것이다. 내일 아침 일찍 오너라. 사복시에 데려다주마!"

장경이 유쾌하게 웃음을 터뜨렸다.


이튿날 아침 일찍 광현은 장경을 따라 사복시로 갔다. 종루를 지나 경복궁 못 미처에 사복시가 있었는데, 수많은 건물에서 사람들이 말을 돌보거나 수레를 수리하고 있었다. 장경은 여러 건물 모퉁이를 돌아 사복시 독서당에 이르렀다. 그곳에서는 광현 또래의 소년들이 글을 읽고 있었다.

장경이 독서당으로 들어서자 소년들을 가르치던 이규학이 자리에서 일어나 맞이했다. 장경은 이규학과 인사를 나눈 뒤에 돌아갔다. 광현은 독서당 앞에서 엉거주춤 서 있었다. 그런데 소년들 중에 유난히 사나운 눈길로 광현을 쏘아보는 아이가 있었다. 즈덕윤이었다

이규학이 서안 앞에 앉았다. 스승과 손님이 인사를 나누는 동안 일어서 있던 소년들이 그때서야 가볍게 술렁거리면서 자리에 앉았다.

"들어오너라."

이규학이 영을 내리자 광현이 쭈뼛거리면서 독서당으로 올라갔다. 소년들의 눈이 일제히 광현에게 향했다.

"이 아이의 이름은 광현이다. 오늘부터 너희들과 함께 공부를 할 것이다."

이규학의 말에 소년들이 일제히 웅성거렸다.

"스승님, 저자의 행색을 보아하니 사노 같습니다. 어찌 사노와…."

조덕윤이 불만스러운 표정으로 말했다. 그는 대대로 의관을 하던 가문의 후손으로 광현보다 몇 살이 더 많았다.

"내가 광현에게 글을 가르치는 것은 마의로 만들기 위해서다. 사노라고 글을 배워서 안 될 것은 없다."

이규학은 조덕윤을 거들떠보지도 않고 책을 펼쳤다.

"하오나 중인이 사노와… 사노에게 글을 가르치시려면 따로…."

"내가 그렇게 한가한 사람인 줄 아느냐? 글을 배우기 싫은 자는 가도 좋다."

이규학의 눈에 서릿발이 내리는 것 같았다. 조덕윤은 불만이 가득한 표정이었으나 더 이상 말을 하지 못했다. 광현은 정식으로 글을 배우기 시작했다. 그러나 조덕윤은 기회가 있을 때마다 광현을 괴롭혔다.

"이 자식이 사노 주제에 무슨 공부야? 인마, 네 주제를 알아!"

사복시에서 일을 하는 관노들은 걸핏하면 광현의 뒤통수를 주먹으로 한 대씩 때리고 지나갔다.

"네가 글 공부를 해서 뭘해? 과거라도 볼 거냐?"

　사복시에서 공부를 하는 소년들도 광현을 조롱하고 비웃었다.

"사노가 공부는 해서 뭘 하냐? 공연히 머릿속에 바람이 들어가면 불한당 되기 십상이다."

　아버지 백철명은 광현에게 글을 배우는 것보다 악기를 배우는 것이 살아가는 데 훨씬 낫다고 말했다. 광현은 틈틈이 아버지에게 단소를 배우기도 했으나 서책을 읽는 일에 더욱 열중했다.

　본가와 따로 살던 옥정이 장경의 집에 오고 첫 번째 4월 초파일이 왔다. 청량산의 절에서 연등행사가 벌어진다고 장경의 집 부녀자들이 모두 30리나 떨어진 다원사에 가기로 했다. 광현은 그들을 따라가서 절밥을 얻어먹고는 했기 때문에 초파일을 명절처럼 기다렸다. 그러나 그해에는 초파일 나들이에 따라갈 수가 없었다.

"오늘은 초파일인데 에디 때문에 절에도 못 가서 어떻게 하지?"

　어머니가 치자꽃처럼 하얀 얼굴에 움푹 들어간 눈으로 광현을 쳐다보면서 말했다. 광현은 쓰러져가는 초가의 툇마루에 앉아서 단소만 만지작거리고 있었다. 초파일 나들이에 따라갈 수가 없어서 우울했다. 아침에 광현이 장경의 집에 갔을 때 옥정이 화사한 옷을 입고 나들이 준비를 하고 있었다.

"광현은 어머니가 아프니까 집에서 쉬도록 해라."

　옥정의 어머니 윤씨가 광현에게 영을 내렸다.

"어머니, 광현이는 내 노비니까 데려갈래요."

옥정이 토라진 목소리로 말했다.

"광현이 어머니가 아프잖아? 언제 죽을지 모르는데 곁에 사람이 없으면 안된다."

광현은 결국 초파일 나들이에 따라갈 수 없었다. 윤씨가 여종들과 마을 부녀자들까지 데리고 대원사로 향하는 것을 우두커니 바라보다가 집으로 돌아왔다. 어머니는 하루 종일 툇마루에 앉아 있는 광현이 안쓰러웠는지 먼저 말을 건넨 것이다.

"어머니는 절에 가고 싶지 않으세요?"

광현은 어머니의 쇠잔한 모습을 보며 가슴속으로 찬바람이 부는 것 같았다.

"나도 절에 가고 싶지. 우리 광현이가 뱃속에 있을 때 갔었는데 벌써 여러 해가 되었구나."

어머니가 시든 가을햇살처럼 스산하게 웃으면서 말했다.

"우리 광현이 부귀하게 해달라고 기도하러 갔었다. 배가 잔뜩 불렀는데 대원사에 가서 오로지 우리 광현이 잘살게 해달라고 기도했었어. 우리 아들은 부처님의 가호를 받아서 부귀하게 살 거야. 느이 아버지는 내가 배가 잔뜩 불러 절에 갔다고 미쳤다고 펄펄 뛰었지. 그래도 돌아오는 길에는 느이 아버지가 지게에 태워서 내려왔다. 죽기 전에 다시 절에 한 번 가보고 싶구나."

어머니의 얼굴에 사과빛의 붉은 홍조가 피어났다. 그것은 이 산 저 산에서 뻐꾹새가 우는 때였을 것이다. 숲은 청정하고 햇살은 눈이 시리게 밝았으리라. 임신 때문에 주인집에서 휴가를 얻은 젊은 새댁은 비록 노비에 지나지 않았으나 뱃속의 아이가 부귀하게 살게 해달라고 기도를 하기 위해 영험한 절인 대원사에 갔을 것이다. 만삭의 몸을 끌고 절에 가는 새댁은 잔뜩 부른 배를 쓸어안고 뒤뚱거렸고, 남정네는 걱정이 되어 만삭의 아내를 지게에 태워 돌아왔으리라.

"어머니, 명년에 저랑 같이 가요."

광현은 어머니에게 웃으면서 말했다. 어머니가 다시는 절에 가지 못할지도 모른다는 생각이 들었다.

"병이 나아야 가지."

"내가 의술을 배워서 병을 고쳐 드릴게요."

"우리 광현이가 의원이 될 모양이구나."

어머니가 괴로운 듯이 얼굴을 찡그렸다. 오후가 되자 서쪽 하늘이 갑자기 컴컴하게 어두워지면서 빗줄기가 세차게 장대질을 하기 시작했다. 광현은 툇마루에 앉아서 빗줄기가 하얗게 쏟아지는 잿빛 하늘을 쳐다보았다. 굵은 빗줄기는 들판을 하얗게 물들이면서 달려와 마당에 도랑을 만들고는 콸콸 흘러내렸다.

"비가 이렇게 오는데 절에 간 사람들이 내를 어떻게 건너서 돌아올지 모르겠네."

어머니가 문을 열어달라고 하여 밖을 내다보면서 시름없이 말했다. 광현은 내를 건너는 것이 하나도 어려울 것이 없다고 생각했다.

빗줄기는 밤이 되어도 그치지 않고 내렸다. 광현은 어머니에게 저녁을 차려드리고 툇마루에 앉았다. 그때 마을 사람들이 햇불을 들고 웅성거리면서 뛰어다니는 것이 보였다. 광현은 사람들이 빗속에서 돌아다니는 것이 궁금했으나 사방이 캄캄하게 어두웠기 때문에 밖으로 나가지 않았다.

"옥정이 내를 건너다가 실족하여 떠내려갔다는구나."

비를 흠뻑 맞고 돌아온 아버지가 머리의 빗물을 털면서 말했다. 광현은 아버지의 말을 듣는 순간 가슴이 철렁했다.

"애구머니나, 그 예쁜 아가씨가 변을 당했어요?"

어머니가 놀라며 자리에서 일어나 앉았다.

"마을 사람들이 모두 동원되어 냇둑을 따라 찾아다니고 있어."

"그래서 횃불이 보였군요. 빗물에 떠내려갔으면 살기 어려울 텐데 이를 어쩌나."

"횃불을 켜면 뭘해? 비 때문에 금방 꺼지는데… 날이 밝으면 몰라도 밤에는 찾지 못할 거야."

광현은 아버지의 말을 듣고 옥정을 찾아 나서고 싶었으나 사방이 캄캄하여 지척조차 보이지 않았다. 광현은 붉은 흙탕물에 허우적대면서 떠내려가는 옥정을 생각하자 잠이 오지 않았다. 비는 밤새도록 내릴 태세였다. 광현은 몇 번이나 잠에서 깼다. 잠이 들면 물속에서 허우적거리는 옥정의 얼굴이 가뭇하게 떠오르고 잠이 깨면 쏴아아 세차게 쏟아지는 빗줄기가 앙상한 흙벽을 들이치고 있었다. 그러다가 어느 순간 사방이 조용하여 비가 그쳤다는 사실을 깨달았다. 광현이 문을 열고 밖으로 나오자 구름 사이로 초승달이 희미하게 떠 있었다. 광현은 정신없이 냇둑으로 달려가기 시작했다. 길이 질척대고 젖은 수풀이 발목에 감겼으나 개의치 않고 냇둑을 오르내리면서 옥정을 찾기 시작했다.

'아!'

냇둑을 한참 동안 오르내리다가 대원사 쪽 길로 올라가던 광현은 하얀 형체가 풀숲에 웅크리고 있는 것을 발견했다. 광현이 가까이 다가가보니 옥정이었다. 옥정은 온몸이 젖은 채 새처럼 오들오들 떨었다.

"아가씨⋯."

광현은 가슴이 세차게 뛰면서 공연히 눈시울이 젖어왔다.

"광현아."

옥정은 웅크리고 앉아서 울고 있다가 광현을 보고 말을 잇지 못했다. 잠시 어색한 침묵이 흘렀다. 논바닥과 숲에서 풀벌레들이 울어대고 푸른 달빛이 하얗게 쏟아져 내렸다.

"물에 떠내려가다가 나뭇가지를 잡고 겨우 냇둑으로 올라왔는데 길을 잃었어. 집을 찾아갈 수가 없어서 대원사로 다시 올라가려고 했는데 밤이라 길을 모르겠어. 다리도 삐어서 걸을 수도 없고⋯."

한참 만에 옥정이 울먹이면서 더듬더듬 말했다.

광현은 가슴이 벅차올랐다. 자신이 옥정을 구한 것이다.

"제가 모셔다 드리겠습니다."

"어떻게?"

옥정의 얼굴이 어둠 속에서 하얗게 떠오르는 것 같았다.

"저에게 업히십시오."

"여자가 어떻게 사내 등에 업혀? 그건 안 돼."

"저는 노비라 괜찮습니다. 그리고 밤이라 보는 사람도 없습니다."

옥정은 망설이다가 광현의 등에 업혔다. 광현은 옥정을 등에 업고 장경의 집으로 걸음을 서둘렀다. 옥정이 떨어지지 않으려는 듯이 광현의 목에 팔을 감고 바짝 매달렸다. 광현은 온몸으로 주체할 수 없는 열기가 뻗치는 것을 느꼈다. 물에 젖은 옷자락 사이로 느껴지는 옥정의 맨살은 부드러웠고, 귓전에 뿜어지는 옥정의 입김은 달콤하면서도 간지러웠다. 옥정은 광현의 등에 업혀서도 몸을 떨었다.

옥정을 발견한 풀숲에서 장경의 집까지는 10리나 되는 먼 길이었기 때문에 몇 번이나 쉬어야 했다. 옥정은 광현의 등에서 잠이 들었다. 광현은 땀을 흥건하게 흘리면서 옥정을 업은 채 장경의 집 가까이에 이르렀다.

"여기서 내려줘. 내가 너에게 업혀서 돌아왔다는 것은 비밀이야. 그렇게 할 수 있지?"

옥정이 광현의 등에서 속삭였다. 광현은 장경의 집이 보이는 버드나무 밑에서 옥정을 내려주었다. 옥정이 혼자서 집을 향해 가다가 뒤를 돌아보고 손을 흔들었다. 광현도 옥정에게 손을 흔들었다.

'내가 아가씨를 업었어….'

광현은 집으로 돌아오면서 꿈을 꾸고 있는 기분이었다. 그날 이후 옥정은 광현을 볼 때마다 남몰래 살짝 미소를 지어주고는 했다. 광현은 옥정의 미소를 대할 때마다 가슴이 천 갈래 만 갈래 찢어지는 것 같았다.

그런데 광현이 이규학에게 글을 배우기 시작한 지 2년이 되었을 때 옥정이 갑자기 시름시름 앓기 시작했다.

4
# 은밀한 혼례

**4**

조덕윤은 내의원 서재를 우두커니 바라보았다. 밤인데도 내의원 서재에는 불이 환하게 켜져 있었다.

'흥! 광현이 종기의 치료법을 찾고 있군.'

조덕윤은 얼굴 가득히 조소를 떠올렸다. 이후담은 병을 핑계로 대궐을 나갔다. 그러나 이필제는 상관하지 않았다. 그들이 노리는 것은 광현이었지 이후담이 아니었다.

'옥정이…'

내의원 서재를 바라보던 조덕윤은 가슴이 찢어지는 것 같았다. 그에게 가슴앓이를 하게 만든 옥정이 오얏나무 아래서 내의원 서재를 하염없이 바라보고 있었다.

'옥정이 보이지 않더니 대궐에 들어와 있었구나.'

조덕윤은 옥정을 발견하고 가슴이 아렸다. 민가의 여자가 대궐에 들어왔으니 후궁이라도 되었다는 말인가. 아니 그렇지는 않을 것이다. 임금이 후궁을 들이면 내의원에서 모를 리가 없다. 옥정은 후궁이 아니라 궁녀로 들어온 것이다.

'내가 청혼을 했는데 거절한 것은 궁녀로 들어오기 위해서인가?'

조덕윤은 옥정을 이해할 수 없었다. 내의원을 지낸 아버지 조인권과 역관 장경은 막역한 사이였다. 그런데도 청혼을 거절하여 아버지와의 사이마저 나빠졌다.

"어른들이 하는 일을 내가 어찌 아는가?"

포도청에서 포교로 일을 하는 옥정의 오빠 장희재는 퉁명스럽게 말했었다. 그는 한때 역관 공부를 했으나 때려치우고 의원 공부를 하다가 역시 그만두더니 포도청에 들어갔다. 위인이 호방하고 사람 사귀는 것을 좋아했다. 조덕윤과 독서당에서 함께 공부를 했기 때문에 두 사람은 절친하게 지냈다.

"왜 자네 누이를 나에게 주지 않는 것인가?"

하루는 조덕윤이 장희재에게 물었다.

"어른들 일이야. 내가 마음대로 할 수 있는 일이 아니네."

"정혼자라도 있나?"

"정혼자는 무슨….."

장희재가 입술을 비틀며 웃었다.

"그럼 무엇 때문인가?"

"이건 비밀인데 옥정이는 좋아하는 남자가 있었네."

조덕윤이 집요하게 캐묻자 장희재가 마지못해 말했다. 장씨 남매의 어머니인 윤씨는 한때 장렬왕후 조씨와 인척이 되는 조사석의 여종으로 있었다는 소문과 조사석과 정을 통하고 있다는 말까지 나돌았다. 장희재의 말을 들은 조덕윤은 어미가 방탕하여 딸도 그런 것인가 하고 문득 생각했다.

"좋아하는 남자? 그게 누군가?"

"광현이네."

장희재의 말에 조덕윤은 가슴이 철렁했다.

"그럼 노비에게 시집을 보낼 것인가?"

"광현이가 똑똑하기는 해도 노비에 지나지 않으니 아버지가 허락하지 않았네."

"그럼 내 청혼을 왜 거절했나?"

"옥정이가 광현이가 아니면 죽어도 시집을 가지 않겠다고 했네."

조덕윤은 눈에서 불이 일어나는 것 같았다. 자신도 모르게 주먹을 움켜쥐고 몸을 부르르 떨었다.

"이건 자네가 내 동무니까 하는 말인데 옥정이는 액을 막기 위해 비밀리에 광현이와 혼례를 올렸네. 물론 초야는 치르지 않았네. 옥정이는 죽어가고 있었으니까. 시체처럼 누워 있기만 했네."

조덕윤은 장희재의 말을 듣자 자신도 모르게 다리가 휘청거렸다. 하늘이 무너지는 것 같고 눈앞이 캄캄했다. 그래서였던가. 광현은 어느 날부터인가 한양에서 사라졌다. 그리고 옥정도 보이지 않았다. 조덕윤은 한때 그들이 야반도주를 한 것이 아닌가 생각했다. 그래서 그들을 찾기 위해 많은 돈을 들여 사람을 풀었고 광현이 평양에서 마의 노릇을 하고 있다는 사실을 알게 되었다.

"마의라고? 사람을 치료하는 것도 아니고 말을 치료하고 있어?"

조덕윤은 어이가 없었다. 이규학에게서 의술을 배운 광현이 마의
가 되었다니…. 마의는 대부분 사복시나 군영이 있는 곳에 있었다.

"옥정 아가씨는 어디로 갔는가?"

조덕윤은 평양까지 찾아가서 광현을 만났다. 옥정의 행방을 묻자
니 기분이 묘했다.

"모릅니다."

마구간에서 말을 치료하고 있던 광현이 놀란 표정으로 조덕윤을
쳐다보았다.

"옥정 아가씨와 야반도주를 하지 않았나?"

"그런 짓은 하지 않았습니다. 마님께서 우리 일가를 면천시켜 주
셨습니다. 오 년 동안 한양에 돌아오지 말라고 하시면서… 그러고
보니 어느 사이에 오 년이 지났군요."

광현이 쓸쓸한 기색으로 말했다. 광현도 옥정의 소식을 궁금해 하
고 있었다. 조덕윤은 광현이 옥정을 만나지 않고 있다는 사실에 안
심했다.

'옥정이 대궐에 들어온 것은 무엇인가 음모가 있어.'

조덕윤은 옥정의 옆모습을 보면서 그렇게 생각했다. 그러나 옥정
이 대궐에 들어온 일이 어떤 음모와 관련이 있는지 조덕윤은 알 수
없었다.


옥정은 두 번째로 세자를 진맥하는 광현을 물끄러미 응시했다. 광
현은 비록 방의에 지나지 않으나 괴의라고도 불리고 마의라고도
불린다고 했다. 선조 때 신의라고 불리던 침의 허임 이래 가장 뛰어

난 의원이라고 했다. 세자를 진맥하는 광현에게는 태산 같은 엄숙함이 있었다. 옥정은 세자를 진맥하는 광현의 모습에서 10년 전의 일을 떠올렸다. 광현은 그녀와 비밀 혼례를 올렸다. 그녀는 병에 걸려 사경을 넘나들고 있었고 말도 할 수 없었다. 그녀가 의식을 잃었다가 다시 깨어났을 때 광현이 옆에 누워 있었다. 기이한 일이었다. 그녀는 손을 뻗어 광현의 손을 잡았다. 어쩌면 무의식 중에 그렇게 했는지 몰랐다. 광현의 손을 잡자 그에게서 따뜻한 온기가 전해져 왔다. 저승사자가 잡으러 올 것 같아 두려움에 떨던 공포가 사라지고 무엇인가 알 수 없는 안도감이 느껴졌다. 옥정은 그 안도감 속에서 잠이 들었다. 그러나 그녀가 다시 눈을 떴을 때 광현은 꿈인 듯 사라지고 없었다. 그리고 사라졌던 광현이 10년 만에 의원이 되어 나타난 것이다.

"곽란은 진정시켰으나 속이 허합니다."

광현이 진맥을 마치고 명성왕후에게 조심스럽게 고했다.

"허면 속을 다스리는 약을 처방하라."

명성왕후의 목소리는 쇳소리처럼 날카로웠다.

"약을 처방하기는 하겠으나 양생(養生)이 중요합니다."

"양생이라… 무엇을 말하는가?"

"산보입니다."

"산보?"

"저하께서 하루에 이각(二刻, 30분) 정도 아미산을 산보하시면 평생 건강하게 지내실 수 있습니다."

광현의 말에 내의원에서 들어와 있던 의원들이 웅성거렸다. 그들은 괴의라고 하더니 그 말이 틀리지 않는구나, 어찌 이런 처방을 내리는가 하고 낮게 수군거렸다. 옥정도 깜짝 놀라 광현을 쳐다보았다.

"산보를 어찌하는 것인지 보여주겠는가?"

"그럼 저하와 함께 산보를 하시지요."

광현은 세자를 데리고 춘궁에서 나와 창덕궁과 창경궁으로 이어지는 아미산을 오르기 시작했다. 명성왕후와 세자를 내시들이 앞에서 인도하고 궁녀들이 호종했다. 한낮이었으나 숲은 청정하고 공기는 맑았다. 옥정은 조심스럽게 그들의 뒤를 따랐다.

"아뢰올 말씀이 있습니다."

아미산에 오르자 광현이 명성왕후에게 머리를 조아렸다.

"무슨 일인가?"

"중국의 명의 화타에 대해 들으신 일이 있습니까?"

"편작과 화타라는 말을 들은 일이 있다. 신의라고 하지 않는가?"

"화타가 만든 오금희(伍禽戲)라는 양생술이 있습니다."

광현의 말에 어의들이 이마를 찌푸렸다.

"오금희?"

"다섯 금수를 보고 창안했다고 하여 오금희라고 하는데, 이를 연마하면 강건해지실 수 있습니다."

"연마? 세자에게 어찌 무예를 하라고 하는가?"

"이는 무예를 연마하는 것이 아니라 양생술입니다. 저하를 시중드는 궁녀들도 배워야 합니다."

"망측하다!"

"소인이 감히 시범을 보이겠습니다. 우선 궁녀들이 따라 하는 것이 좋겠습니다."

명성왕후는 손으로 입을 가렸으나 광현의 시범을 막지 않았다. 옥정은 광현이 오금희를 시연하는 것을 조용히 지켜보았다. 그는 택견을 하는 것처럼 팔을 벌리고 세(勢)를 취했다. 그리고 춤을 추듯이 유연하게 움직이기 시작했다. 그의 동작은 물이 흐르는 것 같고 바람이 살랑거리는 것 같았다. 그렇게 팔다리를 놀리다가 정권을 내지르고 허공으로 솟아올라 발길질을 하기도 했다. 궁녀들은 광현의 시범을 따라 하지 않았다. 광현이 도움을 청하듯이 옥정을 보았다. 옥정은 민망했으나 곧 광연을 따라 했다.

"재미있다. 마치 춤을 추는 것 같구나."

세자도 웃으면서 따라 했다.

오금희는 중국의 명의 화타가 창안한 양생술로 다섯 짐승들의 행동 양상을 본떠서 만든 운동법이었다. 첫째는 호희(虎戱), 둘째는 녹희(鹿戱), 셋째는 웅희(熊戱), 넷째는 원희(援戱), 다섯째는 조희(鳥戱)였다. 그는 짐승들을 세밀하게 관찰하여 곰이 나무를 끌어안고 올빼미처럼 몸을 움직이지 않은 채 목만 돌려 뒤를 돌아보고, 각 부위의 관절을 자유자재로 움직이는 것을 보고 도인술(道引術)을 만들기 시작했다. 도인술의 표본은 호랑이, 사슴, 곰, 원숭이, 새로 삼았다. 그는 다섯 짐승들의 행동을 하나하나 분석하고 도(圖)를 만들었다.

의원인 화타가 이러한 오금희를 창안한 것은 치료에 앞서 병이 생기지 않도록 운동으로 건강한 신체를 만들기 위한 것이었다. 세자는 뜻밖에 오금희를 따라 하며 즐거워했다.

광현이 내의원으로 돌아가자 옥정도 왕대비전으로 돌아왔다.

"세자는 어떠하냐?"

장렬왕후가 한가하게 부채질을 하다가 세자전에서 돌아와 인사를 올리는 옥정을 보고 물었다.

"환후가 좋아지셨습니다."

옥정은 장렬왕후의 안색을 살피면서 대답했다.

"광현이라는 자가 괴의라고 하더니 의술이 뛰어난가보구나."

"예."

옥정은 머리를 조아려 대답하고 물러나왔다.

밤이 되자 옥정은 책을 읽다가 허공을 쳐다보았다. 광현의 얼굴이 떠올라왔다. 그는 10년 동안 무엇을 하면서 지냈을까. 달빛이 휘영청 밝은데 어디선가 풀벌레 우는 소리가 들렸다. 옥정은 잠이 오지 않아 대비전 뒤뜰로 나왔다.

'무당은 어찌하여 나를 귀인이 된다고 했단 말인가?'

대궐에 들어온 지 10년이 되었으나 아무 변화도 없었다.

옥정은 달빛 속에서 광현이 시연을 보였던 오금희를 떠올리며 몸을 움직이기 시작했다. 그러면서도 10년 전 일을 머릿속에 떠올렸다

캄캄한 어둠 속이었다. 황천이라면 이렇게 캄캄한 어둠이 펼쳐져 있으리라. 저승으로 가는 길이라면 아무것도 보이지 않고 아무 소리도 들리지 않으리라. 옥정은 무명의 어둠 속에서 그렇게 생각하다가 눈을 번쩍 떴다. 암흑 속에서 천둥소리 같은 것이 들린 기분이었다. 그녀는 재빨리 사방을 휘둘러보았다. 어디서 벼락을 치는 듯한 소리가 들린 것일까. 그 소리는 환청에 지나지 않는 것인가. 사방이 물속

처럼 조용한 가운데 탕약 냄새가 코를 찌르고 있었다.

"조용히 자거라. 손을 잡아도 안 되고 몸이 닿아도 아니된다."

밖에서 어머니 윤씨의 목소리가 들렸다. 옥정은 비로소 방 안의 풍경이 시야에 들어오기 시작했다. 방 안에 병풍이 쳐져 있고 동뢰상(同牢床)이 놓여 있었다. 그리고 상투를 틀어올린 광현이 동뢰상 앞에 앉아 있었다. 그때 옥정은 그녀가 혼미한 상태에 있을 때 어머니가 했던 말이 떠올랐다.

"네가 살아나려면 액을 풀어야 한다는구나. 액을 풀려면 혼례를 올려야 하고."

옥정은 어머니의 말이 무슨 뜻인지 알 수 없었다.

"혼례를 올리면 너에게 붙어 있는 액이 신랑에게 간다는구나. 너를 살리기 위해 비밀리에 혼례를 올리는 것이니 의식이 있으면 알고나 있어라."

어머니는 무당의 말을 듣고 딸에게 붙어 있다는 액을 떼어내기 위해 노비인 광현과 혼례를 올리게 한 것이다.

어머니는 무당에게 말했었다.

"우리 딸을 어찌 노비와 혼례를 올리게 한다는 말인가. 딸이 노비와 혼례를 올리면 액이 떨어져도 평생을 살아야 하지 않는가?"

"드릴 말씀은 아닙니다만 쇤네가 어찌 귀하신 아가씨께서 노비와 평생을 살라고 하겠습니까? 혼례는 비밀리에 올리고 하룻밤만 지나면 됩니다. 이 댁의 종을 비롯하여 누구에게도 알리지 않으면 혼례를 올렸다는 것을 모를 것이 아닙니까?"

"다른 사람은 몰라도 당사자들이 알 것이 아닌가?"

"아가씨는 입을 다물면 될 것이고 종놈이야 마님께서 처리하시면 되지 않습니까? 마님께서 처리하시기 어려우면 쇤네가 처리하겠습니다."

어머니와 무당의 목소리는 꿈결인 듯 암암하게 들려왔다. 옥정은 사라져 가는 의식 속에서 그 소리를 들었다. 그리고 그 이후로 아무것도 기억하지 못하게 되었다. 의식이 돌아와 눈을 뜨고 어머니와 무당을 찾았을 때 그들은 보이지 않았다. 사방이 기이할 정도로 조용했다. 미약한 숨소리까지 들리는 고요가 옥정은 싫었다. 처처에 검은 상포처럼 나부끼는 절망이 싫었다. 이제 무엇을 더 안타까워하랴. 옥정은 자신이 죽어가고 있다고 생각했다. 몸을 전혀 움직일 수 없었고 입을 열 수도 없었다. 그러다가 문득 사방이 컴컴하게 어두워지면서 의식을 잃고는 했다. 얼마나 시간이 지났는지 알 수 없었다. 머리맡이 선뜻하여 눈을 뜨면 검은 옷에 검은 갓을 쓴 남자가 앉아 있었다.

'저승사자가 나를 데리러 왔구나.'

옥정은 그렇게 생각했다. 의식은 하루에도 몇 번씩 멀어져갔다가 돌아오고는 했다. 그런데 몇 번이나 그런 일을 반복하다가 눈을 뜨자 사모관대 차림의 광현이 동뢰상 앞에 앉아 있었던 것이다.

'아!'

옥정은 혼례복을 입고 족두리를 쓴 채 누워 있었다. 얼굴에는 연지곤지까지 찍혀 있었다. 누군가 그녀에게 혼례복을 입힌 것이 분명했다. 옥정은 그때서야 어거니와 무당이 짜고 액땜을 하기 위해 광현과 비밀리에 혼례를 시킨 것이라는 사실을 깨달았다.

'광현과 나는 부부지연을 맺었어.'

옥정은 그렇게 생각했으나 다시 의식을 잃었다.

그녀가 깨어났을 때 광현은 보이지 않았다. 어디로 간 것일까. 옥
정은 광현이 보이지 않자 의아했다. 그날 이후 옥정의 병은 점점 호
전되어 갔다. 사흘이 지나자 말을 할 수 있었고 닷새가 지나자 일어
나 앉을 수 있었다.

"어머니, 광현은 어디로 갔어요?"

옥정은 어머니에게 광현의 소식을 물었다.

"그건 왜 묻느냐?"

"내가 혼례를 올렸잖아요?"

"깨어나 있었느냐? 네가 혼례를 올린 것은 비밀이다. 누구에게도
말해서는 안 된다."

"어머니."

어머니는 광현의 행방을 알려주지 않았다. 몸이 완쾌되어 광현의
집을 찾아갔으나 광현 일가는 어디론가 이사를 가고 없었다. 옥정은
실망했다.

사신을 따라 명나라에 갔던 아버지 장경이 돌아왔다. 아버지는 조
사석과 협의하여 장렬왕후 조씨가 있는 대비전 궁녀로 그녀를 들여
보냈다. 그것이 벌써 10년 전의 일이었다.

옥정은 오금희를 연마하기 시작했다. 광현이 마치 옆에서 지켜보
고 있는 듯한 기분이었다. 광현은 옥정에게 오금희가 그려져 있는
도첩을 주었다. 그것으로 세자에게 오금희를 가르치라는 뜻이었다.

5
가슴에 담아야
하는 것들

## 5

　광현은 허공을 우두커니 쳐다보고 있었다. 자신을 대궐로 들어오
게 한 것이 이후담이 아니라 조덕윤이라는 것을 알았을 때 자신도
모르게 헛웃음이 나왔다. 조덕윤이 그것밖에 안되는 인간이었던가.
명색이 조선 제일의 명의라는 이름을 들으면서 사해에 이름을 떨치
고 의과에 수석으로 합격했다는 자의 소행이 한낱 마의인 나를 죽
이는 것인가.

　"숙휘공주마마께서 야참을 내리셨습니다."

　그때 내시 김명선이 무수리들에게 상을 들려가지고 와서 소리를
질렀다. 대궐의 소주방에서 내의원으로 음식이 나온 것이다. 숙휘공
주가 벌써 두 번째 야식을 내린 것이다. 광현은 숙휘공주가 자신 때
문에 야참을 내린 것이라고 생각하자 가슴이 타는 것 같았다. 숙휘
공주는 한 번도 광현에게 마음을 표현한 적이 없었다. 신분의 차이

가 워낙 컸기 때문에 광현은 숙휘공주의 얼굴조차 제대로 본 일이 없었다. 사복시에서 의술을 배울 때도 숙휘공주가 나타나면 고개를 숙이고 영접했을 뿐이었다.

"공주마마께서 또 야참을 내리셨다니 어서 가보세."

내의원에서 직숙을 하던 어의들이 일제히 환호성을 지르면서 뛰어나갔다. 광현도 서재에서 나와 내의원 대청으로 갔다. 대청에는 이미 커다란 교자상 두 개가 놓여 있었다. 소주방에서 술까지 보냈기 때문에 어의들의 입이 귀에 걸렸다.

"공주마마의 은혜가 하해와 같습니다. 어의들이 모두 감사하고 있습니다."

태의 이필제가 방에서 나와 김명선에게 인사를 했다.

"알았소. 공주마마께 그리 전해 올리겠소. 많이들 드시오."

김명선은 웃으면서 자리에 앉아 음식을 들라고 권했다. 어의들도 다투어 김명선에게 인사를 하고 자리에 앉았다. 이필제가 상석에 앉고 조덕윤이 광현의 앞에 앉았다.

'이자가 왜 내 앞에 와서 앉는 거지?'

광현은 앞에 앉는 조덕윤을 보자 눈에서 불이 뿜어지는 것 같았다.

"태의께서는 전하를 진맥하셨습니까?"

술이 몇 순배 돌자 광현이 이필제에게 물었다.

"어찌 묻는 것인가?"

이필제가 싸늘한 눈빛으로 광현을 쏘아보았다. 좌중의 시선이 일제히 두 사람에게 쏠렸다.

"태의시니 당연히 진맥했을 것으로 압니다."

이필제는 대답하지 않았다. 조덕윤이 눈에서 독기를 내뿜으면서 광현을 노려보았다.

"혹시 소인의 진맥에 잘못이 있는지 살피려는 것입니다. 특별한 증상이 있으면 알려주십사 하고요. 두통을 호소하시는 것이 뇌 속에 종기가 있지 않나 싶어서 말입니다."

광현의 말에 어의들이 일제히 웅성거렸다. 이필제와 조덕윤의 얼굴에 핏기가 가셨다. 장내에 팽팽한 긴장감이 감돌았다.

"나도 진맥을 했으나 이상이 없었네."

조덕윤이 단호하게 말했다.

"그렇다면 다행입니다. 맥이 바르지 않아 의아하게 생각하고 있었습니다."

광현은 별일 아니라는 듯이 음식을 들기 시작했다.


소주방에서 나온 음식을 배부르게 먹고 나자 이경이 가까워지고 있었다. 광현은 내의원 직숙실에서 잠을 잤다. 임금의 두통을 치료하려면 족히 열흘은 걸린다. 대궐 안이라 그런지 쉽사리 잠이 오지 않았다. 이런저런 생각을 하다가 삼경이 되어서야 잠시 잠을 잘 수 있었다.

임금은 아침에 일어나 간단한 조회를 했다.

광현은 사시(巳時, 상오 9시부터 11시까지) 끝 무렵에 태의 이필제와 함께 침전에 들어가 시술을 했다. 상처를 싸맨 무명천을 벗기고 다시 약을 발랐다. 임금의 상처에는 아직도 고름이 약간 남아 있었다. 밤에는 해시정(亥時正, 하오 10시)에 침전에 들어가 시술을 했다. 그렇게 열흘 동안 시술을 하면서 광현은 내의원에 있는 여러 의서들을 섭렵했다.

옥정은 때때로 내의원 옆을 지나가거나 임금에게 탕약을 올리기 위해 침전으로 들 때가 있었다. 감히 쳐다보아서는 안 되는 여인이고, 감히 눈을 마주쳐서도 안 되는 여인이었다. 그러나 광현은 꽃향기와 같은 지분 냄새를 풍기는 옥정을 바라보지 않을 수 없었다. 평생을 마음속에서 그리면서 살아온 여인이었다. 한양을 떠난 뒤에도 단 하루도 잊은 적이 없었다. 그 옥정이 꽃처럼 화사하게 치장을 하고 광현의 옆을 지날 때는 가슴이 터질 것 같았다.

'잔인하구나. 내가 이토록 그리워하고 있다는 것을 알면서….'

광현은 자신의 눈앞에 일부러 모습을 나타내는 옥정이 야속했다.

'잊어야지. 잊어야 한다. 바람처럼 빗방울처럼 살아야 한다고 몇 번이나 다짐을 하지 않았는가?'

광현은 먼발치에서 옥정을 바라보면서 피가 나도록 입술을 깨물었다. 운명이 기구하여 대궐에 궁녀로 들어온 옥정이었다. 광현은 애써 옥정을 생각하지 않기 위해 시술을 하고 남은 시간에는 대부분 의서를 읽는 일로 소일했다.

'오늘이 마지막 시침이다.'

광현은 열흘째가 되자 오전의 시술을 마치고 임금의 침전 앞에서 하회를 기다렸다. 임금에게 침을 놓기 전에 어의 이필제가 시술을 더 하지 않아도 되겠다고 아뢰었던 것이다.

광현이 침전 뜰 앞의 나무 밑에 앉아 있는데 어디선가 매미가 울기 시작했다. 내관과 대전 상궁들이 행여 임금이 잠에서 깨어날까 봐 소리를 지르지 않고 소맷자락을 흔들어 매미를 쫓는 것이 보였다.

'미련한 사람들 같으니. 신발짝이라도 벗어 던져야지 소맷자락을 펄럭인다고 매미가 달아나는가.'

광현은 속으로 코웃음을 치면서 신발을 벗어 후박나무 가까이 다가갔다. 말매미가 제법 높은 가지에서 기운차게 울어대고 있었다. 광현은 후박나무 가지에 앉아 있는 매미를 향해 신발짝을 힘껏 던졌다. 신발이 허공을 날아 후박나무 가지에 부딪쳤다. 매미가 울음소리를 뚝 그치더니 푸다닥 날아갔다. 그러나 신발이 가지에 끼어 떨어지지 않자 궁녀들은 입을 가리고 웃고 내관들은 손가락질을 하면서 혀를 찼다. 광현은 후박나무에 매달려 가지를 흔들어대기 시작했다.

"에구머니!"

그때 궁녀들을 거느리고 침전으로 오던 명성왕후가 외마디 비명을 질렀다. 광현이 후박나무 가지를 흔들어대자 공교롭게도 신발이 명성왕후 앞으로 툭 떨어진 것이다. 궁녀들과 내관들은 왕비가 오는 것을 보고 황급히 고개를 숙이고 있었고 나무를 흔드느라고 명성왕후를 보지 못한 광현은 사색이 되었다.

"무엄하다! 이게 무슨 짓이냐?"

명성왕후가 광현을 날카롭게 쏘아보면서 호통을 쳤다.

"황송하옵니다."

광현이 깜짝 놀라서 재빨리 무릎을 꿇었다.

"방의가 아니냐?"

왕후는 광현을 알아보았다. 왕비 앞으로 신발이 떨어지게 한 것은 목이 달아나야 할 불경죄다. 그러나 임금의 두통을 치료하고 세자의 곽란을 치료한 의원이었기 때문에 왕후는 더 이상 질책하지 않았다.

"이놈아, 네놈이 감히 어떻게 중전마마를 향해 신발을 떨어뜨리느냐? 네 목이 몇 개나 되느냐?"

내시 김명선이 달려와 광현에게 호통을 쳤다. 광현은 얼굴이 하얗게 되어 머리를 조아렸다.

"아무리 시정의 의원이기로서니 이렇게 무엄할 수가 있나? 참으로 고약한 인사로다!"

"송구하옵니다!"

"물러가 있거라."

광현은 한쪽 구석에 가서 쪼그리고 앉았다.

아아, 내가 어쩌다가 대궐까지 끌려 들어오게 된 것일까. 옥정의 얼굴이 가뭇하게 떠올라왔다. 옥정과 그는 인연이 아니었다. 광현은 옥정의 음전한 얼굴을 생각하자 자신도 모르게 한숨이 흘러나왔다.

임금이 잠에서 깨어난 것은 해가 뉘엿뉘엿 기울고 있을 때였다. 임금은 머리가 깨질 것 같은 통증에 시달리다가 열흘 동안 치료를 받고 나자 기이할 정도로 정신이 맑아져 기분이 상쾌했다.

"방의들은 물러갔는가?"

임금이 일어나 앉아 행랑을 향해 물었다.

"밖에서 대기하고 있나이다."

제조상궁이 대답했다.

"방의가 광현이라고 했느냐? 신의 손을 가졌다고 하더니 참으로 신통하도다. 어의 이필제에게는 숙마 한 필을 상으로 주고 침의 광현에게는 윤마 한 필을 상으로 주라."

광현은 말 한 필을 상으로 받아가지고 대궐 문을 나왔다. 옥정이 있는 대궐에 다시 돌아오기는 쉽지 않을 것이다. 차마 떨어지지 않는 걸음을 떼어놓는데 멀리 담장 쪽에서 혼자 서 있는 옥정이 보였다.

'기어이 나와 있구나.'

그러나 광현은 옥정을 외면하고 황망히 대궐을 떠났다.

광현은 말고삐를 잡고 운종가를 향해 터벅터벅 걸었다.

"말 좋다."

운종가 뒷골목을 지나는데 사람들이 말을 보고 한두 마디씩 던졌다. 광현은 터벅터벅 걸어서 이후담의 보활원으로 갔다. 이후담의 선친 이경일은 의술이 출중했기 때문에 많은 환자들이 몰려들고 있었다. 병사(病舍)만 해도 수십 칸이나 되었고 의원들도 십수 명이었다. 약초를 캐는 사람들과 환자들이 수시로 드나들어 나라에서 경영하는 혜민서를 능가하는 규모였다. 이후담도 마의로 출발을 했는데 그것은 치종술(治腫術)을 배우기 위해서였다.

"흥! 장안의 돈은 다 긁어 모으려는 속셈이구나."

광현은 보활원으로 들어서면서 코웃음을 쳤다. 의원들이 여기저기서 환자들을 돌보는가 하면 약방에서는 약을 써는 일이 한창이고, 정주간 쪽에서는 약을 달이느라고 분주했다. 이후담은 대궐에서 나온 뒤에도 쉬지 않고 의원 일을 보고 있었다. 6대째 의업을 물려받고 있는 사람답게 이후담은 호방하면서도 인정이 많았다.

"임금의 두종은 어떤가?"

두종은 뇌 속에 있는 종기를 말하는 것이다.

"곧 국상이 있을 것 같네."

광현이 어두운 얼굴로 대답했다. 임금은 뇌 속의 두종 때문에 결코 오래 살지 못할 것이다. 광현은 이후담이 병자들을 치료하는 것을 한참 동안이나 지켜보았다.

이후담이 저녁이라도 먹고 가라는 것을 사양하고 광현은 남촌으로 걸음을 옮겼다. 월이가 평양에서 한양의 친정에 올라와 있을 것이었다. 월이의 친정은 부모님이 병으로 죽고 외삼촌이 혼자서 남촌에 있는 집을 지키고 있었다. 외삼촌도 아내와 아이들을 병마로 잃었다. 몇 년 전 두창(痘瘡, 천연두)이 마을을 휩쓸었는데 이때 아홉 식구 중에 살아남은 사람이 외삼촌 천달과 월이뿐이었다. 천달은 그후 흡사 넋이 나간 사람처럼 살았다.

중인들이 많이 살고 있는 남촌에는 기와집들과 초가집들이 산만하게 들어서 있고 길 좌우로 난전이 펼쳐져 있었다. 광현은 보활원에서 앓고 있는 환자들을 보고 오는 터라 활기찬 장터의 모습에 잠시 눈살을 찌푸렸다. 초가을 햇살이 뉘엿뉘엿 기울고 있는 장터는 사람들이 물건을 정리하느라고 어수선했다.

광현은 장작이 잔뜩 쌓여 있는 울 안으로 얼굴을 빠끔하게 들이밀다가 가슴이 철렁했다. 아니나 다를까. 와장창 그릇 깨지는 소리와 함께 부엌에 있던 월이의 찢어지는 목소리가 귀청을 때렸다. 광현이 예상했던 대로 월이가 그를 보자마자 고래고래 소리를 질러대면서 그릇을 집어던진 것이다.

'우리질놈의 여편네. 저놈의 성질머리는 언제 고칠 거야?'

광현은 눈을 질끈 감았다가 떴다. 월이는 머리를 언제 빗었는지 죄 헝클어져 있고 젖무덤이 반이나 드러날 정도로 짧은 저고리를 입고 있었다. 밑에는 검정 통치마였다.

"월이야, 화부터 내지 말고 내 얘기 먼저 들어라. 내가 자세한 사정을 얘기해줄게. 내가 열흘 동안이나 집에 들어오지 않은 것은 대궐에 불려가 임금님의 두통을 치료했기 때문이다. 이야, 대궐에 들어가니까 말도 마라. 임금님께서 나에게 말 한 마리를 상으로 주셨어. 너 한번 타볼래?"

광현은 호들갑스럽게 월이의 화를 가라앉히려 했다.

"뭐가 어째? 열흘 동안 코빼기도 안 보이더니 겨우 말 한 필 끌고 들어와? 그 말 타고 금강산이라도 유람갈래? 니 팔자가 그렇게 좋아?"

월이는 대뜸 눈을 하얗게 치뜨고 욕설을 퍼부었다. 광현은 망연자실한 표정으로 서 있다가 맘대로 해라, 하는 심정으로 부엌 앞에 있는 살구나무에 말고삐를 매기 시작했다. 월이는 광현을 보지도 않고 버드나무가지와 고리를 마구 집어던지면서 강짜를 부렸다.

"내 말이 말 같지 않아? 열흘 동안 어떤 년 품속에 파묻혀 있다가 온 거야? 다방골에서 춘심이년 만났지?"

월이는 기가 승해 허리에 손까지 척 얹어놓고 광현에게 삿대질을 했다. 평양에서 포도청 종사관을 따라 나선 것을 번연히 알면서 강짜를 부리고 있는 것이다.

"공연히 사람 잡지 마. 내가 얼마나 큰일을 하고 왔는지 알기나 해? 흥분하지 말고 내 말을 들어보라니까."

"들어보기는 뭘 들어봐? 내가 널 얼마나 기다렸는지 알아? 밤새도록 잠 한숨 못자고….”

월이가 눈물을 짜는 시늉을 하기 시작했다.

“흥! 네가 나한테 잔머리를 굴리려고 하는 모양인데 오늘이 제삿날인 줄 알아.”

월이가 찬바람을 일으키면서 뒤꼍으로 돌아갔다.

광현과 월이의 부부 싸움은 한바탕 굿거리를 하는 것 같았다. 월이는 온 동네가 시끄러울 정도로 패악질을 해대고 광현은 그것을 즐기고 있는 것이다. 아니나 다를까, 일다경(一茶頃, 차 한 잔 마실 시간)도 지나지 않아서 언제 싸움을 했냐는 듯이 월이가 광현의 손을 다정하게 잡고 앞마당으로 나왔다. 월이에게 무엇으로 얻어맞았는지 광현의 이마에 핏자국이 선명했다. 월이는 광현을 마당에 앉히고 치맛자락으로 피를 닦아주면서 애교를 떨었다. 광현은 아이처럼 투정을 부리기도 하고 시무룩한 표정을 짓기도 했다.

“그러게 왜 사실대로 말하지 않았어? 괜히 다치기만 했잖아?”

“언제 말할 시간이나 주었냐?”

“너무 보고 싶어서 나도 모르게…”

“두 번 보고 싶었다가는 뼈도 못 추리겠다.”

“미워죽겠어. 아무리 그래도 열흘 동안이나 연락도 안 해? 그런데 왜 나라님이 말을 준 거야? 대궐에는 돈이나 비단 같은 것도 없대?”

월이가 밉지 않게 눈을 흘겼다.

“나도 그걸 모르겠어. 말을 어디에 쓰라는 건지…”

“대궐에 예쁜 여자들 많아?”

“말도 말아. 대궐에 들어가니까 사람들 얼굴도 못 쳐다보게 하더

라. 얼굴만 들면, 무엄하다! 어디라고 감히 고개를 드느냐? 눈은 살며시 내리깔고… 뭐라더라? 그래… 손은 앞으로 다소곳이 모으고… 상궁들이 이렇게 호통을 치는데 이야, 사람 살 곳이 아니더라."

"우리… 방에 들어가자."

"왜?"

"우리 열흘 동안 못 만났잖아? 나 보고 싶지 않았어?"

"흐흥… 보고 싶었어."

월이가 감미롭게 속삭이는 소리에 광현이 코를 벌름거리면서 월이를 번쩍 안아서 방으로 들어갔다.

6
병자와
걸인들의 친구

6

쏴아아… 바람이 일면서 빗줄기가 섬돌과 행랑으로 을씨년스럽게
들이쳤다. 대궐의 연못가에 우람하게 솟아 있는 수양버들이 비바람
에 사납게 나부꼈다. 임금의 거처인 대조전에서 불과 50보도 떨어
지지 않은 연못이다. 옥정은 시름에 잠겨 비바람에 나부끼는 수양버
들을 무연히 바라보았다. 광현을 만난 것이 꿈인 듯이 몽롱했다. 아
아, 광현을 만난 것이 얼마만인가. 밤마다 꿈속에서라도 만나기를
갈망하면서 잠을 이루지 못한 적이 얼마나 많았는가. 잊으려고 해도
연모의 불길은 꺼지지 않았고 생각하지 않으려고 해도 어느 사이에
광현의 얼굴이 망막에 어른거리고는 했다. 그를 가슴속 깊이 정인이
라고 생각해 왔다. 사람이 평생을 살아가면서 정인 하나쯤은 마음속
에 두어도 좋지 않겠는가.

'정인이 아니라 나는 그의 부인이다.'

액땜을 하기 위해서라고는 하지만 우리는 혼례를 올렸다. 비록 초야를 치르지는 않았으나 나는 그의 부인이다.

'서방님….'

옥정은 광현을 가만히 불러보았다.

그가 임금의 두통을 치료하기 위해 대궐에 들어왔다는 말을 들었을 때 옥정은 꿈이라고 생각했다. 임금은 병치레를 자주 했다. 특히 두통이 심한데 태의 이필제조차도 병의 뿌리를 뽑지 못하고 있었다. 그런데 광현이 대궐에 들어와 임금에게 시술을 하고 있는 것이다.

옥정은 그날 밤 잠을 이룰 수 없었다. 광현이 지척에 있다는 사실이 꿈만 같았다. 옥정은 밤이 늦도록 엎치락뒤치락하다가 새벽녘에야 간신히 잠이 들었다. 이튿날 아침 문후를 드린다는 핑계로 대전으로 달려갔다. 그러나 임금은 잠이 들었고 수많은 궁녀들과 내관들이 있어서 광현과는 눈조차 마주칠 수 없었다.

'내가 사랑하는 정인이 눈앞에 있는데 한 마디 말조차 나눌 수 없으니 가슴이 찢어지는 것 같구나.'

옥정은 가슴이 타들어가는 것 같았다. 떨어지지 않는 걸음을 돌리는데 눈물이 후두둑 떨어졌다. 옥정은 곁눈으로 광현의 얼굴을 살폈다. 의관의 옷을 엉성하게 걸친 광현의 모습은 생뚱맞아 보였다. 옥정은 슬프면서도 저절로 웃음이 나와 입술을 깨물었다.

보고 싶다.

옥정은 그때 일을 떠올리자 광현이 사무치게 보고 싶었다. 광현이 대궐에서 나간 지 어느덧 두 달이 되었다. 그는 평양으로 돌아가지 않고 한양에서 사람들을 치료하고 있다고 했다. 그가 평양으로 가기

전에 다시 한 번 만이라도 그를 보고 싶었다.

천달은 여자의 방에서 나오는 광현을 보고 눈이 휘둥그레졌다. 에 그 저놈이 또 과부를 건드렸구나. 천달은 비스듬히 열린 방문 사이로 방 안을 들여다보면서 그렇게 생각했다. 방 안에서 여자가 엉거주춤 저고리를 주워 입는 것이 보였다.

"어흠!"

광현이 무춤했다가 헛기침을 한번 하고 앞서 걷기 시작했다. 천달은 재빨리 그 뒤를 따라 걸었다.

"이놈아, 왕진을 간다더니 바람을 피웠냐? 평양에서도 난봉을 피우더니 한양에 와서도 난봉을 피우는 것이냐?"

"에이, 누가 바람을 피웠다고 그러십니까?"

광현이 천달을 돌아보고 물었다.

"그럼 바람이 아니고 무엇이냐? 치료라도 했다는 말이냐?"

"당연히 치료를 했지요."

"이런 뻔뻔한 놈, 그게 어째 치료냐? 무슨 치료를 옷을 벗고 하냐?"

"환자가 몸이 아프다고 해서 진맥을 하니 상합(相合)이 없기 때문이었습니다. 남자나 여자나 상합을 할 나이에 혼자 살게 되면 온갖 병이 생기는 법입니다."

광현이 껄껄대고 웃으면서 너스레를 떨었다. 여자의 유근혈 가까운 곳에 있는 종기를 보려니 어쩔 수 없이 옷을 벗게 한 것인데 천달은 그 모습을 보고 터무니없는 상상을 하고 있었다. 광현은 그런 천달을 골려줄 셈으로 엉뚱한 말을 하고 있는 것이다.

"그럼 발가벗고 뒹군 것이 치료를 한 것이란 말이냐?"

"여자가 남자를 만나 상합을 하게 되면 피가 잘 돌아 막힌 혈이 뚫리고 기가 원활해집니다. 여자들 병은 칠할이 상합을 못하여 생기는 병입니다. 막말로 외로운 여자 안아주는 게 무슨 죄가 됩니까?"

광현은 낄낄대고 웃었다.

"이놈아, 너는 월이가 있잖아! 월이가 있으면서 그런 짓을 해도 되는 거야?"

"주막에 있는 춘심에게나 가보세요."

"춘심에게는 왜?"

"외로운 춘심이 상합이 하고 싶어 바람을 피면 어떻게 합니까?"

"춘심이를 주막에 있다고 그런 여자로 생각하지 마. 춘심이는 남자하고 자는 것은 별로라고 그러더라고…."

"에이그, 그래 가지고 어떻게 춘심이 마음을 얻으려고 그럽니까?"

"그럼 어떻게 해야 하는데?"

"보는 사람 없으면 다짜고짜 깔고 누르세요."

"에라, 이 못된 놈아, 지난번에 네 말대로 했다가 몽둥이에 맞아죽을 뻔했다."

천달의 말에 광현이 웃음을 터트렸다. 광현은 낙산 쪽에서 흥인문 쪽으로 길을 잡았다. 흥인문을 지나서는 마른내를 향해 걸음을 재촉했다. 낙산에 있는 과부의 집에 치료를 하러 갈 때 비가 내리기 시작했는데 아직도 그치지 않고 있었다. 가을을 재촉하는 비였다. 천달은 광현을 따라오다가 춘심의 주막이 있는 다방골로 갔다.

"의원님."

광현이 마른내 둑을 걷고 있을 때 걸인들이 달려와 그를 둘러쌌다.

"무슨 일인가?"

"오늘이 저희를 치료하는 날입니다. 그래서 모시러 왔습니다."

병만이 누런 이를 드러내놓고 히죽 웃었다. 나이가 서른 살이 넘었는데도 배운 것이 없어서 치인(癡人, 바보)이나 다를 바 없었다.

"오늘이었나? 그럼 가지."

광현은 걸인들을 따라 수표교로 갔다. 수표교 밑에 여러 개의 움막이 있고, 그곳에 걸인들 수십 명이 매일 같이 동냥을 하여 먹고 살고 있었다. 광현은 병만을 옹기점으로 보내 박순을 불러오게 했다. 박순이 필요한 약재를 가져와야 했다. 광현은 점심도 거른 채 걸인들을 치료해야 했다. 걸인들은 씻지도 않고 옷을 빨아 입지도 않아 부스럼이나 종기 같은 병을 앓고 있었다. 굶주리는 일이 많고 음식 쓰레기를 먹는 일도 있기 때문에 위장병을 앓고 있기도 했다.

수십 명이나 되는 걸인들의 치료를 마친 것은 해가 서쪽으로 기울기 시작했을 때였다. 걸인들의 왕초 장생(蔣生)은 호리병에 술을 두 병이나 가지고 돌아왔다.

"의원, 수고하셨는데 술이나 한잔 드시오."

장생이 광현에게 술잔을 건네면서 말했다.

"겨울이 되면 움막에서 지내기가 어려울 것 같습니다. 벌써 저녁이면 바람이 쌀쌀해지고 있습니다."

광현은 걸인들이 겨울을 나면서 죽는 사람이 생길 것이라고 생각했다.

"벌레 같은 목숨인데 죽으면 그만이지요."

장생이 공허하게 웃으면서 말했다. 장생은 기인이었다. 밀양에서 좌수(座首)의 아들로 태어났으나 어머니가 그가 태어난 지 3년 만에 죽었다. 아버지가 여종을 첩으로 들이면서 장생은 서모의 박대를 받으며 자라다가 소작을 하는 종의 집으로 보내져 농사일을 거들면서 살았다. 장생이 15세가 되자 종이 장가를 보내주었다. 그러나 부인은 몇 해 안 되어 죽고 말았다.

마음을 의지할 곳이 없어진 장생은 밀양을 떠나 호남과 호서로 정처 없이 떠돌아다니면서 각설이 노릇을 했다. 그렇게 전국을 떠돌다가 한양으로 올라왔는데 특히 해학과 노래를 잘했다. 그가 노래를 부르면 어찌나 애절한지 많은 사람들이 몰려와 구경을 했고 눈물을 흘리지 않는 사람이 없었다. 그는 남자이면서도 용모가 아름다워 눈이 크고 입술이 계집애처럼 붉었다.

장생이 한양에 올라와 활약할 때 허균(許筠)과 농담을 나눌 정도로 가까워졌다. 허균은 홍길동전을 남긴 인물로 젊었을 때 거리의 잡인들, 소위 협사들이라고 불리는 인물들과 자주 어울렸다.

"자네 성은 알겠는데 이름은 어찌 되는가?"

기방에서 술을 함께 마시던 허균이 장생에게 물었다.

"나는 이름을 모르오."

장생이 허균을 우두커니 바라보다가 대답했다.

"허허, 세상에 자기 이름을 모르는 사람이 어디에 있는가?"

"누가 훔쳐갈 것도 아닌데 이름은 기억해서 무얼 하오. 그저 장가라고 부르면 족할 것이오."

"자네의 무예 솜씨면 별감도 할 수 있을 터인데 어찌 거리에서 동냥질을 하는가?"

장생은 각설이를 하며 돌아다니는 동안 무예를 배웠다. 그의 벗들 중에는 무인과 악인(樂人)들이 많았다. 거리에서 무뢰배들과 싸울 때면 주먹이 빠르고 걸음이 쾌하여 당할 자가 없었다. 기생을 옆구리에 끼고 지붕 위를 날아다니기도 했다.

"별감을 하면 매어 살아야 하는데 나는 그런 것이 싫소."

장생은 허균의 질문이 귀찮은 듯이 갑자기 노래를 부르기 시작했다. 그가 노래를 부르자 다른 방에 있던 기생들이 우르르 몰려와 구경을 했다.

"장님 흉내 한번 내어보세요."

기생들이 장생에게 술대접을 하면서 이런저런 흉내를 내게 했다. 장생은 기분이 좋아서 장님이 눈을 끔벅거리고 지팡이를 짚고 다니는 모습을 흉내 내어 기생들을 포복졸도하게 했다. 무당 흉내, 소박 맞은 과부의 넋두리, 비렁뱅이 장타령, 늙은 젖어미 흉내까지 냈다.

"호호, 과연 팔방미인이십니다. 이번엔 십팔나한 흉내를 내어보세요."

장생은 기생들의 청을 거절하지 않았다. 갖가지 표정으로 십팔나한 흉내를 내는데 똑같지 않은 얼굴이 없었다. 기생들이 박수를 치면서 신기해했다.

"목이 마를 테니 술 드세요."

기생들이 다투어 술을 권했다. 장생은 술을 좋아했다. 술을 주면 가득히 따라서 들고 노래를 불렀다. 그는 악기가 없어도 입으로 통소, 쟁, 비파를 타는 것처럼 흉내를 냈고 온갖 짐승의 소리도 똑같이 흉내 냈다. 그가 밤중에 길을 가다가 개 짖는 소리를 내면 온 마을 개들이 모두 짖었다.

장생은 의식주를 동냥으로 해결했다. 동냥을 나가면 하루에 얻어 오는 것이 서너 말이나 되었다. 그중 두어 되로 밥을 지어 먹을 뿐 나머지는 다른 걸인들에게 나누어주었다. 기인 장생에 얽힌 신비한 이야기는 많았다.

악공 이한은 장생과 친하게 지냈다. 장생이 마땅히 거처할 곳이 없었기 때문에 이한의 집에서 머무는 날이 많았다. 대갓집의 계집종 하나가 장생에게 호금(胡琴)을 배우고 있었다. 어느 날 계집종이 호 금을 배우러 오다가 십자르에서 자줏빛 꽃이 장식되어 있는 화려한 머리꽂이를 잃어버리고 장생에게 와서 훌쩍거리고 울었다.

"무엇 때문에 울고 있는 것이냐?"

장생이 계집종에게 물었다.

"아침에 십자로에서 잘생긴 젊은이를 만났어요. 웃으면 농을 하고 몸이 닿을 듯이 스쳤을 뿐인데 머리꽂이가 없어졌어요."

계집종이 울음을 그치지 않고 말했다.

"어린놈이 몹쓸 짓을 했구나. 내가 찾아줄 테니 울지 마라."

장생이 계집종을 달래고 어디론가 사라졌다. 저녁때가 되자 장생 이 계집종을 불러냈다. 그리고 계집종을 데리고 십자로를 지나 경복 궁 서쪽 담장을 따라 가다가 신호문 앞에 이르렀다. 그는 커다란 띠 로 계집종의 허리를 묶은 뒤 자신의 팔에 감고 몸을 솟구쳤다. 그러 고는 겹겹이 되어 있는 대궐의 문을 빠르게 날았다. 계집종은 너무나 놀라서 눈을 감았다.

장생이 계집종을 데리고 날아 내린 곳은 경회루의 지붕 위였다. 젊은이 둘이 촛불을 들고 그들을 맞이했다.

"낭자가 잃어버린 물건이 있는데 아무래도 아우님들에게 있는 것 같소."

장생이 두 젊은이에게 물었다. 두 젊은이가 유쾌하게 웃더니 경회루의 대들보 위에서 금은 보석이 가득 들어있는 보석 상자를 꺼냈다. 그 상자 안에 계집종의 머리꽂이도 있었다.

"아우님들은 행동을 조심해야 하오. 세상 사람들이 우리들의 자취를 알아서는 안 됩니다."

장생이 젊은이들에게 말했다. 젊은이들이 그렇게 하겠다고 하자 장생은 계집종을 데리고 눈 깜짝할 사이에 집으로 돌아왔다. 계집종이 이튿날 아침 장생을 찾아가 고맙다는 인사를 하려고 했으나 장생은 술에 취해 코를 골면서 자고 있었다. 그가 밤중에 집을 나간 것을 아는 사람은 아무도 없었다.

선조 25년 초하룻날이었다. 장생은 갑자기 술을 몇 말 마시더니 십자로에서 노래를 부르고 춤을 추기 시작했다. 하루 종일 쉬지 않고 노래를 부르고 춤을 추더니 수표교 위에 꼬꾸라졌다.

이튿날 아침에 사람들이 죽은 장생을 발견했다. 그의 시체는 빠르게 부패하여 벌레가 되었는데 모두 날개가 돋쳐 어디론가 날아가고, 그가 죽은 자리에는 옷과 버선만이 남아 있었다. 그날은 일본이 남쪽으로 침략을 하여 조선이 임진왜란의 전쟁에 휘말리던 날이었다.

무인 홍세희는 장생과 자주 어울리는 사람이었다. 그는 임진왜란이 발발하자 이일을 따라 남쪽으로 가다가 문경새재에서 장생을 만났다.

"자네는 죽지 않았는가?"

홍세희가 깜짝 놀라서 물었다.

"나는 죽지 않았네."

장생은 지팡이를 짚고 짚신을 신고 있었다.

"왜적이 침략을 했는데 어디로 가는 길인가?"

"바다 건너 섬으로 가는 길일세."

"자네는 신통한 사람이니 내 운이나 봐주게. 내가 이번 전쟁에서 살겠는가?"

"자네는 금년에는 죽지 않을 걸세. 싸움이 시작되거든 절대로 물가에는 가지 말고 숲으로 들어가게. 정유년에는 결코 남쪽으로 오지 말게. 혹시 오게 되더라도 성으로는 들어가지 말게."

장생은 그 말을 하고는 나는 듯이 어디론가 가버렸다. 홍세희는 이일과 함께 상주 일대에서 일본군과 접전을 벌였으나 패했다. 신립이 군대를 끌고 오자 다시 탄금대에서 일본군과 교전했다. 신립의 대군이 패하자 많은 군사들이 강을 향해 달려갔으나 홍세희는 탄금대 산으로 올라가 목숨을 건질 수 있었다. 정유년에 홍세희는 금군 별장이 되었다가 체찰사 이원익에게 내리는 교지를 받들고 남쪽으로 내려갔다. 그는 교지를 전하고 돌아오다가 일본군의 추격을 받게 되었다. 홍세희는 장생이 경고한 말을 잊고 성주의 황적성으로 피했다가 성이 함락되자 목숨을 잃었다.

광현과 처음 만났을 때 그는 자신의 이름이 장생이고 허균과 교분을 나눈 이야기를 했다.

"당신이 선조 때 인물이란 말이오?"

광현이 웃으면서 물었다.

"그렇소."

"선조 때는 지금부터 백 년 전 일인데 당신 나이가 백 살이 넘었다는 말이오?"

"나는 내 나이를 모르오. 죽어도 자꾸 환생을 하기 때문이오."

장생은 허공을 바라보고 유쾌하게 웃었다. 광현은 장생이 기이한 인물이라고 생각했다. 그런데 그가 광현을 찾아와 걸인들을 치료해 달라고 부탁하여 한 달에 한 번씩 치료를 하게 된 것이다.

한양은 만호 장안이라고 불렸다. 장안은 양반들이 몰려 살아 고루거각이 즐비한 북촌을 비롯해 중인들과 서민들이 맨몸뚱이로 비비적대면서 사는 남촌까지, 1만 호에 이르는 집과 십만 명이 넘는 인구가 거주하는 4대문 안이었다. 6조 거리에서 동북쪽으로 뻗쳐 있는 운종가에는 육의전 거리를 비롯하여 각종 가게들이 즐비했고, 육의전을 지나면 마른내라고 부르는 청계천이 북쪽으로 흐르고, 아낙네들이 빨래를 하는 청계천을 건너면 붓 만드는 사람들이 몰려 사는 붓골[筆洞]과 먹 만드는 사람들이 몰려 사는 먹골[墨洞]이 남산골 아래 그윽하게 펼쳐져 있었다. '가게 모퉁이 다리'라는 모전교를 건너면 허름한 초가집들이 다닥다닥 붙어 있는 청계천 천변이었다.

둑을 따라 난전이 형성되어 있는 것은 운종가와 다방골로 이어진 수많은 발길을 잡으려는 천민 장사치들의 고육책일 터였다.

옥정은 느릿느릿 걸음을 떼어놓았다.

광현은 모전교를 지나 청계천 천변에서 북쪽으로 1백 보쯤 올라간 난전에 넓은 차일을 치고 의자에 앉아서 병자들을 보고 있었다. 옹기점의 넓은 마당이었다. 옥정은 남장을 하고 광현이 병자들을 보고 있는 옹기점에 이르렀다. 광현은 대궐에서 나와서는 평양으로 돌아가지 않고 청계천 천변에서 병자들을 돌보고 있었다. 어떻게 하겠다는 생각은 없었다. 그저 광현이 보고 싶었고, 광현을 보기 위해 사가로 나와 남장을 하고 천변에 이른 것이다. 앞에는 진료대로 쓰이는 탁자가 하나 놓여 있고, 여자들을 진찰하기 위해서인지 휘장까지 만들어져 있었다. 그 옆에는 허름한 옷차림의 여인이 시중을 들고 있었다.

"어디가 아프시오?"

광현이 사람들에게 부축을 받아 들어온 허름한 농군 차림의 사내를 힐끗 살피며 물었다. 사내는 한쪽 발을 걷어 올리고 있었다. 서른 살을 조금 넘긴 듯했으나 겉늙어 보이는 사내였다.

"무, 무릎이… 너무 아픕니다."

사내가 얼굴을 잔뜩 찌푸리고 말했다. 사내의 오른쪽 무릎이 퉁퉁 부어 있었다.

"쯧쯧… 어찌하다가 이렇게 되었소?"

광현이 혀를 찼다. 옥정은 멀찍이 떨어져 광현이 진맥하는 모습을 살폈다.

"감자를 지게에 지고 오다가 엎어져서 무릎을 못 쓰게 되었습니다. 아이고, 이 일을 어쩌나?"

농사꾼 사내를 부축하고 온 여인이 말했다.

"멀쩡한 다리를 왜 못 써?"

광현은 농사꾼의 무릎을 이리저리 만지더니 눈살을 찌푸렸다.

"이 위에 누워봐."

광현이 말하자 사람들이 농사꾼을 부축하여 진찰대 위에 눕혔다. 광현은 침통에서 5촌(寸)이나 되는 대(竹)침을 꺼냈다.

"침 한방 놓을 테니까 눈 감고 있으시오."

광현의 말에 농사꾼이 눈을 질끈 감았고 부축하고 온 사람들은 불안한 눈으로 광현을 살폈다. 광현은 왼쪽 무릎을 만지면서 혈(穴)을 찾고 있었다.

"다친 건 오른쪽입니다."

눈을 감고 있던 농사꾼이 말했다.

"누가 모르나? 걷고 싶으면 잠자코 눈이나 감고 있으시오."

혈이 잡히자 광현은 대침을 깊숙이 찔러 넣었다. 농사꾼 사내가 입을 딱 벌리면서 비명을 질렀으나 다시 다물었다.

"걸어보시오."

광현이 사내의 무릎에서 침을 뽑고 말했다. 사내가 진찰대 위에서 일어나 발을 땅바닥에 디뎠다. 그는 조심스럽게 걸음을 떼어놓았다. 그러다 아프지 않은지 조금씩 걷기 시작했다.

'아!'

옥정은 광현의 침술에 감탄했다. 사내가 사례를 하고 물러가고 다른 사내가 다리를 절면서 나타났다. 그는 발가락에 종기를 앓고 있었는데 부인과 가족들이 부축하여 진찰대 위에 앉혔다.

"어떻게 하다가 다친 거야?"

"밭일을 하다가 쇠스랑에 찍혔는데 상처가 퉁퉁 부었습니다."

"상처가 곪았어. 이런 것은 진작 치료해야지, 이렇게 곪을 때까지 그냥 두고 있으면 어떡해?"

광현은 사내에게 말을 거는 척하다가 갑자기 퉁퉁 부운 발가락의 종기를 엄지손가락으로 힘껏 눌렀다. 그러자 사내의 얼굴이 사색이 되어 단말마의 비명을 질러댔다. 사내를 부축하고 있던 여인이 깜짝 놀라 울음을 터뜨렸다. 사내의 발가락 종기가 터지면서 썩은 피고름이 흘러나왔다. 사내는 잇달아 비명을 질러댔고 여인은 눈물을 흘리면서 어찌할 바를 몰라 발을 동동 구르고 있었다.

"어른이 왜 이렇게 엄살을 피워? 종기를 터뜨리지 않으면 발가락을 잘라내야 돼? 발가락을 잘라내고 싶어?"

광현은 주저하지 않고 더러운 고름을 남김 없이 짜냈다. 사내의 얼굴은 고통 때문에 거의 파랗게 변해 있었다. 사내가 어찌나 비명을 지르는지 옥정도 얼굴을 찌푸렸다.

"됐어. 이 사람 고약이나 발라줘. 며칠 안에 깨끗이 나을 거야."

광현이 옆에 있는 여인에게 말했다. 여인이 울고 있는 사내를 옆으로 인도하여 고약을 바르기 시작했다. 지켜보던 병자들이 몸을 부르르 떨었다. 광현은 사내의 종기를 손으로 눌러서 짠 것이다.

"다음."

광현은 수건으로 손에 묻은 고름을 닦은 뒤 말했다. 이번에는 늙수그레한 여인이 광현 앞으로 나아갔다. 여인의 얼굴을 쳐다본 광현의 얼굴이 흐려졌다.

"순아, 오색진(伍色診)으로 보아라. 무엇이 보이느냐?"

광현이 옆에 있는 제자에게 물었다. 오색진은 얼굴색으로 병을 진찰하는 광현의 독특한 진법(診法)이다. 다른 말로는 망진이라고 부른다. 의술이 신의 경지에 이르면 얼굴색만 보고도 병증을 알 수 있는 것이다.

"얼굴이 누렇게 변한 것을 보니 황달인 듯싶습니다."

박순라고 불리는 광현의 제자가 공손하게 대답했다. 박순은 열일곱 살 정도 되어 보였고, 작은 키에 다부진 몸을 갖고 있었다.

"맞게 보았다. 황달만 처방하면 나을 것이다."

광현은 처방전을 써주었다. 이번에 진찰을 받는 여자는 옷차림이 화려한 중년부인이었다. 부인의 남편인 듯한 사내도 함께 광현의 앞에 섰다. 중년부인은 흰자위가 눈을 덮고 있었고 간간이 눈알을 번들거렸다. 그리고 몸이 신경질적으로 바짝 말라 있었다.

"선생, 제 아내는 광증(狂症)이 있어서 왔습니다. 석 달 전부터 잘 먹지도 않고, 잠을 자지 않으면서 걸핏하면 울기만 합니다."

고관인 듯한 사내가 연신 허리를 굽실대며 말했다. 광현이 중년부인의 왼손을 잡았다. 그녀의 맥은 격하게 뛰다가 조용해지고 뜨거웠다가 차가워지고는 했다. 광현이 낮게 한숨을 내쉬었다. 중년부인의 용색에는 색기가 가득했으나 비기(悲氣)도 엿보였다. 광현은 여인이 심화(心火)를 다쳤을 것이라고 생각했다.

"상화(相火)를 다스리는 처방을 해야겠다. 무엇보다 잠을 편안하게 자게 해주어야 한다."

광현이 박순에게 처방을 내렸다. 박순이 재빨리 병부에 기록을 하고 처방을 써서 남자에게 주었다.

"선생, 제 아내의 병은 어떻게 해서 생긴 것입니까? 선생의 고명은 오래전부터 흠모해왔습니다. 부디 제 아내의 병을 낫게 해주십시오."

사내가 절을 하면서 광현에게 물었다.

"상합(相合)이 원만하지 않아 생긴 병이오."

광현이 피로에 지친 기색으로 말했다.

"예?"

사내의 얼굴에 당황하는 기색이 역력해졌다. 순서를 기다리던 병자들의 눈이 호기심으로 번들거렸다. 부인의 얼굴이 붉어졌다. 상합이 원만하지 않다는 것은 부부관계가 좋지 않다는 뜻이었다.

"남자가 있는 여자는 아무리 적어도 한 달에 너댓 번씩 상합을 해야 하는데 보아하니 그대들은 몇 달 동안 상합을 하지 않은 것 같소. 부인의 몸에는 상합을 원하는 기운이 가득한데 이를 억눌러 참으려니 심화를 다쳐 울증(鬱症)이 생긴 것이오."

"선생, 저… 저는 상을 당해 여자를 가까이 할 수 없습니다."

"예(禮)에 너무 얽매이지 마시오. 남녀가 상합을 하는 것은 자연의 이치인데, 이를 역행하니 병이 생기는 것이오."

"그럼 상합만 하면 낫는다는 말씀입니까?"

"부인은 심화를 크게 다쳐 광증을 앓고 있소. 상합도 중요하지만 이 병은 자주 재발하니 약을 계속 복용해야 합니다."

"첩약을 복용해야 합니까?"

사내가 근심스러운 표정으로 물었다.

"생대추를 달여서 하루 세 번에서 다섯 번을 먹으면 되오. 지천으로 널린 생대추를 달이는 것이니 어려운 일은 아닐 것이오. 마침 대추를 딸 계절이 아니오?"

"생대추가 약이 된다는 말씀입니까?"

"약이 되다 뿐이오? 부인에게는 그만한 보약이 따로 없으니 잘 달여서 복용하게 하시오."

"이 은혜를 어찌 갚아야 할지…."

사내가 눈물을 글썽이면서 광현에게 무수히 머리를 조아렸다. 여기저기서 병자들이 과연 신의라고 감탄하는 소리가 들려왔다. 중년 부인 다음은 사순의 중년 사내였다. 그는 몸이 비대했는데 눈빛이 우묵했다.

"어디가 아픈 것이오?"

"저는 마포나루에 사는데 머리가 너무 아파서 왔습니다."

중년의 사내가 손을 머리까지 올리고 공수(空首)를 한 뒤 말했다. 광현은 사내의 맥을 짚고는 얼굴을 찌푸렸다. 진맥을 하는 광현의 눈빛이 수시로 변했다. 병자와 가족들은 잔뜩 긴장한 눈으로 광현을 주시하고 있었다.

"그대의 병은 너무나 위중해서 치료를 하기가 늦었소."

광현이 사내의 맥을 놓고 말했다. 사내의 얼굴이 사색이 되었다.

"선생, 내…내 병이 무슨 병이오?"

사내가 떨리는 목소리로 물었다.

"그대의 병은 독창(毒瘡, 종기)이오. 독창이 체내에 있소. 손을 쓸 수 있는 시기가 이미 지나버렸소."

광현의 목소리가 얼음가루가 날리듯이 냉랭했다.

"아아, 어떻게 치료를 할 수가 없겠습니까?"

사내가 눈물을 흘리며 말했다. 함께 온 가족들도 통곡을 하면서 살려달라고 애원했다. 광현의 보활원이 병자 가족들의 울음소리로 어수선해졌다.

"당신의 병은 저(疽)라는 것으로, 저는 몸속에 있는 장과 위 사이에 있어서 닷새 후에는 이것이 부풀어 올라 토하게 되고, 또 여드레 후에는 고름을 쏟고 죽게 됩니다. 안타까운 일입니다마는 저는 초기에 잡지 않으면 불치에 이릅니다. 내가 그대의 죽음을 알려주는 것은 죽기 전에 생을 정리하라는 뜻입니다. 죽음도 미리 대비를 하는 것이 좋지 않겠습니까? 조섭을 잘하는 것이 좋겠습니다."

광현의 말에 사내가 다시 통곡을 했다. 순서를 기다리던 병자들의 얼굴도 숙연해졌다. 사내는 한참 동안이나 울다가 비틀대는 걸음으로 돌아갔다. 병자들이 저에 걸린 사내가 돌아가는 것을 묵묵히 바라보았다.

"스승님, 저 사람의 병은 어떻게 하여 생긴 것입니까?"

박순이 광현에게 물었다.

"저 사람의 병은 과도한 음주와 방사로 인해 생긴 것이다."

"맥을 짚었을 때 기운이 느껴지십니까?"

"그렇다. 나는 저 사람의 맥을 짚었을 때 간(肝)의 기(氣)를 느낄 수 있었다. 맥서(脈書)에 맥이 길고 활시위같이 팽팽하여 사계절을 통하여 변하지 않는 것은 그 병이 주로 간장에 있다고 했다. 맥이 길고 활시위같이 팽팽하고 고르다면 그 병은 경맥(經脈)에 이상이 있는 것이고 불규칙하다면 낙맥(絡脈)에 이상이 있다는 것을 알아야 할 것이다."

"좀 더 자세한 말씀을 해주십시오."

"경맥에 이상이 있는데도 맥이 고른 것은 병이 근수(筋髓)에서 생긴 것이고 맥박이 불규칙하면서 갑자기 끊어졌다 높아졌다 하는 것은 병이 음주와 방사로 인하여 생긴 것이기 때문이다."

"예."

박순이 고개를 끄덕거렸다.

"방금 진맥을 받고 돌아간 병자가 닷새 만에 고름을 토하게 되고 여드레가 되면 고름을 쏟고 죽는 것을 아는 것은 그의 맥을 짚었을 때 소양(宵陽)에 대맥(大脈)이 나타났기 때문이다. 대맥의 출현은 소양 경맥에 병이 생긴 후에 소양의 낙맥까지 자라서 낙맥에 웅크리고 있기 때문이다. 병세가 완전히 퍼지면 환자는 자연이 죽게 되는 것이다."

"스승님, 저 병자의 대맥은 어디에 있습니까?"

"병자의 왼손 촌구맥(寸口脈) 초관(初關) 일푼(一分)에 나타났기 때문에 지금은 열이 있어도 고름은 나오지 않는다. 그러나 오푼(伍分)까지 이르면 소양에 이르고 여드레가 되면 소양의 말단에 이르러서 고름을 쏟고 죽게 되는 것이다. 열이 높아지면 양명(陽明)의 경맥을 찌게[烝] 하고 소락맥을 타게[爛] 하는데 소락맥이 움직이면 낙맥이 서로 연결된 부분에 병이 생겨서 문드러지고 풀어져 낙맥이 서로 막힌다. 이리하여 열기가 머리로 올라가게 되어 두통이 생기게 되는 것이다."

광현의 말에 모두 고개를 끄덕거렸다. 환자들이 감탄하여 광현을 쳐다보았다.

다음에 진찰을 받을 사람은 삼십대 초반의 여인이었다.

"네가 진맥을 하라."

광현이 박순에게 말했다. 박순이 광현에게 공손히 허리를 숙여 인사한 뒤 여인의 얼굴을 살피고 맥을 잡았다.

"이 여인의 병은 기(氣)가 역상(逆上)하여 심장에 들어간 것 같습니다. 석신을 놓겠습니다."

박순이 여인의 맥을 놓고 말했다. 석신은 침을 말하는 것이었다.

"이 병은 용산(涌疝, 아랫배가 아픈 병)인데, 대소변을 보기가 어려웠을 것이다. 침을 놓으면 안 된다. 어떻소, 부인?"

광현이 여인에게 물었다.

"그렇습니다. 사흘째 대소변을 보지 못했습니다."

여인이 얼굴을 붉히며 말했다.

"이 병에는 화제탕(火劑湯)을 처방해라."

광현이 박순에게 말했다. 병자들이 일제히 고개를 주억거리며 웅성거렸다. 그들은 광현의 진맥과 처방하는 소리를 들으면서 깊이 감탄했다.

다음은 노인들과 어린아이들이었다. 어린아이들은 대개 체증(滯症)을 갖고 있었고 노인들은 안질(眼疾), 이질(耳疾), 그리고 마비(麻痺)가 많았다. 마비는 풍증(風症)으로 오는 일이 많았는데 비교적 침이 유효했다.

이내 옥정의 차례가 되었다. 옥정은 광현의 앞으로 걸어갔다. 옥정을 본 광현의 얼굴이 굳어졌다. 남장을 했어도 그가 알아챈 것이다.

7
거스를
수 없는 물결

## 7

조덕윤은 남장을 한 여인이 광현과 이야기를 나누고 있는 것을 보고 눈에서 불이 나는 것 같았다. 옥정이 남장을 하고 광현을 만나고 있는 것이다. 대궐의 궁녀가 외간 남자를 만나는 것은 목이 달아날 중죄다. 그때 청계천이 왁자해지면서 들것을 든 군사들이 옹기점으로 들이닥쳤다. 들것에는 뜻밖에 커다란 말이 누워 있었다. 사람들이 일제히 웅성거리면서 그들에게 길을 터주었다.

"마의는 어디에 있는가?"

들것을 인도하여 온 별장이 눈알을 부라리면서 사람들에게 물었다.

"나요."

광현이 앞으로 나서면서 말했다.

"이 말은 전하께서 타시는 말인데 갑자기 쓰러졌으니 속히 치료하라.”

별장이 단호하게 말했다. 광현이 말을 진맥하더니 휘장 안으로 들여놓게 했다.

‘임금과 똑같은 증세의 말이 왔으니 어떻게 하는지 보자.’

조덕윤이 어수선한 옹기점 마당을 살피며 빙그레 웃었다. 들것에 실려 온 말은 조덕윤이 보낸 말이었다.

“광현이 시술을 할까요?”

조득구가 교활한 눈을 번들거리면서 물었다.

“말이 죽어가는데 시술을 하지 않겠나? 광현은 누구보다도 말을 사랑한다고 하지 않았는가?”

“시술이 성공할 것이라고 보십니까?”

“성공한다고 해도 오래 살지는 못할 것이야.”

광현은 이미 수많은 말을 수술했다. 어떤 말은 배를 째는 수술을 했고 어떤 말은 다리를 째고 종기를 긁어내는 수술을 했다. 조선의 의원들은 병자의 몸에 칼을 대지 않는다. 진맥을 하고 약을 처방하거나 침을 놓고, 뜸을 뜨는 것이 전부다. 사람의 몸에 칼을 대는 것은 오랫동안 금기로 여겨왔기 때문에 광현도 말이나 짐승에만 칼을 댔다.

광현은 평양 군영에서 일을 하면서 많은 말들을 치료했다. 말들이 종기를 앓거나 다리가 부러지거나 심지어 독초를 먹고 죽어갈 때 약을 처방하여 살리기도 하고 배를 째서 독을 빼내기도 했다. 사람에게 할 수 없는 일을 말에게 한 것이다.

“광현이 대체 어디서 그런 시술을 배운 것일까요?”

"마의라고 하지 않았나? 평양 군영 마의로 있을 때 배웠다고 하네."

사람들은 광현을 괴의라고 불렀다. 그의 치료법이 다른 의원들과 전혀 달랐기 때문이다. 그는 많은 구급약을 환단으로 만들어 갖고 있었다. 감기에 걸린 병자나 위장병을 앓고 있는 병자들은 그가 주는 환단 몇 알로 나았다. 그는 병자들에게 약을 주는 것보다 양생법을 가르쳐주었다. 그의 보활원에서 일을 하는 사람들도 대부분 양생법을 했다. 아침에 일어나 찬물을 마시고 오금희라는 운동을 한 뒤아침을 먹게 했다.

"제가 가서 살펴보겠습니다."

조덕윤이 광현에 대한 생각에 잠겨 있을 때 조득구가 말했다. 조덕윤은 대답 대신 고개를 끄덕였다. 조득구는 약재상을 하기 때문에 광현과도 친분이 있었다. 광현이 시술을 하는 것을 보아도 탓하지 않을 것이다.

광현이 바쁘게 움직이고 있기 때문인지 옥정은 옹기점에서 나와 걸음을 재촉하기 시작했다.

'옥정은 광현과 무슨 이야기를 했을까?'

조덕윤은 옥정의 뒤를 따라 걷기 시작했다. 날씨가 더운 탓인지 거리에는 사람이 거의 보이지 않았다.

'사가(私家)로 가는구나.'

조덕윤은 옥정의 뒤를 따라 걷다가 걸음을 멈췄다. 좌포도청 쪽에서 장희재가 휘적휘적 걸어오고 있었다.

"어디로 가는 것인가?"

장희재가 손을 번쩍 들고 알은 체를 했다.

"대궐에서 나와 자네에게 들르려고 집으로 가는 길일세."

"그래? 대낮부터 웬일로 술타령인가?"

장희재가 조덕윤과 나란히 걸으면서 말했다. 옥정은 이미 멀어져 보이지 않았다.

"대궐에는 별일 없나?"

"대궐에 무슨 일이 있겠나?"

"전하께서 환후가 심하다고 하더니 쾌차하셨나보군."

조덕윤은 광현이 치료했다고 말하려다가 그만두었다. 광현의 문제에 장희재를 개입시키고 싶지 않았다. 필동으로 향하는 토담 옆의 살구나무 가지가 축 늘어져 있었다.

"광현이 치료를 했지."

마음과는 달리 조덕윤이 지나가는 나무꾼을 흘깃 쳐다보며 대답했다. 나무꾼은 지게에 장작을 가득 싣고 운종가 쪽으로 가고 있었다.

"광현이 대궐에 들어갔다는 말인가? 어의도 아닌데 어찌 대궐에 들어갔나?"

장희재가 놀라는 시늉을 하면서 조덕윤을 쳐다보았다.

"시정에 신의라고 명성이 높지 않나?"

"그렇긴 하지. 평양에서 누구에게 의술을 배워 그런 재주를 갖게 되었는지 모르겠어."

"광현을 만나나?"

"광현을 왜 만나? 놈은 우리 집 노비로 있었어. 우리 술이나 마시러 갈까? 다방골에 숙정이라는 기생이 하나 왔는데 고것이 여간 예쁘지 않아."

"자네는 미인이 있어 간다지만 나는 왜 가는가?"

"아무려면 기생집에 예쁜 기생 하나 없겠나? 낮부터 기생집 출입하기는 껄적지근하지만 등목 시원하게 하고 계집 무릎 베고 한숨자면 극락이 따로 없지."

장희재가 유쾌하게 웃으면서 앞서 걷기 시작했다.


조득구는 눈을 크게 떴다. 말은 의식을 잃고 누워 있고, 광현은 예리한 칼로 두피를 벗긴 다음 골을 쪼개고 있었다. 조득구는 처음 보는 수술 장면에 몸을 부르르 떨었다. 말의 골을 쪼갠다면 사람의 골을 쪼갤 수도 있다. 그러나 사람의 골을 쪼개거나 배를 가르는 것은 사형을 당하는 중죄다.

'말의 골을 쪼개다니….'

조득구는 마치 꿈을 꾸고 있는 듯한 기분이었다. 광현은 땀을 흘리면서 시술을 계속하고 있었다. 장내는 숨이 막힐 듯한 긴장이 흐르고 있었다. 사람들이 모두 숨을 죽여 바늘 떨어지는 소리가 들릴 정도로 조용했다. 광현은 말의 골을 쪼개 뚜껑을 열고, 그 안의 종기를 긁어냈다. 그의 얼굴에는 땀이 비 오듯이 흐르고 시술을 거드는 사람들의 얼굴이 창백했다.

'백 의원이 수술을 한다는 말은 들었어도 내가 직접 본 것은 처음이구나.'

조득구는 자신의 눈을 믿을 수가 없었다. 광현은 종기를 모두 긁어낸 뒤 환부에 약을 뿌렸다. 지혈제이면서 새 살을 돋아나게 하는 약이다.

"어르신, 화타를 아십니까?"

조득구는 언젠가 광현고 함께 약재를 채취하려 다닌 일이 있었다. 그때 광현이 지나가는 말로 물었다.

"약재상이 화타를 모르겠는가? 중국의 전설적인 명의 아닌가?"

"그럼 화타가 마취산을 만들어낸 것도 알고 있습니까?"

"마취산? 미약 말인가?"

"미약이 아니라 고통을 모르게 하는 약이지요. 그 약을 복용하면 잠이 들어 아무것도 모른답니다."

"그런데 마취산은 왜 물어보는 것인가?"

"마취산을 만들어야겠는데 어르신이 좀 도와주어야 하겠습니다. 종기라는 놈이 밖에 있는 것은 고치기가 쉽지만 안에서 생기는 것은 고치기가 쉽지 않습니다."

"그야 그렇지."

광현은 바위에 걸터앉아 꼬리를 치는 개를 쓰다듬고 있었다. 광현은 개를 좋아한다. 아니 등물들을 좋아한다. 동물들도 광현을 좋아하여 그가 부르면 여기저기서 달려온다.

"반위(反胃, 암)를 아시지요?"

"악성 종기를 말하는 것이 아닌가? 반위에 걸리면 약도 없지 않은가? 설마 반위 약을 만들려고 하는 건 아니겠지?"

"반위는 약이 없지요. 반위를 도려낸다고 해도 다른 곳으로 번집니다. 반위를 옮기는 놈이 있습니다."

"누가 반위를 옮긴다는 갈인가?"

"사람이 옮기는 게 아닙니다."

"그럼 누가 옮긴다는 말인가? 귀신이 옮긴다는 말은 아니겠지?"

"귀신이라… 그럴 수도 있겠지요."

광현이 공허하게 웃었다. 그것이 벌써 2년 전의 일이었다. 광현은 2년 만에 화타의 마취산을 개발한 것이 틀림없었다.

'아교로구나.'

광현은 말의 상처에 약을 뿌린 뒤 골을 다시 맞추고 있었다. 골을 맞출 때 아교를 데워 붙이는 것이다. 이어 두피를 덮고 실로 꿰맸다.

'저렇게 해서 살아날 수 있을까?'

조득구는 광현이 시술하는 것을 보면서 속으로 고개를 흔들었다. 말은 자신의 뇌를 갈랐는데도 죽은 듯이 잠들어 있었다. 시술이 모두 끝났다. 장장 두 시간이 걸린 대수술이었다. 말머리에 천을 감고 광현은 흡사 사람에게 하듯이 등을 쓰다듬었다.

'고통스러워도 참아라.'

광현은 흡사 그렇게 말하는 것 같았다. 그가 휘장에서 나오자 그를 돕던 사람들이 정리를 하기 시작했다.

"무엇을 그렇게 오랫동안 보았습니까?"

광현이 주춤주춤 뒤를 따라오는 조득구에게 물었다.

"백 의원이 시술을 하는 것을 보았네."

"지루했을 텐데 유심히 보더군요."

광현이 씩 웃으며 우물에서 물을 길어 손을 씻기 시작했다. 그러다가 고개를 들고 하늘을 쳐다보았다.

"무엇을 보는가?"

"나뭇가지에 바람이 이는 것을 보고 있습니다."

광현은 검푸르게 나부끼는 오동나무 잎사귀를 보고 있었다.

"바람?"

"살풍(殺風)이 불고 있습니다."

"살풍?"

조득구는 어리둥절했다. 광현의 얼굴이 어두워지고 있었다.


옥정은 왕대비 조씨를 모시고 현종의 침전으로 가고 있었다. 현종 15년(1674) 8월 8일의 일이었다. 현종이 병이 나서 괴로워하고 있다고 승전색이 아뢴 것이다. 현종은 온몸이 불덩이처럼 달아올라 밤새도록 괴로워했다. 약방에서 우승지 김석주와 좌부승지 정유악과 함께 들어가 진찰하고 약에 대해 의논할 것을 청하자 윤허했다.

광현이 치료를 하고 돌아간 지 두 달 만의 일이었다.

'전하가 승하하시면 광현이 벌을 받을 것이 아닌가?'

옥정은 조씨의 뒤를 따르면서 그렇게 생각했다. 침전에 이르자 내시와 나인들이 모두 어쩔 줄을 모르고 있었다.

"주상은 어떠한가?"

왕대비 조씨가 침전에 이르러 숙위하는 내시 김명선에게 물었다.

"열이 올라 몹시 괴로워하고 계십니다."

김명선이 머리를 바짝 조아리고 대답했다.

"내가 들어가 볼 것이다."

조씨는 내시와 궁녀들의 안내를 받아 들어갔다. 옥정도 조씨를 수행하여 침전으로 들어갔다. 현종은 세자와 함께 앉아 있다가 황급히 일어나 조씨를 맞이했다.

"소손이 할마마마를 뵈옵니다."

"편히 앉으세요."

조씨는 인자하게 웃으면서 상석에 앉았다. 옥정은 머리를 숙이고 서서 조심스럽게 현종의 용안을 살폈다. 기색이 창백하여 병이 위중하다는 사실을 알 수 있었다. 세자가 옥정을 뚫어지듯이 살피다가 조씨에게 절을 올렸다. 왕대비 조씨는 세자의 절을 인자하게 받고 현종에게 시선을 돌렸다.

"밤새 열 때문에 괴로워했다고 들었는데 좀 어떠십니까?"

"많이 가라앉았습니다."

"다행입니다. 춘추 한창이시니 곧 쾌차하실 것입니다."

"할마마마께 걱정을 끼치니 불효가 막심합니다."

"아닙니다. 환후가 있어서 그런 것인데 어찌합니까? 하루 빨리 쾌차하시기만을 바랄 뿐입니다."

조씨는 현종을 위로하고 왕대비전으로 돌아왔다. 현종은 틈틈이 정무를 보았으나 2, 3일이 지나자 병이 더욱 악화되었다. 조정에서 부랴부랴 약방을 설치하고 진맥을 했으나 여전히 위급하여 때때로 인삼차만 복용했다. 하루 종일 혼미하고 지쳐서 잠자는 것 같기도 하고 잠들지 않는 것 같기도 했다.

왕대비 조씨는 거의 매일 침전으로 가서 현종을 위로했다. 세자는 항상 현종의 옆에서 병간호를 하고 있었다. 그날도 옥정이 왕대비 조씨를 모시고 침전에 들자 세자가 옥정을 보고 미소를 지었다. 옥정도 세자를 향해 곱게 미소를 지어 주었다.

현종은 충주에 있는 허적을 영의정에 임명하여 불렀다. 영의정 허적이 충주에서 올라오고, 창성군 이합도 돌아왔다.

"영상이 방금 들어왔습니다. 그런데 영상의 직책은 감히 받을 수 없으므로 사은숙배는 못하고 성상의 환후가 이렇게 편찮으시므로 바로 약방으로 들어간다고 하였습니다."

승정원에서 현종에게 아뢰었다.

"내가 부른다고 전하라."

현종이 즉시 영을 내렸다. 약방 도제조 허적이 창성군 이합과 함께 침전으로 들어와 진찰했다. 현종이 의관을 갖추어 입고 앉자 허적이 나아가 아뢰었다.

"성상의 환후가 갑자기 위중하시니 그지없이 염려됩니다. 어제 오늘 사이에 설사의 증세가 조금 줄어들었습니까?"

"줄어든 줄 모르겠다."

"약방이 들어와 진찰할 때에는 관복을 입지 말고 누워서 인접하소서. 신 역시 오늘부터 숙직하겠다는 뜻을 감히 아룁니다."

"그리하겠다."

"좌상이 지금 비변사 근처에 와 있다고 합니다. 혹 사관을 보내 부르신다면 들어올 것입니다."

"입시한 승지가 나가서 전유하라."

현종이 영을 내렸다. 옥정은 왕대비전과 현종의 침전을 오가면서 무엇인가 불길한 일이 일어나고 있다고 생각했다. 현종이 충주에 있는 영의정 허적을 재촉하여 부른 것은 무엇인가를 당부하기 위해서였다.

"성상의 병세가 이처럼 심상치 않은데 시약청을 설치하지 않으니 사리에 맞지 않습니다. 더구나 약방을 내반원(內班院)에다 옮겨 설치하는 것은, 시약청과 다름이 없다 하더라도 명칭이 없으니 또한 미안(未安)합니다. 오늘부터 시약청을 설치하소서."

약방에서 아뢰었다.

"그렇게 할 필요가 없다."

현종이 거절했으나 재차 아뢰자 윤허했다. 우승지 김석주가 좌의정 김수항에게 달려가 현종의 영을 전유하자 즉시 들어와 사은했다.

"성상이 거처한 곳에 재변이 있어서 다른 전각으로 거처를 옮기자고 권하였으나 따르지 않았다. 약방은 간청하여 다른 곳으로 거처를 옮겨야 할 것이다."

왕대비 조씨가 시약청에 지시하자 시약청이 현종에게 다른 곳으로 거처를 옮길 것을 청했다.

"청소하기가 쉽지 않을 것이니 잠시 하루 이틀 기다려야 할 것이다."

현종은 거처를 옮기는 것을 미루었다. 시약청이 다시 간청했다.

"내일 옮기겠다."

현종이 기운 없는 목소리로 대답했다. 왕대비 조씨는 현종이 쾌차하지 못할 것이라고 생각하여 거처를 옮기라고 명을 내린 것이다. 왕이 병중에 거처를 옮기는 것은 죽음을 맞이할 때밖에 없었다.

'임금이 승하하면 세자가 보위에 오른다.'

옥정은 얼핏 그렇게 생각했다. 그렇다면 왕대비 조씨가 수렴청정을 하게 된다. 어쩌면 성격이 거친 명성왕후 김씨가 수렴청정을 하게 될지도 모른다. 세자는 벌써 열세 살이다. 이미 세자빈을 두었고 어느 날 왕대비전에 문안을 드리러 와서는 옥정을 동궁전 궁녀로 달라고 청했다.

"세자는 공부를 할 때인데 어찌 궁녀를 달라고 하는 것인가?"

왕대비 조씨는 웃으면서 세자를 보았다.

"다른 뜻은 없습니다. 궁녀가 노숙하여 시중을 잘 들기 때문입니다."

"지금은 주상이 환후 중에 있으니 쾌차하면 봅시다. 세자가 원하는데 이 할미가 어찌 거절하겠소?"

왕대비 조씨가 옥정을 흘깃 쳐다보았다. 옥정은 얼굴이 붉어지는 것을 느꼈다.

세자가 아플 때 간호를 하느라고 며칠 동안 춘궁에 머문 일이 있었다. 어린 세자빈이 임금과 왕후, 왕대비에게 문안을 드리러 갈 때 금침에 누워 있던 세자가 눈을 뜨고 옆에 앉아 있던 옥정의 손을 잡았다.

"저하!"

옥정은 깜짝 놀라 손을 뺐다.

"나를 일으키라."

옥정은 세자를 안아서 일으켰다. 그러자 세자의 손이 옥정의 저고리 안으로 들어와 그녀의 가슴을 움켜쥐었다.

"저하."

"잠자코 있거라. 너는 나의 궁녀니라."

옥정은 눈을 질끈 감았다. 밖에는 내시와 궁녀들이 있었다.

"너에게서는 좋은 향기가 난다. 세자빈에게는 없는 것이다."

세자가 눈을 감고 중얼거렸다. 옥정은 가슴이 방망이질을 하듯이 세차게 뛰는 것을 느꼈다. 어린 세자가 여자를 알고 있다. 하기야 열세 살이라고 하지만 부인까지 있는 세자가 아닌가. 옥정은 눈을 뜨고 세자를 보았다. 옥정의 가슴을 움켜쥐고 있는 세자의 얼굴에 햇살 같은 미소가 번지고 있다. 옥정은 세자를 가만히 끌어당겨 가슴에 안았다.

8월 18일이 되었다. 현종의 병세가 더욱 위독해졌다. 영의정 허적, 좌의정 김수항, 우의정 정지화 그리고 승지, 사관이 빠른 걸음으로 침실로 들어왔다. 현종은 그들에게 유언을 남기고 해시(亥時, 밤 9시에서 11시)에 승하했다.

"전하!"

대전 내시들과 상궁들이 먼저 통곡하기 시작했다. 대궐에 들어와 있던 대신들도 일제히 대전 앞에 꿇어 엎드려 통곡했다.

'임금이 승하했으니 세자가 보위에 오르겠구나.'

옥정은 어두운 하늘을 바라보면서 세자의 얼굴을 떠올렸다. 어린 세자는 그녀의 가슴을 희롱했다.

'세자가 보위에 오르면 나를 후궁으로 삼을 것인가?'

옥정은 그 생각을 하자 가슴이 뛰기 시작했다. 아버지 장경과 조사석 대감, 그리고 왕대비 조씨가 계획한 일이 이루어지고 있는 것이다.

대궐은 슬픔 속에서도 어수선했다. 대신들과 궁녀들이 모두 흰 상복을 입고 세자는 베옷을 입었다. 상복을 입은 세자의 얼굴이 어른스러워 보였다.

　국상을 당한지 닷세가 지나자 세자가 즉위하였다. 숙종이었다.

　"왕은 이와 같이 말한다. 하늘이 우리 가문에 재앙을 내리어 갑자기 큰 슬픔을 만났으므로 소자가 그 명령을 새로 받게 되니, 더욱 기가 꺾이고 마음이 허물어지는 듯하다. 병환이 나서 열흘이 되었는데도 약은 효험이 나지 않았으며, 내 몸이 대신 죽으려는 성심이 간절했는데도 신이 굽어살피지 않았었다. 더구나 대위(大位)를 갑자기 계승하게 되니, 나로 하여금 지정(至情)을 억제하게 한다. 이에 본년(本年) 8월 23일에 인정문에서 즉위하여 본월(本月) 23일 어둔 새벽 이전부터 잡범으로서 사죄(死罪) 이하는 모두 용서해주고, 관직에 있는 사람은 각기 한 자급(資級)을 올리라."

　숙종이 영을 내렸다. 왕이 즉위했으니 백성들과 함께 기뻐하기 위해 사면령을 내린 것이다. 명성왕후 김씨가 수렴청정을 하겠다는 뜻을 은밀하게 내비쳤다. 그러나 숙종은 수렴청정을 거절했고 대신들 또한 거론하지 않았다. 대신들이 대비에게 청을 올려 마지못해 허락하는 시늉을 하면서 하게 되는 것이다. 그러나 대신들은 청을 올리지 않았다.

　"이는 남인인 영의정 허적이 반대를 하기 때문이다."

　명성왕후는 남인의 영수 허적을 비난했다. 다시 한번 서인들을 동원하여 수렴청정을 하려고 시도했으나 남인과 신왕이 반대하여 뜻을 이룰 수 없었다. 이것이 명성왕후가 복창군 사건을 빌미로 남인들을 제거하는 빌미가 되었다.

8

흔들리는
운명

## 8

광현이 대궐에 들어가 임금의 두통을 치료하고 돌아온 지 석 달이
지난 밤이었다. 천달이 뒷간에서 바지를 추스르면서 나오는데 포도
청 종사관 이종문이 포졸들을 거느리고 옹기점으로 들이닥쳤다. 천
달은 행여나 포졸들이 자신을 잡으러 온 것이 아닌가 하여 벌벌 떨
었다. 포졸들이 천달의 귓전에 대고 포도청 종사관이라고 말하자 천
달의 눈이 더욱 크게 떠졌다. 천달은 허리를 숙이고 이종문을 살피
다가 그에게서 풍기는 싸늘한 냉기에 바짝 허리를 숙였다.

"마의가 여기에 머물고 있는가?"

이종문이 방 쪽을 일별하고 천달에게 물었다.

"마의? 마의라는 사람은 없습니다. 돌팔이는 하나 있지만…."

천달이 방문 쪽을 힐끔거리면서 투덜거렸다. 낮에 광현에게 면박
을 당한 일이 아직도 불만으로 남아 있었다.

"말을 잘 치료한다는 괴의 광현이 말일세. 침도 잘 놓는다고 하지

않는가?"

"광현이가 괴의라구요? 에이그, 그런 돌팔이가 무슨 침을 잘 놓습니까?"

"집에 있는가?"

"예."

"부르게."

천달이 난처한 듯이 머뭇거리면서 우물쭈물했다.

"광현이 안에 있는가? 안에 있으면 속히 나오라."

이종문이 방을 향해 소리를 질렀다.

"지금 바빠서 침 안 놓아요. 나중에 다시 와요."

안에서 월이의 소리가 들려왔다.

"포도청에서 나왔느니라. 속히 나오지 않고 무얼 꾸둘대느냐?"

이종문이 버럭 소리를 질렀다. 그때서야 비로소 문이 벌컥 열리고 황급히 바짓가랑이를 추스르면서 광현이 나왔다. 포졸들이 고개를 외로 꼬면서 웃었다. 월이도 옷깃을 여미고 머리를 만지면서 후닥닥 뒤따라 나왔다.

"아니 의금부에서는 무슨 일로 나온 거야. 우리 의원님이 과부들에게 허튼 짓은 해도 남의 물건을 도둑질하는 사람은 아니야."

월이가 이종문을 쏘아보면서 가시 돋힌 목소리로 말했다. 광현이 이종문을 보고 고개를 숙여 인사를 했다.

"평양으로 돌아가지 않고 이곳에 있었구나."

이종문은 월이의 투덜거리는 말에는 대꾸조차 하지 않고 광현을 살폈다. 이종문은 광현의 꼬락서니가 한심스러웠다.

“예.”

광현이 옷고름을 매면서 엉거주춤 대답했다.

“의금부 도사께서 기다리신다. 속히 가자.”

“나리, 의금부에는 무슨 일로 가는 거예요? 이 사람이 무슨 잘못을 했나요?”

월이가 광현의 앞을 막아서면서 물었다.

“잘못을 한 것이 아니다. 국상이 났으니 책임을 져야 하지 않느냐?”

“국상이요?”

“전하께서 승하하셨다. 전하를 어찌 진료했기에 승하하시게 하였느냐? 속히 가자.”

이종문이 엉거주춤 서 있는 광현의 등을 밀어댔다. 광현은 국상이 났다는 말에 가슴이 철렁했다. 그는 잠시 눈을 감았다가 뜨면서 월이를 돌아보았다. 월이가 금방이라도 주저앉을 듯이 울상을 지었다.

“나는 아무래도 쉽게 돌아오지 못할 것 같다. 멀리 떠날 준비를 하고 있거라.”

광현이 씁쓸하게 웃으면서 툇마루에 있던 침낭을 어깨에 메고 나섰다. 종사관과 포졸들이 광현을 앞세우고 마당을 나갔다. 그들이 나간 후 하늘엔 검은 구름이 잔뜩 몰려오고 살구나무 잎사귀들이 검푸르게 나부끼고 있었다.

광현이 좌포도청 종사관 이종문을 따라 의금부 가까이 이르렀을 때 꾸물꾸물하던 하늘에서 빗방울이 후드득대기 시작했다. 빗줄기는 금세 골목을 하얗게 물들이면서 쏟아졌다. 의금부에 이르렀을 때는 광현과 종사관 이종문의 온몸이 후줄근하게 젖었다.

"어젯밤에 전하께서 승하하셨네. 사헌부에서 의관들의 잘못이라고 탄핵을 했네. 자칫하면 살기 어려울 것 같네."

이종문이 의금부 아문으로 들어서면서 정황을 설명했다. 광현은 예상하고 있던 일이었으나 정신을 바짝 차려야 한다고 생각했다. 이종문은 광현을 의금부 안쪽 깊은 곳에 있는 별채로 데리고 갔다. 별채에는 포졸들이 삼엄하게 늘어서 경비를 하고 있었다. 포졸들이 양쪽으로 일제히 길을 비켜주자 광현은 이종문을 따라 별채 앞에 섰다. 이종문이 안에 들어가 무엇이라고 얘기를 했는지 의금부도사가 나왔다.

"네가 광현이냐?"

의금부도사 김계호가 광현을 아래위로 쏠어보면서 물었다.

"예."

광현이 잔뜩 머리를 조아렸다. 김계호에게서 범접하기 어려운 위엄이 풍기고 있었다.

"하옥하라!"

김계호가 이종문에게 영을 내렸다. 이종문이 고개를 숙여 보이고 광현을 옥에 가두었다. 옥에는 이미 이후담이 끌려와 있었다.

"자네도 왔는가?"

이후담이 웃으면서 말했다.

"어찌 웃는가?"

"황천길에 길동무가 생겼으니 외롭지 않을 것 같아 웃었네."

이후담이 벽에 등을 기대면서 말했다. 광현은 이후담 옆에 털썩 주저앉았다. 밖에는 마침내 빗줄기가 쏴아 하고 쏟아지고 있었다.

　월이는 문을 열어놓고 빗줄기가 쏟아지는 마당을 우두커니 내다
보고 있었다. 장독대 앞에 피었던 봉선화와 채송화, 분꽃 같은 여름
꽃들이 세찬 빗줄기에 맞아 가지가 부러져 둥둥 떠내려가고 있었다.
마당도 붉은 흙탕물이 가득 괴어 있었다. 포도청 종사관을 따라간
광현은 어둠이 내리고 있는데도 돌아오지 않고 있었다. 외삼촌 천달
은 다방골의 춘심이네 집으로 술을 마시러 갔는지 그림자도 보이지
않았다. 월이는 쓸쓸하고 울적했다. 아무도 없는 집안이 마치 무덤
속처럼 적막하고 무서웠다.

　'삼촌은 어디서 무얼 하는 거야?'

　월이는 공연히 외삼촌 천달에게 짜증이 났다. 아아, 광현은 의금
부에서 무엇을 하고 있는 것일까. 월이는 광현이 한 시진이라도 옆
에 없으면 불안하고 초조했다. 광현에게 패악질을 하고 강짜를 부리
는 것은 오로지 그를 사랑하기 때문이었다. 광현을 생각하자 눈물이
차올랐다. 그때 천달이 도롱이를 쓰고 마당으로 뛰어 들어오는 것이
보였다.

　"나 술 조금밖에 안 마셨다. 춘심이네서 딱 한 잔밖에 안 걸치고
왔어."

　천달은 문을 열어놓은 채 우두커니 앉아 있는 월이를 보자 지레
겁을 먹고 눈치를 보았다.

　"저녁 어떻게 했어?"

　월이가 황급히 고개를 돌리면서 천달에게 물었다.

"저… 저녁? 저… 저녁은…."

"시장할 텐데 일찍 들어와서 밥 먹지 뭐 하러 돌아다녀? 비도 오고 있구만. 저녁 차릴게."

월이가 착 가라앉은 목소리로 퉁명스럽게 말했다.

"얘, 너 울고 있었니?"

"울기는 누가 울어?"

월이가 재빨리 손등으로 눈물을 훔쳤다.

"아니 이 자석은 의금부에서 일을 마쳤으면 빨리빨리 돌아와야지 어디서 뭘하고 자빠져 있는 거야?"

천달이 밖을 향해 버럭 소리를 질렀다. 월이를 위로하려고 공연히 소리를 질러본 것이었으나 월이는 그런 천달이 밉지 않았다.

"저녁이나 먹었을까몰라."

월이가 은근하게 걱정을 내비쳤다.

"그런 놈 저녁 걱정을 왜 해? 너 광현이한테 가볼래?"

"의금부에? 의금부에 가두 돼?"

천달의 말에 월이가 벌떡 일어나면서 반색을 했다. 금방 눈물을 흘리다가 환하게 웃는 월이의 얼굴은 백치처럼 보일 정도로 천진했다.

"그래. 저녁 가지고 가야지. 죄수로 들어가면 옥바라지를 해야 할 것이 아니냐? 얼른 가보자."

"삼촌 기다려. 따뜻한 밥을 해 가야지."

월이가 신이 나서 부엌으로 달려 들어갔다.

"에이그, 저렇게 좋을까."

천달은 월이가 부엌으로 달려가는 것을 보고 고개를 절레절레 흔들었다. 월이와 광현이 사는 모습은 아이들 소꿉장난처럼 귀여웠다. 천달은 월이가 저녁을 준비할 때까지 툇마루에 앉아서 기다렸다. 춘심이의 얼굴이 가뭇하게 떠올라왔다. 천달은 자신도 모르게 흐흐 하고 웃었다. 춘심이와 만리장성을 쌓을 생각을 하자 몸이 달아오르는 기분이었다.

"가자."

월이가 광현의 밥을 싸들고 부엌에서 나왔다.

"비가 많이 오니 도롱이를 쓰자."

천달은 월이의 어깨에 도롱이를 씌우고 머리에 삿갓을 씌워주었다. 그들은 점점 어두워지고 있는 마당을 나서서 종각이 있는 운종가를 향해 빠르게 걷기 시작했다. 세찬 빗줄기 때문에 거리는 인적이 완전히 끊어져 있었다.

월이와 천달은 뛰듯이 걸어서 의금부 앞에 이르렀다. 두 사람은 정문을 지키는 포졸들에게 사정을 하여 안으로 들어오기는 했으나 넓은 의금부 어디에 광현이 있는지 알 수 없어서 사방을 두리번거리며 안을 살폈다.

"난 말이야. 멀리서 관리들만 봐도 오금이 저리는데, 너 혼자 들어가면 안 되겠냐? 난 그만 돌아갈게."

천달이 공연히 몸을 떨면서 도망가는 시늉을 했다. 평소에는 똑바로 쳐다보지도 못하던 의금부였다.

"삼촌 죄졌어? 뭐가 무서워? 청천하늘에서 마른벼락이 떨어져도 안 무섭다면서?"

월이가 천달의 허리춤을 잡아당기면서 소리를 질렀다.

"놔라, 놔. 내 발로 들어가마."

천달이 두 팔을 허우적거리면서 몸을 빼려고 안달을 했다.

"뭣들 하는 자들이냐?"

그때 이종문이 정청에서 나오다가 소리쳤다.

"아이쿠, 깜짝이야!"

천달이 깜짝 놀라서 몸을 움츠렸다. 집에 찾아왔을 때보다 의금부에서 보는 이종문은 더욱 무서워 보였다. 이종문이 일렁거리는 불빛을 피해 천달과 월이를 자세히 살폈다.

"아니 너희들은?"

"헤헤헤. 나리, 우리 백 의원 저녁을 가지고 왔습니다."

"어떻게 되는 사이냐?"

"저는 처외삼촌이 되고 얘는 백 의원 처가 됩니다."

천달은 허리를 굽실거리고 있었으나 월이는 당돌하게 서서 이종문을 쏘아보고 있었다.

"따라오너라."

이종문이 그들을 데리고 의금부 구류간을 향해 성큼성큼 걸어갔다.

# 9
## 조선 최고의
## 명의를 가려라!

## 9

 옥정은 눈을 살며시 뜨고 풀벌레 우는 소리를 듣고 있었다. 결국 이렇게 되었구나. 옥정은 천장을 바라보고 혼잣말로 중얼거렸다. 임금이 그녀 옆에서 가늘게 코를 골면서 자고 있었다. 그에게서 희미하게 땀 냄새가 풍겼다. 국상 중인데 이래도 되는 것일까. 그가 옥정의 처소를 은밀하게 찾아와 옥정을 여자로 만들었다. 옥정은 당혹스럽고 두려웠다. 그가 자신의 몸 속 깊이 들어왔을 때 옥정은 이를 악물었다. 파과(破瓜)의 고통은 그렇게 오래가지 않았다. 아직은 소년왕이었다. 명성왕후가 이 일을 알면 어찌할까. 명성왕후의 성품으로 보아 그녀를 갈기갈기 찢어 죽이려고 할 것이다. 그 생각을 하자 옥정은 소름이 오싹 끼쳤다.

 '의금부에 하옥되어 있는 광현은 어찌 될까?'

 사헌부에서 임금의 병을 잘못 치료한 광현과 이후담을 죽여야 한

다고 탄핵을 하고 있었다. 그 생각을 하자 잠이 오지 않았다. 옥정은
금침에서 살며시 일어났다.

"어찌 잠을 자지 않는 것이냐?"

임금이 눈을 뜨고 옥정을 살폈다.

"황공하옵니다."

옥정은 얼른 속적삼의 옷깃을 여몄다.

"첫날도 아닌데 아직도 불안한 것이냐?"

"예."

옥정은 살아야 한다고 생각했다. 명성왕후에게 발각되면 죽음을
당할 것이 뻔했다. 그래서 임금이 찾아올 때마다 불안했다. 임금도
그 사실을 잘 알고 있었다.

"내 너를 보호해 준다고 하지 않았느냐?"

"망극하옵니다."

"너는 내 여자다, 내가 너 여자 하나 못 지킬 것 같으냐?"

"전하…."

"나는 이 나라의 국왕이다. 나는 누구보다도 강력한 왕권을 행사
할 것이다."

임금의 강인한 성품은 생모인 명성왕후의 성품을 닮은 것인지 모
른다. 명성왕후는 수렴청정을 하려고 했으나 영의정 허적, 좌의정
김수항이 반대했다. 명성왕후가 펄펄 뛰자 이번에는 임금이 직접 친
정을 하겠다고 선언했다. 명성왕후는 아들인 임금의 선언에 경악했
다. 대궐에 팽팽한 긴장감이 감돌고 있는 터에 임금이 그녀의 처소
를 수시로 찾아오고 있었다.

"장상궁."

임금의 눈이 게슴츠레하게 풀어졌다.

"예."

옥정은 아미를 숙이면서 대답했다. 소년왕이라고 해도 임금은 임금이다. 그가 옥정에게 가까이 다가와 옷깃을 젖혔다. 그러자 그녀의 탐스러운 가슴이 드러났다.

"전하."

"말하지 말라."

임금의 떨리는 손이 옥정의 가슴을 움켜쥐었다.

'아.'

옥정은 자신도 모르게 눈을 질끈 감았다. 임금의 손이 그녀의 가슴을 부드럽게 애무하더니 입으로 가져갔다. 옥정은 몸을 부르르 떨었다. 임금이 그녀를 금침 위에 쓰러뜨리고 위로 올라왔다. 옥정은 눈을 감은 채 임금을 자신의 몸으로 받아 안았다.

"네게 소원이 있느냐?"

문득 임금이 그녀에게 물었다. 살과 살이 밀착되어 그녀의 가슴이 짓눌렸다.

"방의 광현을 살려주시옵소서."

생각할 사이도 없이 튀어나온 말이었다.

"네가 광현을 아느냐?"

"의원이 아닙니까? 훗날 전하에게 크게 도움이 될 것입니다."

"알겠다. 내일 조회에서 그렇게 할 것이다."

임금이 그녀를 내려다보면서 빙긋이 웃더니 입술을 포개왔다. 그러고는 그녀의 몸속으로 깊숙이 진입해왔다.


　광현은 구류간에서 눈을 지그시 감고 있었다. 의금부에 하옥된 지한 달이 가까워지고 있었으나 왕명은 내려오지 않고 있었다. 조정은 남인과 서인이 치열하게 대립하고 있었다. 남인은 영의정 허적, 이조판서 오정창이 있어서 인사를 장악하고, 서인은 좌의정 김수항, 승지 김석주가 있어서 남인과 맞서고 있었다. 게다가 명성왕후의 부친 김우명, 인경왕후의 부친 김만기도 서인이었다.

　"나리, 장차 우리 의원님을 어떻게 한대요?"

　월이가 의금부 낭청들과 나졸들에게 물었다. 하지만 그들이 알 수있는 일이 아니었다. 월이와 천달은 한 달 내내 광현의 옥바라지를했다.

　'내가 살 수 있는 길은 임금께 있다.'

　광현은 조사석에게 자신을 구원해 달라고 서찰을 보냈다. 조사석은 광현으로부터 서찰을 받자 허적을 찾아갔다. 그렇잖아도 대궐에 있는 궁녀 장씨로부터 광현을 구해달라는 청을 받고 있었던 참이었다.

　"의원 하나 가지고 우리가 서인과 대립할 필요가 있소?"

　허적은 서인들이 거세게 광현의 처형을 요구하자 이에 동의하려고 했다. 애초에 의원 광현을 구하려고 한 것은 서인과 대립하기 위한 것에 지나지 않았기 때문이다.

　"그렇지가 않습니다. 살려야 합니다."

　조사석이 허적을 향해 단호하게 말했다.

"왜 살려야 합니까?"

"궁녀 장씨가 원하기 때문입니다."

"궁녀 장씨가 누구요?"

"역관 장경의 딸입니다. 주상의 총애를 받기 시작했다고 합니다."

조사석의 말에 허적의 사랑방에 모여 있던 사람들이 일제히 웅성거렸다.

"주상의 연치가 얼마인데…."

이조판서 오정창이 입을 벌리고 놀라는 시늉을 하다가 무릎을 쳤다.

"주상께서 조숙하기는 하지요. 세자빈께서 회임을 하지는 않았지만 춘궁에서 세자 저하가 어른이 되었다는 것은 공공연한 비밀이라고 합니다."

"그렇다고 해도 국상 중인데 궁녀와…."

"임금은 그리할 수 있습니다."

조사석의 말에 허적의 눈이 커졌다.

"그럼 장씨를 위해서 마의를 살려야 한다는 것이오?"

"만약에 장씨가 회임이라도 하는 날이면…."

"주상에게는 중전마마가 있지 않소? 중전마마께서 왕자를 생산하면 적자가 되는 것이오."

"어의들이 은밀하게 하는 말을 들으니 중전마마는 생산이 어렵다고 하였소."

조사석의 말에 방 안에 기묘한 침묵이 흘렀다. 그것은 궁녀 장씨가 왕자를 생산하면 후사를 이을 수도 있다는 무서운 말이었다. 그

녀를 지원하면 남인들이 서인들을 몰아내고 조정을 장악할 수 있는
것이다.

"역관 장경 또한 우리를 지원하겠다고 했소."

조사석이 쐐기를 박듯이 낮게 말했다. 장경은 역관이면서 육의
전을 장악하고 있으니 막대한 자금을 운용할 수 있다. 허적은 눈을
지그시 감고 장차 벌어질 일을 머릿속에 그려 보았다. 어쩌면 이
일은 수많은 사람들의 피를 보게 만들지도 모른다고 생각하자 몸
이 떨렸다.

"그렇다면 유배를 보냅시다."

오정창이 결론을 내리듯이 무겁게 말했다. 허적이 감았던 눈을 뜨
고 조용히 고개를 끄덕거렸다.

이튿날 조회가 열렸다. 서인이 장악하고 있는 사헌부가 다시 방의
들을 탄핵했다.

"방의가 선대왕의 환후를 치료했다고 중벌을 내릴 수는 없습니
다. 벌을 받아야 한다면 약방 도제조인 영상 대감과 부제조인 좌상
대감도 죄를 면키 어려울 것입니다."

사간원의 헌납 이춘영이 아뢰었다. 그의 말에 대신들이 일제히 웅
성거렸다. 그는 남인과 서인의 영수를 모두 비판한 것이다.

"영상과 좌상을 탄핵하다니 말이 참람합니다."

이조판서 오정창이 발끈하여 소리를 질렀다.

"그렇습니다. 이춘영을 추고하는 것이 마땅합니다."

서인인 김석주도 이춘영을 비판했다.

"방의를 부른 것은 선대왕이었소. 약방에 태의와 어의들이 있는데

방의에게만 벌을 주려고 하는 것이오? 방의들도 죄가 없다고 할 수
없으니 유배에 처하시오."

숙종이 대신들을 쏘아보면서 영을 내렸다.

"망극하옵니다."

허적이 깜짝 놀라 머리를 조아렸다. 소년왕의 명이 너무나 명확했
기 때문에 반박할 수가 없었다.

"죄가 크니 장 스무 대를 때리고 부처하는 것이 마땅할 듯합니
다."

좌의정 김수항이 아뢰었다. 김수항의 말에 남인들이 일제히 웅성
거렸다.

"장은 경계하기 위한 것이니 그로 인하여 죽으면 안 될 것이다."

숙종이 경고를 하듯이 차갑게 말했다.

'임금이 방의를 살리려고 하는구나.'

허적은 숙종의 말에 가슴이 철렁했다. 그것은 궁녀 장씨가 방의를
구하려고 임금을 움직이고 있다는 뜻이었다.


광현은 곤장이 엉덩이에 떨어질 때마다 이를 악물었다. 곤장을 맞
을 때는 한 겹의 옷밖에 입지 못한다. 매질에 살갗이 터져 피가 흐르
고 옷자락이 달라붙었다. 그래도 목숨을 구한 것이 다행이었다. 곤
장 집행이 끝나자 광현은 경기 감영에 가서 신고했다. 감영 앞에는
천달과 월이가 기다리고 있었다. 광현이 유배지에 이르면 뒷바라지
를 하기 위해서였다.

유배지는 충청도 홍성 땅이라고 했다. 수백 리 먼 길이었다. 임금

이 하사한 말이 있어서 경기 감영에 신고를 한 뒤 광현은 말에 실리다시피하여 과천을 향해 떠났다. 천달과 월이가 그 뒤를 따라 걸었다. 광현의 제자인 박순도 약재와 의서를 담은 궤짝을 등에 지고 따라 걸었다.

조선의 유배는 각 관아에서 호송을 맡는다. 중죄인은 의금부에서 함거에 실어 유배를 보내지만 보통의 죄인들은 말이며 음식값까지 죄인이 부담해야 한다. 종이나 식솔이 따라가 수발을 드는 것도 허락한다. 그러나 비용은 모두 죄인이 부담해야 한다.

'왕이 죽고 세자가 즉위했으니 남인과 서인이 목숨을 걸고 싸우겠구나.'

광현은 말에 실려 과천으로 가면서 그렇게 생각했다. 경기 감영에서는 나졸 두 명이 그를 호송하고 있었다.

날씨는 쌀쌀해지고 있었다. 추석이 지나고 가을걷이가 모두 끝나 나뭇잎이 모두 떨어지고 들판은 황량했다.

'조덕윤은 왜 나를 죽이지 못한 것일까?'

광현은 자신이 살아난 것이 기적 같았다. 옥정의 얼굴이 희미하게 떠올라왔다. 숙휘공주도 떠올랐다. 숙휘공주는 어찌하여 두 번 씩이나 야참을 내린 것일까. 나룻배를 타고 한강을 건너 말죽거리에 이른 것은 해가 기울기 시작할 무렵이었다. 5리쯤 걷자 나졸들이 다리가 아프다고 하여 언덕에 앉아 쉬었다. 월이는 길섶에 시무룩하게 앉아 있었다.

"다리 아프지 않느냐?"

광현은 월이가 우울해 보이자 넌지시 물었다.

"물어서 뭘해?"

월이가 퉁명스럽게 내뱉었다.

"내일은 네가 말에 타고 가거라."

"누가 말을 타고 싶댔나?"

"내가 죽는 것보다는 낫지 않느냐?"

"언제 유배가 풀린대?"

"하하하! 아직 유배지에 도착하지도 않았는데 돌아갈 생각이냐?"

광현은 어이가 없어서 공허하게 웃었다. 천달은 광현을 호송하는 나졸들과 탁주를 기울이고 있었다.

과천 동헌에 이른 것은 해가 완전히 기울었을 때였다. 과천 현감에게 신고하고 객사에서 잠을 자게 되었다. 과천 현감은 이일수라는 자로 호송을 늦게 했다면서 경기 감영 나졸들을 꾸짖고 저녁도 주지 않았다. 천달이 밖에 나가 겨우 음식을 사 가지고 와서 허기를 때웠다. 광현은 그날 밤 제자 박순에게 곤장에 맞은 상처를 치료하게 했다.

이튿날 아침이 되자 경기 감영 나졸들이 돌아갔다. 과천 현감은 아침도 주지 않고 관노 김상택이라는 사내에게 그를 안양까지 호송하게 했다. 그것은 말이 호송이지 사실상 길안내에 지나지 않았다. 안양에서 수원, 수원에서 평택으로 갈 때는 비가 내렸다. 그러나 평택 관원이 재촉을 했기 때문에 광현은 빗속에서 유배길을 재촉했다. 각 관아에 신고할 때마다 관리들이 은밀하게 뇌물을 요구했다. 비가 장대질을 하듯이 세차게 쏟아지지는 않았으나 빗줄기가 차가웠다.

홍성으로 가는 길은 멀고도 험했다. 길은 가도 가도 끝이 없었다.

어디에나 퇴락한 초가마을과 들판이 있고, 산이 있고 강이 있었다. 첩첩 산을 오르면 끝없는 들판이 이어지고, 들판이 끝나면 산들이 앞을 막았다. 재를 넘는 데 한나절이 더 걸릴 때도 있그, 하루 온종일 마을이 보이지 않을 때도 있었다.

그들이 홍성에 도착한 것은 한양을 떠난 지 엿새만이었다.

홍성 현감에게 신고를 하자 광현을 바닷가에 있는 집에서 거처하게 했다.

'이제는 여기서 살아야 하는구나.'

광현은 무거운 피로가 몰려왔으나 언덕에 올라가 바다를 응시했다.

'겨울이구나.'

광현은 파도가 하얀 거품을 일으키면서 달려오는 것을 보고 생각했다. 잿빛 하늘에서 눈발이 날리기 시작했다.


조덕윤은 달리는 말에 박차를 가했다. 선왕의 딸인 영휘옹주의 부마도위 영효위 김경일이 공주에서 급병이 걸렸다고 충청도 관찰사 장계호가 보고를 올린 것이다. 숙종은 보고를 받자마자 즉시 공주로 달려가서 누이인 영휘옹주의 부군인 영효위를 치료하라고 내의원에 영을 내렸다. 이필제는 영이 떨어지자 조덕윤 등에게 공주로 달려가게 했다.

'영효위의 병을 치료하면 임금의 병을 치료할 수 있다.'

조덕윤은 그렇게 생각하면서 빠르게 말을 달렸다. 절기는 이미 우수 경칩을 지났으나 날씨는 아직도 쌀쌀했다. 바람이 얼굴을 할퀴듯이 사나웠고 옷깃을 파고드는 한기가 칼날처럼 날카로웠다.

'한 달만 지나면 봄이 올 텐데….'

조덕윤은 공주 금강에 이르렀다. 강 건너 멀리 공산성이 보였다. 나루로 내려가자 황포돛배가 있었다. 배에 오르려고 하지 않는 말을 억지로 태워 배를 띄우자 강바람이 더욱 차갑게 얼굴을 때렸다.

"옹주께서는 공주에 계십니까?"

내의원 이내근이 조덕윤에게 물었다.

"옹주께서는 가마로 내려오고 계시네."

"영효위의 병이 고질이 아니어야 할 텐데 걱정입니다."

"인명은 재천인데 의술로만 살릴 수는 없어."

조덕윤이 잘라 말했다. 공주라면 백광현이 유배를 가 있는 홍성이 멀지 않다. 조덕윤은 이 시간에 왜 백광현의 얼굴이 떠오르는지 알 수 없었다. 이상한 불안감이 뇌리를 엄습하고 있었다.

영효위의 맥박은 크고 힘차게 뛰고 있었지만 맥이 전달되어 오는 것이 순조롭지 못했다. 조덕윤은 영효위의 궐음맥(蹶陰脈)이 움직이고 있다는 것을 파악했다. 궐음맥은 인체의 12경맥 중 하나다. 맥의 순행은 체내에서는 간(肝)에 속하면서도 담(膽)과 연결되지만 체외에서는 엄지발가락으로부터 하지(下枝) 안쪽으로 외음부와 복부를 지나 측흉부에 이른다.

"영효위께서는 기산(氣疝, 허리 또는 아랫배가 아픈 병)을 앓고 계십니다."

영효위의 방에 가득 둘러앉은 의원들과 관찰사가 놀란 얼굴로 조덕윤을 보았다. 공주 감영의 의원들이 여러 차례 진맥을 했으나 병증을 찾지 못했던 것이다.

"허면 병의 증세는 어떠하오?"

관찰사가 파랗게 질린 얼굴로 물었다.

"이 병은 산기(疝氣)가 방광에 들어가 대소변을 보기 어렵고 소변이 붉어지는 증세를 보입니다."

"배가 부풀어 오른 것은 무엇 때문이오?"

"배가 부풀어 오른 것은 궐음의 낙맥이 아랫배에 이어져 있기 때문입니다. 궐음에 이상이 생기면 맥이 통하는 부위가 부풀어 오르게 되어 있습니다."

조덕윤은 영효위의 족궐음맥(足蹶陰脈) 좌우에 뜸을 떴다. 한양에서 내려온 영휘옹주도 영효위를 간병하기 시작했다. 조덕윤은 하루에 한 번씩 뜸을 뜨는 한편 침으로 막힌 혈을 뚫기 시작했다. 영효위는 뜸을 뜬지 얼마 되지 않아 소변을 흘리지 않게 되고 소변 색깔도 맑아졌다. 부풀어 올랐던 아랫배도 차츰차츰 가라앉았다. 조덕윤은 화제탕을 복용하게 하여 열흘 만에 영효위가 일어나 앉게 만들었다.

"그대는 편작이라고 불려도 조금도 손색이 없소."

영효위가 기뻐하면서 말했다.

"과연 어의라 다르오."

관찰사 이웅노도 기뻐했다. 조덕윤은 영효위의 병을 치료하고 그의 일행을 따라 한양으로 올라오려고 했다. 그런데 공주 읍성 거리를 걷던 영효위가 거리에 붙어 있는 방을 보고 걸음을 멈췄다.

팔도에서 가장 유명한 방의를 찾는다. 의원대회에서 일 등을 하는 자에게 황금 일백 냥과 벼 일천 석의 전토를 준다.


홍성 부자라는 백인길의 이름과 수결까지 찍혀 있는 방문이 눈에 띈 것이었다. 조덕윤은 방문을 보고 웃었다. 팔도에서 가장 뛰어난 의원을 찾는다는 것은 난치병을 앓고 있기 때문일 것이다.

"어떻소? 공주에서 홍성이 멀지 않으니 들러보지 않겠소. 내 보기에 이런 일은 처음인 것 같소."

영효위가 조덕윤을 돌아보고 물었다. 조덕윤도 대체 의원대회라는 것이 어찌 열리는지 궁금하던 참이었다.

"부마도위의 말씀을 따르겠습니다."

조덕윤은 공손하게 고개를 숙였다. 부마도위는 왕실의 일원이 되었기 때문에 평생 동안 벼슬살이를 할 수 없다. 그래서 대부분의 부마들이 학문을 하거나 풍류로 소일했다. 한양으로 급히 올라갈 이유가 없는 것이다.

"옹주께서는 어찌 생각하십니까?"

영효위가 영휘옹주에게 물었다. 옹주가 임금의 딸이기 때문에 혼례를 올렸다고 해도 부마보다 품계가 높다.

"첩은 부마의 뜻을 따르겠습니다. 홍성에는 바다가 있다고 하니 바다 구경도 하고 싶습니다."

영휘옹주가 소매로 입을 가리면서 대답했다. 조덕윤은 영효위 일행을 따라 홍성으로 향했다. 공주에 올 때는 이른 봄이라 바람이 매서웠으나 어느 사이에 산과 들에 꽃들이 피어나고 있었다.

홍성 부자 백인길의 집은 마흔아홉 칸으로 웅장했다. 광현은 백인길의 솟을대문 앞에 이르자 입을 다물지 못했다. 광현은 유배 중이었으나 사또가 죄인을 불문하고 관내의 모든 의원들에게 의원대회에 참가하라고 하여 어쩔 수 없이 오는 길이었다. 조국에 방을 돌린 탓에 자천타천 수백 명의 의원들이 백인길의 집으로 모여들었다. 바깥마당에는 커다란 차일이 쳐 있고 접수대까지 마련되어 있었다. 의원이 접수대에 가서 이름과 출신을 말하면 방명록에 적고 목패를 만들어 주었다.

첫날은 접수하는 일로 하루가 지났다. 일찍 접수를 한 사람들은 삼삼오오 모여 의술에 관련한 이야기를 하거나 의원대회를 개최한 백인길에 대해서 들은 이야기를 주고받았다.

"백인길은 역관인데 인삼무역을 하여 큰돈을 벌었다고 하는군."

"백인길의 과년한 딸이 불치병을 앓고 있어서 명의를 찾기 위해 이런 대회를 개최한 것이라네."

의원대회는 흡사 과거시험을 보는 것 같았다. 마당에 멍석을 깔고 출제자가 문제를 내면 답을 써내는 것이었다. 심사를 하는 사람들은 뜻밖에 영효위와 영의정을 지낸 이경석이었다.

'의과시험과 흡사하구나.'

광현은 의과시험을 보지 않았다. 어의가 되고 싶지 않았기 때문에 의과를 보지 않은 것이다. 많은 의원들이 첫날 시험에 탈락하여 이튿날에는 60여 명만 남았다. 그때부터는 병자들을 직접 진맥하는 일로 시험이 시작되었다. 처음에 진맥을 받으러 나온 여자는 30대 초반의 여종이었다.

"이 여자는 신맥(腎脈)에 이상이 있습니다. 맥박이 뛰는 것이 불규칙하고 느리고 끊어지는 것을 반복합니다. 한열병이 틀림없습니다."

망건을 쓴 한 의원이 여종을 진맥하고 말했다.

"다음 분 진맥하시오."

출제자의 말에 이번에는 젊은 의원이 나서서 진맥을 했다.

"이는 한열병이 아니라 몸속이 차가워져 월경이 통하지 않아서 생긴 병입니다."

"또 다른 진맥이 있소?"

중인으로 보이는 사내가 높은 단에서 의원들에게 말했다. 그때 사람들 속에 섞여 있던 조덕윤이 앞으로 나와 여자를 진맥했다. 광현은 조덕윤을 보고 깜짝 놀랐다.

"이 병은 남자를 가까이 하고자 했으나 가까이 하지 못했기 때문에 생긴 병이오. 병자의 맥을 짚었을 때 신맥이 있었소. 신맥이 어디서 왔는지 살펴보았는데 간맥(肝脈)이 활시위처럼 팽팽한 것을 느낄 수 있었소. 부인의 맥이 뛰는 원천은 심맥(心脈)의 촌구(寸口)에 있소. 이러한 까닭에 남자를 가까이 하고 싶은 욕망을 갖고 있는데도 가까이하지 못해서 생긴 병이라는 것을 알았소. 이 병자를 치료하는 것보다 양도가 부실한 남편에게 강장제인 유탕(柔湯)을 처방해야 할 것이오."

조덕윤의 말에 광현은 고개를 끄덕거렸다. 사람들이 여기저기서 실실 웃었고 여종은 얼굴을 붉히면서 후다닥 달아났다. 여자가 욕망이 왕성할 때 남자와 교합을 하지 못하면 혈이 막혀 만병의 원인이 된다. 충분한 부부 생활도 건강한 몸을 유지하는 첩경이 된다.

이번에는 40대 남자가 진찰대로 나왔고 전에 어의를 지냈다는 의원이 진맥을 했다.

"촌맥을 잡으니 반하환을 복용시키고 소음에 뜸을 뜨면 되겠습니다. 소음은 족소음신경(足少陰腎經)으로 체내에서는 신에 속하고 방광과 연결되어 있습니다. 체외에서는 맥이 새끼발가락으로부터 발바닥, 발 안쪽 복사뼈, 하지 내측 후면을 지나 복부를 거쳐 흉부로 통하고 있습니다. 소음에 뜸을 뜨는 것은 신이 허약해서 일어나는 설사를 제압하기 위한 것입니다."

어의를 지냈다는 의원이 말했다.

그때 조덕윤이 사내를 비웃듯이 말했다.

"그렇게 되면 닷새 안에 죽게 될 것이오. 간의 낙맥 중 하나는 유방 바로 밑의 유근혈(乳根穴) 아래의 양명혈(陽明穴)과 연결되어 있는데 그 낙맥이 끊어지면 가장 먼저 양명맥이 상하게 되어 발작을 일으키다가 죽는 것입니다."

"닷새 후에 죽는다니 그 무슨 해괴한 말이오?"

의원이 노하여 소리를 질렀다. 사람들이 일제히 웅성거렸다.

"간과 심장은 오 푼(伍分)의 거리에 있습니다. 간의 원기는 하루에 일 푼씩 떨어지니 닷새 안에 죽게 되는 것입니다."

조덕윤의 말에 의원이 부들부들 떨더니 얼굴을 붉히고 찬바람을 일으키면서 그 자리를 떠났다. 광현은 젊은 낭자를 진맥하게 되었다. 낭자의 맥을 잡자 반음맥(反陰脈)이 있는 것을 알 수 있었다.

"이 낭자는 반음맥이 허(虛)에 침투하여 폐맥(肺脈)과 합쳐져 있소. 심장은 양의 장기에 속하고 폐는 음의 장기에 속하오. 맥이 흩어져 뛰는 것은 본래 심장에 병이 있기 때문인데 폐의 맥부에서 맥이 흩어져 뛰는 것을 반음맥이라고 하오. 기장은 폐를 보호하는 데 특효가 있소. 기장을 장복하면 폐를 보호하고 사기(死期)를 넘길 수 있소."

광현도 시험에 통과했다. 시험은 사흘 동안 치열하게 전개되어 조덕윤을 포함하여 여덟 명이 남았고 닷새째가 되었을 때는 조덕윤과 광현만 남았다.

"백인길은 딸만 셋을 두고 몇 년 전에 아들을 얻었네. 헌데 그 아들이 두 달 전에 갑자기 의식을 잃고 쓰러져 일어나지를 못하네. 의원대회를 개최한 것도 그 까닭이네."

이경석이 조덕윤과 광현에게 말했다. 조덕윤이 먼저 백인길의 아들을 진맥하고 치료에 들어갔다. 그러나 사흘 동안 소년은 반응을 보이지 않았다.

'오장육부는 문제가 없다. 뇌에 맥이 막혀 있는데 이것 때문인가?"

조덕윤은 땀을 흘리며 자신의 모든 역량을 기울여 시침을 하기 시작했다.

'조덕윤의 침술이 경지에 이르렀구나.'

광현은 조덕윤이 침을 놓는 것을 보고 감탄했다. 이레가 지나자 소년이 손발을 조금씩 움직이기 시작했고 보름이 지났을 때는 의식이 돌아와 백인길이 크게 기뻐했다. 영효위와 이경석이 조덕윤의 의술이 신의 경지에 이르렀다고 칭송했다. 하지만 소년은 의식이 돌아왔는데도 자리에서 일어나지를 못했다.

'대체 무엇이 원인인가?'

조덕윤은 소년이 일어나지 못하는 이유를 찾지 못해 전전긍긍했다. 소년은 나이가 여섯 살밖에 되지 않았다. 조덕윤과 광현은 소년의 병증을 찾기 위해 온 정신을 집중했다. 많은 의원들이 두 사람이 소년을 진맥하는 것을 지켜보고 있었다.

"처음에는 의식이 없더니 이제 복부가 아파서 어쩔 줄을 모르니…."

"진맥에도 병증이 잡히지 않는 모양이야."

의원들이 서로의 얼굴을 쳐다보고 수군거렸다.

조덕윤과 광현의 진맥이 약간 달랐다. 조덕윤은 소년의 맥을 잡아보고 오랫동안 식사를 하지 못한 탓에 장기가 손상된 것이라고 주장했다.

"장기가 손상되었으면 치료법은 무엇인가?"

이경석이 물었다. 그는 영의정을 지낸 인물이었으나 의술도 태의를 능가했다.

"침으로 혈을 다스린 뒤에 곽향정기산을 써야 합니다. 치료에 족히 석 달이 걸릴 것입니다."

조덕윤이 긴장하여 처방전을 내놓았다. 의원들이 그의 말이 옳다고 고개를 끄덕거렸다.

"장기가 손상되어 있는 것은 사실입니다. 허나 손상된 원인은 따로 있을 것입니다."

광현이 소년을 진맥하고 다른 의견을 내놓았다.

"원인이 따로 있다니 무슨 말인가?"

"하복부가 단단하고 울혈이 손에 잡힙니다. 내종(內腫)이 있는 것으로 보이는데 특별한 진단이 필요합니다."

"무슨 진단을 말하는 것인가?"

"소년의 변을 보아야 할 수 있습니다."

광현의 말에 사람들이 일제히 웅성거렸다. 조선의 의원들은 병자를 진찰하면서 변을 살피지는 않았다. 조덕윤이 눈을 부릅뜨고 광현을 쏘아보았다.

"그럼 변을 살피시게."

조덕윤이 비웃듯이 말하자 의원들이 일제히 웃음을 터뜨렸다. 광현은 소년이 배설하기를 기다렸다가 변을 살피기 시작했다. 사람들이 코를 움켜쥐고 멀리 떨어져 구경을 했다. 광현은 소년의 변을 손가락으로 뒤집으면서 세심하게 살폈다. 장내에 알 수 없는 긴장감이 감돌았다. 그때 광현이 손가락을 찍어 입으로 가져갔다.

"뭐야? 지금 변을 먹고 있잖아?"

의원들이 깜짝 놀라서 소리를 질렀다.

"먹는 게 아니라 맛을 보는 거야."

영효위와 이경석의 얼굴이 하얗게 변했다.

"이 소년은 배에 내종이 있습니다. 그 내종에서 피가 섞여 나오고 있으니 치종술로 다스려야 합니다."

"그래 어떤 치종술을 쓸 것인가?"

"결렬(決裂)의 법을 써야 합니다."

"결렬의 법?"

영효위와 이경석의 눈이 커지고 백인길의 얼굴이 창백하게 변했다. 결렬의 법은 배를 갈라서 종기를 긁어내는 것이었다.

"물러가라! 의원이 어찌 병자의 배를 가른다는 말이냐?"

이경석이 노하여 소리를 버럭 질렀다. 광현은 조용히 고개를 숙였다.

"결렬의 법은 간단히 할 수 있는 것이 아니다. 말이나 짐승에게는 할 수 있어도 사람에게는 할 수 없다. 배를 가른 뒤에 봉합도 해야 하고 피가 부족하여 죽는 경우도 있다. 화타도 조조의 뇌를 절개한다고 했다가 죽음을 당했다. 네가 화타라도 된다는 말이냐?"

이경석이 광현을 매섭게 꾸짖었다. 광현은 머리를 숙이고 백인길의 집에서 물러나왔다. 의원들이 뒤에서 손가락질을 했다.

"스승님, 꼭 결렬의 법을 써야 합니까?"

박순이 뒤를 따라오면서 물었다.

"결렬의 법을 쓰지 않으면 죽게 된다. 내종이 자꾸 퍼질 것이다."

"이경석 대감의 말씀대로 봉합도 해야 하고 피가 부족할 수도 있지 않습니까?"

봉합은 배를 가른 뒤에 다시 접합하는 것이다. 그러나 광현은 완전하게 봉합하는 법을 아직 고안해내지 못하고 있었다. 병자를 결렬할 때 쏟아지는 피도 문제였다. 피가 지나치게 많이 쏟아지면 실혈(失血)로 죽게 되는 것이다.

"우리는 말을 많이 치료했다. 말을 치료하면서 봉합을 해보지 않았느냐? 피가 부족한 것은 나로서도 어쩔 수 없는 일이다."

광현은 바닷가 유버지로 느릿느릿 걸음을 떼어놓았다. 결렬의 법은 완성된 치료법이라고 할 수 없었다. 외상은 가능했으나 내상은 봉합과 실혈 때문에 사용하기 어려운 법이었다. 이경석 대감의 말은 옳았다. 그러나 내종을 긁어내면 아직 성장하는 소년이기 때문에 상처가 빨리 아물 수도 있었다.

조덕윤은 백인길의 아들을 계속 치료했다. 의원들이 백인길의 집에 머물면서 계속 지켜보았다. 조덕윤은 석 달이 되자 병이 거의 치료되었다고 말했다. 소년은 일어나서 걷기도 하고 말을 하기도 했다. 백인길이 크게 기뻐하면서 조덕윤에게 약속한 상을 주었다. 조덕윤은 의기양양하여 한양으로 돌아갔다.

백인길의 아들이 혈변을 보면서 다시 쓰러진 것은 가을에 들어설 무렵이었다. 백인길의 집에서 말을 보내 광현을 불렀다. 광현은 소년을 진맥했다.

'역시 내종이 문제다.'

광현은 깊은 생각에 잠겼다. 소년의 내종은 더욱 악화되어 있었다. 이대로 그냥 두면 목숨이 위태로울 것이 분명했다. 광현은 며칠 동안 고뇌하다가 마침내 결렬을 하기로 맘을 굳혔다.

광현이 소년을 결렬한다는 소문은 순식간에 사방으로 퍼졌다. 전국에서 광현의 결렬을 보기 위해 수많은 의원들이 몰려왔다. 지난번 의원대회 심사를 했던 이경석 대감과 영효위까지 먼 길을 달려왔다. 광현은 박순에게 철저하게 결렬 준비를 시켰고 결렬할 때 의원들에게 공개하기로 했다.

광현은 수술하는 날이 되자 의관을 정제하고 제자들을 거느리고 백인길의 집 마당으로 나갔다. 마당에 차일을 치고 진찰대를 만든 뒤에 병자를 진찰대 위에 눕혔다. 이경석과 영효위, 백인길이 단 위에 앉아서 결렬하는 것을 지켜보았다. 준비가 모두 끝나자 광현은 소년에게 마비산을 마시게 하여 잠이 들게 했다. 마비산을 제조하는 법을 의원들에게 설명했다.

'광현이 결렬을 하다니….'

조덕윤은 사람들 틈에 섞여 광현이 결렬하는 것을 지켜보았다. 광현은 심호흡을 하고 잠시 명상에 잠기면서 마음을 가라앉히고 있었다. 장내에는 팽팽한 긴장감이 감돌았다. 광현이 눈을 떴다. 그의 눈은 명경지수처럼 고요했다. 수많은 사람들이 지켜보는 가운데 광현은 소년의 복부를 갈랐다. 숫돌에 예리하게 연마한 파침이 소년의 복부를 가르자 피가 분수처럼 뿜어졌다. 사람들이 일제히 탄성을 내뱉었다. 광현은 손이 보이지 않을 정도로 빠르게 침을 사용하여 피를 멎게 하고 혈맥을 봉쇄했다. 그의 손이 피로 흥건하게 젖었다. 이어 그는 복부 안에 있는 내종을 긁어내기 시작했다. 그것은 촌각을 다투는 일이었다. 그러나 세밀하게 해야 하는 일이기도 했다.

'아아 참으로 무서운 일이다.'

조덕윤은 이마에서 진땀이 나는 것을 느꼈다.

얼마나 오랜 시간이 흐른 것일까. 광현의 이마에 구슬 같은 땀방울이 맺혔다 흘러내렸다. 박순이 소년의 맥을 잡고 있었다. 맥이 멎으면 결렬은 실패하고 소년은 죽는다. 박순의 얼굴이 몇 번이나 어두워졌다가 밝아지기를 되풀이했다. 광현은 소년의 내종을 모두 긁어냈다. 내종은 뜻밖에 여러 개였다. 내종을 모두 긁어내고 상처를 아물게 하는 가루약을 뿌렸다. 이어 광현은 절개한 복부를 접합하기 시작했다. 살갗을 명주실로 잇고 맥을 살폈다. 맥은 가늘었으나 여전히 뛰고 있었다.

장내에는 무거운 침묵이 감돌았다. 광현이 파침을 씻어서 침랑에 넣고 이마의 땀을 훔쳤다. 박순에게서도 굵은 땀방울이 흘러내렸다.

"끝났습니다."

광현이 단 위의 사람들을 향해 고개를 숙이며 말했다.

"아이가 살 수 있겠는가?"

백인길이 얼굴이 하얗게 변해 광현에게 물었다.

"맥이 뛰고 기가 움직이고 있습니다."

"살 수 있겠는가?"

"마취에서 깨어나면 몹시 고통스러워할 것입니다. 침으로 고통을 다스리겠습니다."

조덕윤은 광현이 결렬하는 것을 지켜보았다. 하지만 그의 결렬이 성공한다고 하더라도 배우고 싶지는 않았다.

'결렬은 신의 영역이다.'

조덕윤은 광현의 결렬이 성공하든지 실패하든지 자신과 다르다고 생각했다.

"하늘이 보고 땅이 보고 여러 의원들이 보았다. 의원 광현은 결렬을 하는 데 성공했다. 나는 그를 신의(神醫)라고 부를 것이다."

이경석이 감탄하며 말했다. 멀찍이서 구경을 하던 사람들이 소년에게 다가와 살피며 탄성을 내뱉었다. 의원들도 소년의 맥을 잡아보고 경악을 금치 못했다. 광현은 소년에게 사람들의 접근을 금지시키고 안정을 취하게 했다. 소년은 하루 동안 의식이 돌아오지 않았다.

그러나 다음날 마취가 풀리면서 고통스러워했다. 광현은 침으로 소년의 고통을 덜어주었다. 그는 소년의 옆에서 멎으려는 맥을 되살리고 양기가 빠져 나가는 것을 막았다. 소년의 명이 경각을 다투는 일이 여러 번 있었다. 그러나 그때마다 광현이 침으로 되살려내고는 했다.

사흘이 지나자 소년은 혈색이 한결 좋아지고 나흘이 지나자 팔다리를 움직일 수 있었다. 엿레가 지나자 광현은 소년의 복부를 접합한 부분에서 실을 뽑았다. 열흘이 지나자 실밥을 뽑은 부분이 곪는 것 같아 약을 발랐다.

'결렬의 법은 완벽하지 않다. 소년이 살아나려면 하늘이 도와야 한다.'

광현은 백인길이 상을 주는데도 받지 않고 유배지의 처소로 돌아왔다.

10
목숨을 건
도전

옥정은 입술을 피가 나도록 깨물었다. 아아 어찌 이럴 수가 있는가. 장렬왕후 조씨가 죽자 명성왕후 김씨가 그녀를 대궐 밖으로 내쫓은 것이다. 장렬왕후가 살아 있을 때도 그녀는 걸핏하면 옥정을 쫓아내려고 했다.

"성제가 제대로 마치지 못한 것은 여색으로써 몸을 망쳤기 때문입니다. 이와 같은 일을 감히 성명(聖明)에게 염려할 것은 아니겠습니다만, 마땅히 경계하는 마음을 가지셔야 합니다."

시독관 이이명이 경연에서 통감강목 중 한나라 성제(成帝)의 본기에 대해서 강의하다가 아뢰었다. 이는 숙종이 옥정을 총애하는 것을 간접적으로 비판한 것이다.

"명심하겠다."

숙종은 불쾌했으나 가볍게 비답을 내렸다. 이이명이 옥정을 노골

적으로 거론하지 않았으나 은근하게 비난했기 때문이었다. 옥정은 조정을 장악한 서인들로부터 비난을 받고 있었다.

"간사하고 악독한 계집이다. 네가 주상의 성총을 흐리니 후환이 될 것이다. 사가로 나가라."

명성왕후가 명을 내렸다. 옥정은 하늘이 무너지는 것 같았다. 대 궐에는 장렬왕후 조씨가 배분이 더 높았으나 명성왕후 김씨는 숙종 의 생모였다.

"중전마마, 소인을 어찌 사가로 나가라고 하십니까?"

옥정은 울면서 항의했다.

"닥쳐라! 사가로 내브내주는 것은 너를 살려주는 것이다. 네가 진 정 죽고 싶은 것이냐?"

명성왕후의 영이 추상 같으니 옥정은 비감한 마음으로 사가로 나올 수밖에 없었다. 숙종은 그녀가 사가로 나가는 데 반대하지 못 했다.

"기회를 보아 너를 다시 대궐로 부르마."

그렇게 약속했을 뿐이었다.

'나는 반드시 대궐로 돌아갈 거야.'

옥정은 임금의 여자가 되었으니 이대로 주저앉아 있을 수 없다고 생각했다. 어떻게 하든지 다시 대궐로 들어가야 한다고 생각했다. 옥정은 아버지 장경과 상의하여 남인들에게 접근했다. 서인들이 그 녀를 몰아냈으니 남인들과 손을 잡아야 했다.

사가에 있는 동안 숭선군 이징의 아내 신씨가 옥정을 자주 집으 로 불러들여 보살펴 주었다. 그러나 숙종은 좀처럼 그녀를 부르지 않았다.

'아무리 무서운 시어머니라고 하지만 나는 전하의 총애를 받은 여인이 아닌가? 나에게 너무하는구나.'

옥정은 사가에서 보내는 하루하루가 쓸쓸했다.

'내가 대궐에 들어가지 않았으면 이런 일이 없었을 텐데….'

옥정은 때때로 대궐로 들어간 것을 후회했다.

'광현은 어찌 지내고 있을까?'

옥정은 문득 광현이 떠올랐다. 광현이 유배를 간 지 어느덧 6년이 되어 있었다. 옥정은 대궐에서 그녀의 시중을 들던 무수리 귀례를 데리고 광현이 유배를 간 홍성으로 떠났다. 한양에서 홍성까지는 자그마치 열흘이 걸렸다.

'내가 광현에게 너무 무심했어.'

임금의 총애를 받기 전에는 오로지 광현만 생각했었다. 그러나 임금의 총애를 받으면서 달라졌다. 그녀의 가슴을 채우고 있던 광현이 떠나고 임금이 들어온 것이다. 이제는 임금이 그녀의 남자였고 그녀의 사랑이었다.

겨울이었다. 가을이 지나면서 산은 잿빛으로 변했고 추수가 끝난 들판은 황량했다.

'눈이 오려나?'

홍성 읍성에 이르자 하늘이 낮게 가라앉고 흐렸다. 옥정은 홍성 관아를 찾아가 광현이 살고 있는 곳을 물었다. 광현이 유배를 살고 있는 곳은 읍성에서 떨어진 바닷가였다. 읍성을 벗어나 들판을 걷는데 눈발이 날리기 시작했다. 광현의 배소는 읍성에서 불과 십 리

밖에 떨어져 있지 않았다. 아늑한 초가에 돌담이 둘러져 있고 두 아이가 눈 속에서 뛰어놀고 있었다. 옥정은 그 모습을 보자 가슴이 저려왔다. 마당에서 뛰어 놀고 있는 아이들은 광현의 자식들인 것 같았다.

'육 년이 지났으니 아이들을 낳을 수 있겠지.'

옥정은 비로소 긴 세월이 지난 걸 실감했다. 대궐어서 정신없이 지내는 바람에 세월이 흐르는 것도 잊고 살았다.

대궐은 무서운 곳이었다. 임금의 총애를 받기 위해 궁녀들이 서로 시기하고 모함했다. 옥정도 6년 동안 끊임없이 모함에 시달려야 했고 그에 대처하느라 하루도 편한 날이 없었다.

눈발이 더욱 굵어졌다. 곡덜미에 떨어지는 눈송이가 포근하고 차가웠다. 옥정은 쓰개치마를 머리에 덮어썼다. 한참을 눈 속에 서 있자니 광현이 출타했다가 돌아오는 것이 보였다.

"항아님, 내려가서 만나보시겠습니까?"

귀례가 옥정을 살피던서 물었다. 옥정은 임금의 총애를 받았기 때문에 첩지를 받지는 못했지만 특별상궁에 올랐었다. 항아는 상궁을 부르는 말이다.

"아니다."

옥정은 가만히 고개를 흔들었다.

"눈이 많이 오고 있습니다. 눈을 피하셔야 할 듯싶습니다."

"근처 인가에서 방 하나를 빌려라."

"예."

귀례가 머리를 숙이고 물러갔다. 눈은 더욱 자욱하게 날리고 바닷가 마을이 눈 속에 파묻혀 호젓했다. 귀례는 한식경이 지나서 돌아왔다. 광현의 배소에서 얼마 떨어지지 않은 인가에 방을 빌렸다고 했다. 집이 언덕에 있어서 광현의 배소가 한눈에 내려다보였다.

"저 집에는 누가 살고 있습니까?"

옥정은 마흔이 넘어 보이는 집주인에게 넌지시 물었다.

"유배객이 살고 있습니다. 마의라고도 합니다."

순박해 보이는 사내가 누런 이를 드러내놓고 웃었다.

"유배를 온 지 얼마나 되었습니까?"

"육 년은 족히 되었습니다."

"마의가 무엇을 하면서 살고 있습니까?"

"약초를 캐고 사람들을 치료합니다. 소나 말도 치료하고…."

"유배를 왔다면서 의원 일을 해도 되나요?"

"찾아오는 사람을 치료합니다. 죽어가는 사람을 그냥 둘 수 없으니까요. 그런데 의술이 참 신통합니다."

옥정은 가슴이 답답해져 왔다. 광현은 유배지에서 의원 생활을 하고 있었다. 선비들은 유배를 오게 되면 글을 읽고 책을 쓰지만 광현은 의원이니 의술 활동을 하는 것 같았다. 처음에 홍성 현감은 광현의 의료 행위를 엄격하게 금지했다. 가족들이 와서 함께 사는 것도 금지했다. 그러나 자신의 노모가 풍증에 걸렸을 때 치료를 해주자 의료 행위를 눈감아주고 가족들도 머물게 했다. 그러는 동안 아이들을 낳았다.

"풍증은 대를 이을 수가 있습니다. 사또께서는 짠 음식을 먹지 말고 과음을 하지 않으셔야 합니다."

광현은 현감에게 경고했다. 그러나 현감은 그의 말을 듣지 않다가 풍증으로 쓰러졌다. 인근의 유명한 의원들을 불렀으나 모두 고개를 흔들고 돌아갔다. 현감은 광현을 불렀고, 그는 두 달 만에 현감의 풍증을 치료하여 홍성 일대에 그 소문이 파다하게 퍼졌다.

광현은 의술 연구에 몰두하기 시작했다. 부인병, 소아병, 눈병 등 여러 분야에 걸쳐 연구했다. 특히 홍역, 두창 등 역병(疫病, 급성 겹단 전염병)이라고 불리는 윤질(輪疾, 전염병)에 대해서도 연구하고 있었다.

'광현은 장차 태의가 되겠구나.'

옥정은 광현에 대한 이야기를 듣고 나서 혼자 생각에 잠겼다. 그는 이미 아내와 아이들이 있고 그녀는 임금의 여자였다. 만나서도 안 되고 인연을 맺어서도 안 되었다.

'다시는 광현을 만나러 오지 말아야 돼.'

옥정은 광현과 자신 사이에 거대한 강이 흐르는 것 같았다. 눈은 밤에도 그치지 않고 내렸다. 옥정은 이튿날 눈길을 걸어서 한양으로 돌아왔다.


광현이 숭례문 안으로 들어왔을 때 사람들이 달구지에 시체를 싣고 나가는 것이 보였다. 달구지에는 자그마치 시체가 다섯 구나 실려 있었고 가족들이 뒤를 따라가면서 곡을 하고 있었다. 일가족이 몰살을 한 것이 분명했다. 흥린을 등에 업은 월이도 넋을 잃은 표정으로 달구지를 보고 있었다. 두창이 창궐하여 수많은 사람들이 죽어가고 있었다. 두창은 한 번 발병하면 약으로 치료할 수 없는 무서운 전염병이었다. 광현은 홍령과 홍린의 얼굴에 두른 천을 더욱 단단하게 감싸주었다. 아이들은 답답해했다.

"불편해도 참아라. 병이 옮으면 큰일 난다."

광현은 홍령의 손을 잡고 계속 걸었다. 홍령과 홍린은 유배지에서 낳은 아이들로, 홍령이 다섯 살이고 홍린이 두 살이었다.

"스승님, 사람들이 너무 많이 죽어가고 있습니다."

박순이 눈살을 찌푸리고 말했다. 그는 홍성에서 바닷가 어부의 딸과 눈이 맞아 혼례를 올렸다. 광현이 한양으로 올라오게 되자 만삭이 된 부인 애순까지 데리고 따라 오느라 걸음이 여간 더디지 않았다. 애순은 몸이 무거워 지쳐 있었다.

"그러게 말이다. 하늘이 벌을 내리는 것 같구나."

광현은 혼잣말로 중얼거리면서 눈을 감았다가 떴다.

"어서 가요!"

월이가 홍령의 손을 잡고 걸음을 재촉했다. 월이도 입에 흰 천을 두르고 머리에 보따리를 이고 있었다. 두창이 발병하자 광현의 유배가 해제되어 한양으로 돌아오는 길이었다. 나라에서 의원들을 한양으로 불러 두창을 치료하라는 영을 내린 것이다. 두창은 한양과 경기도 일대에서 기승을 부리고 있었다.

'한양에 마마가 기승을 부리고 있으니 조만간 대궐을 침범하겠구나.'

광현은 그런 생각을 하며 광통교 쪽으로 걸음을 옮겼다. 모전교 근처에서 옹기점을 하고 있는 천달에게 가는 길이었다. 천달은 주막집의 주모 춘심과 정을 통하더니 그새 아들을 낳아 집에 들어앉혔

다. 그는 일가를 이루고 3년 전에 유배지를 한 번 찾아오고는 오지
않았다.

한양 거리는 황폐했다. 두창이 창궐하여 사람들이 왕래를 끊고 문
을 닫아걸어 흙먼지만 자욱하게 날리고 있었다. 거리가 마치 황천처
럼 을씨년스럽고 살풍경했다.

'또 시체로구나.'

광현은 머리를 잔뜩 숙이고 걸음을 떼어놓다가 눈살을 찌푸렸다.
이번에는 한 장정이 거적에 둘둘 말은 시체를 지게에 지고 남산으
로 오르고 있었다. 광현은 흥령의 손을 잡고 걸음을 재촉했다. 등에
의서(醫書)와 병부(病簿)를 가득 실었기 때문에 여간 무겁지가 않았
다. 살림살이는 대부분 유배지에 두고 왔다. 월이가 머리에 인 것은
아이들 옷가지와 귀한 약재였다.

그들은 마른내 냇둑으로 걸어갔다

'이런! 시신을 냇가에 그냥 버렸구나.'

마른내 냇가에도 버려진 시체가 여러 구나 되었다. 날씨가 차가워
악취가 풍기지는 않았으나 시체를 함부로 방치하면 전염병이 더욱
극성을 부린다. 광현은 칭얼대는 아이들을 달래면서 둑길을 걸었다.

"아니, 이 판국에 어찌 한양으로 올라온 게야?"

천달의 옹기점에 도착하여 문을 두드리자 그가 문을 열고 깜짝 놀
라서 물었다.

"외삼촌, 유배가 풀렸어요."

월이가 설운 목소리로 대답했다. 아이들을 데리고 한양으로 올라
오느라고 그녀도 지쳐 있었다.

"어서 들어와."

광현이 식구들을 데리고 옹기점으로 들어가자 춘심과 천달의 아들 명구가 나와서 인사를 했다.

"유배가 풀렸으니 다행이군. 육 년 동안이나 사람을 묶어놓더니…."

천달이 아랫목에 앉아서 혀를 찼다.

"의원이 왔으니 우리는 이제 죽지 않겠네요. 두창에 걸리지 않으려면 어떻게 해야 돼요?"

춘심의 말에 사람들이 일제히 웃음을 터뜨렸다.

"환자와 접촉을 하지 않는 것이 가장 중요합니다. 두창이 물러갈 때까지 문밖 출입을 삼가십시오."

광현은 춘심을 살피면서 말했다. 춘심은 아랫배가 잔뜩 불러 아이를 낳을 때가 가까워져 있었다. 그래도 춘심이 무거운 몸을 이끌고 밥상을 차려냈다. 광현은 모처럼 따뜻한 밥을 먹자 피로가 몰려와 늘어지게 잠을 잤다.

이튿날 광현은 박순을 데리고 혜민서로 나갔다. 혜민서는 두창이 창궐하여 약을 타러 온 사람들로 장사진을 이루고 있었다. 광현은 혜민서 녹사에게 신고를 하고 두창에 걸린 사람들을 진맥하고 그들에게 약을 나누어 주기 시작했다. 두창에 특효약이 있는 것은 아니었다. 그러나 병을 악화시키지만 않으면 자연적으로 치료가 되기도 했다.

두창은 마마라고도 부르는데 국소적 발진 이외에 초기 발열 단계, 즉 진성두창발진이 생기기 이전에 독성발진이 생길 수 있다. 이런 독성발진은 몸통과 사지에 넓게 확산되어 나타난다. 때때로 홍역이나 성홍열처럼 보이거나 벼룩이나 작은 벌레에 물린 것처럼 보일 때도 있고, 커다란 반점이 생겨 출혈을 동반한 짙은 붉은색을 띨 때도 있었다. 붉은색의 출혈성 발진이 생기는 경우는 증세가 심하여 치명적인 상태다. 이런 환자는 진성 발진이 생기기도 전에 죽는다.

두창은 환자와 직접 또는 간접 접촉으로 감염되므로 격리할 필요가 있었다.

"환자들에게 열을 내리게 하는 환단을 만들어 나누어주어야 합니다."

"열을 내리는 것으로 치료가 됩니까?"

"열을 내리게 한 뒤에 약물로 온몸을 씻어내고 약을 발라야 합니다."

"그 많은 약을 어디에서 구합니까?"

"약은 내가 만들 수 있습니다."

혜민서에는 약 30명의 내의녀들이 있었다. 광현은 열을 내리게 하는 환단과 몸을 씻는 약제, 상처에 바르는 약을 의녀들에게 나누어주었다. 그러나 열을 내리게 하는 약은 쉽게 제조할 수 있었으나 몸을 씻는 약과 상처에 바르는 약은 여러 가지 약제가 필요했기 때문에 쉽게 제조할 수가 없었다.

'열을 내리게 하는 방법만으로도 많은 도움을 줄 수 있다.'

광현은 일단 열을 내리게 하는 해열단을 환자들에게 나누어주었다. 약재가 부족하면 약재상인 조득구에게 가져오게 했다. 그러나 조득구는 자신이 두창에 걸릴지 모른다면서 좀처럼 약을 가져오지 않았다. 광현이 혜민서에서 한 달쯤 일을 했을 때였다.

"중전마마께서 두창에 걸리셨다."

혜민서에 흉흉한 소문이 나돌았다.

'결국 마마가 대궐에 침입을 했구나.'

광현은 의녀들이 수군거리는 소리를 듣고 대궐 쪽을 바라보았다. 조선의 의원들은 두창에 한 번 걸렸다가 쾌차한 사람은 다시 두창에 걸리지 않는다는 사실을 알고 있었다. 그러나 임금은 어릴 때 두창을 앓은 일이 없었다.

"중전마마께서 두창에 걸렸으니 전하께서 함께 계시면 안 됩니다."

조덕윤이 영의정 김수항에게 말했다. 남인 출신 영의정 허적은 복창군 사건 때 제거되어 정권을 서인들이 잡고 있었다.

"허면 어찌해야 한다는 말인가? 중전마마를 사가에 나가 있게 할 수는 없지 않은가?"

김수항이 곤혹스러운 표정으로 물었다.

"중전마마가 사가에 나갈 수 없으니 전하께서 이어하셔야 합니다."

조덕윤의 말에 김수항은 대신들을 이끌고 경덕궁(慶德宮, 경희궁)으로 갔다.

"대신들로 하여금 궁궐에 출입하지 못하게 하고 전하께서도 창덕궁으로 이어하소서."

영의정 김수항을 비롯하여 대신들이 아뢰었다. 숙종은 부랴부랴 경덕궁에서 창덕궁 태화당으로 이어했다. 창덕궁과 왕비가 거처하는 경덕궁과는 왕래를 끊었다. 왕비는 두창이 점점 심허지고 위독해졌다. 마침내 비변사에서 글로 승정원에 보고했다.

그러는 동안 왕비는 병이 더욱 위중해졌다.

"내전의 증후가 어제 밤부터 기침으로 숨이 차서 헐떡거리고 힘이 없으니, 증세가 십분 위중합니다. 모름지기 이러한 뜻을 계달하여야 할 것입니다."

승정원에서 즉시 승전색을 불러서 장차 임금에게 고하려고 했다. 그러나 창덕궁으로 향하는 문이 굳게 닫혀 있었다. 승전색은 임금의 건강이 며칠 전부터 편치 못하고, 밤중에 구토하는 증세가 있었기 때문에 즉시 고하여 알릴 수 없다고 거절했다.

왕비가 죽어가고 있는데 임금에게 알릴 수조차 없는 것이다.

영의정 김수항은 경덕궁의 흥화문 밖에 있었다. 그는 좌참찬 여성제, 도승지 홍만용과 궐문을 열고 들어가기를 청하고, 병조 판서 정재숭도 함께 대궐 안으로 들어가 입직하던 관원이 모두 모였다.

"중전의 증후가 위급한 상태였으므로 이미 승정원으로 하여금 계달하게 하였습니다. 그러나 지금 이미 망극한 지경에 이르렀으니 마땅히 승정원에서 바로 주상께 계문하여야 하는 바입니다. 그러나 주상께서 편찮으신 중에 계신데, 만약 갑자기 흉한 부음을 계문하게 되면, 주상께서 경동하실 염려가 있을까봐 두려우므로, 부득불 자성(慈聖)께 먼저 아뢰어서 조용하게 전달하도록 하지 아니할 수가 없습니다. 마땅히 하교를 기다려서 승정원에서 고하여 아뢰도록 하겠습니다."

김수항이 승전색을 통해 명성왕후 김씨에게 아뢰었다.

"본방(本房)의 서찰을 보고서야 비로소 위급하다는 보고를 들었는데, 지금 또 이 말을 들으니 망극하여 효유(曉諭)할 말을 알지 못하겠다. 주상께서 밤중에 토한 뒤에 가슴과 배에 통증이 조금 있었는데, 지금 겨우 진정이 되어 잠자리에 들었다. 만약 이러한 때에 갑자기 부음을 전한다면, 주상께서 경동하실 염려가 있을까봐 두려우니, 기다렸다가 잠자리에서 일어난 뒤에 조용히 고하여 아뢰고자 한다."

명성왕후 김씨가 말했다. 인경왕후는 죽어가고 있는데도 숙종을 만날 수 없었다. 그녀는 외롭게 병마와 싸우면서 숙종을 애타게 찾았으나 오지 않았다. 인경왕후 김씨는 불과 열아홉의 나이에 경덕궁에서 허망하게 세상을 떠났다.

"주상께서 편찮으신 증후가 있으시므로 아직도 부음을 전하지 못하였는데, 이것은 진실로 마땅하게 권해야 할 방도지만, 여러 신하들이 아직도 거애(擧哀)하고 변복(變服)하지도 못하고 있으니, 일이 매우 미안합니다. 마땅히 대궐문 밖으로 나가서 파자교(把子橋) 앞에서 망곡(望哭)하고 변복하겠습니다."

김수항이 대비에게 아뢰고 곡을 했다.

"내전의 불행한 보고를 이미 주상에게 말씀드렸다."

대비가 김수항에게 영을 내렸다.

국상이 났다는 소식은 혜민서에도 전해졌다. 혜민서의 의원들도 일제히 대궐을 향해 무릎을 꿇고 통곡을 했다.

'중전마마가 젊은 나이에 승하했으니 안타깝구나. 헌데 전하께서는 괜찮을까?'

광현은 문득 그런 생각을 했다. 두창은 발병하게 되면 대개 사흘 만에 증세가 나타나지만 열흘 이상이 있어야 증세가 나타나는 경우도 있다. 숙종은 이미 구토를 하고 열이 있다고 했다. 혜민서를 찾아오는 병자들은 다행히 두창이 치료가 되고 있었다. 그 바람에 광현이 두창을 잘 치료한다는 소문이 널리 퍼지고 있었다. 한양과 경기도 일대에 창궐한 두창도 가라앉는 기색이었다.

"백 의원, 오랜만이오."

광현이 혜민서에서 일을 마치고 밤늦게 집으로 돌아오는데 그의 앞을 막는 사람이 있었다. 광현이 눈을 크게 뜨고 살피자 전에 포도청 종사관으로 있던 이종문이었다.

"종사관 나리시군요. 그간 별고 없으십니까?"

광현이 이종문에게 인사를 했다.

"그렇소. 나는 별일이 없소만 의원은 나와 함께 가야 하겠소."

"어디로 갑니까?"

"대궐이오."

광현은 이종문의 말에 얼굴빛이 변했다. 이종문의 뒤에는 비록 변복을 했으나 우락부락한 사내들 몇이 서 있었다.

"전하께서 두창을 앓고 있는데 어의들이 미덥지 않다고 방의를 부르라고 하셨소. 어의들도 모르는 일이니 그리 아시오."

"누가 소인을 불렀습니까?"

"숙휘공주요."

광현은 이종문의 말에 가슴속으로 찬바람이 불고 지나가는 것 같았다.

"나는 이제 금군별장으로 있소."

이종문이 말했다. 금군별장은 대궐을 숙위하는 내금위 대장이다. 그의 뒤에서 칼을 들고 있는 변복한 사내들은 내금위 갑사들인 모양이었다.

'이것도 운명인가?'

광현은 어쩔 수 없이 이종문을 따라 창덕궁으로 갔다.

'벌써 열꽃이 피었구나.'

광현은 태화당 침전에서 숙종을 진찰하고 놀랐다. 침전에는 명성왕후와 숙휘공주가 들어와 있었다.

"전하의 혈과 맥이 막혀 있어서 기가 잘 통하지를 않아 두창이 심해졌습니다. 이는 몸이 허한 것입니다."

광현이 눈을 감고 있는 임금에게 아뢰고 열을 내리는 해열단을 쓰려고 했다.

"주상께서 좋은 음식을 드시는데 어찌 몸이 허하다는 것이냐? 진맥이 잘못되었으니 약을 쓰지 마라."

명성왕후가 벌컥 화를 내면서 광현을 물러가게 했다. 광현이 도리없이 절을 하고 물러나오려 하는데 숙휘공주가 불러 세웠다.

"멈춰라. 묻고 싶은 것이 있다."

"예."

"가난한 천민이나 백성이 먹지를 못해 몸이 허할 수는 있으나 전하께서 끼니마다 산해진미를 드시는데 어찌 몸이 허하다는 것이냐?"

숙휘공주가 조용한 목소리로 물었다.

"전하께서 때마다 고기와 맛있는 음식을 드신 탓에 혈맥에 기름이 붙어 피가 이동하는 것을 막고 좋은 음식을 드신 뒤에 양생을 하지 않아 기가 막혀 있습니다. 때때로 거친 음식을 드시고 산보를 하셔야 강건한 옥체를 보존하실 수 있습니다."

광현은 목소리를 낮추어 대답했다.

"방의의 말이 맞다. 세자 시절 그가 나에게 양생술을 가르쳐 주었는데 내가 게을러 태만히 한 탓이다. 방의에게 약을 쓰게 하라."

임금이 광현에게 영을 내렸다. 광현은 먼저 열을 내리는 약을 올리고 시침으로 막힌 혈을 뚫었다. 이어 커다란 목간통에 약제를 풀어 씻게 한 뒤에 토란고(土卵膏)를 골고루 발랐다. 임금은 두 시진이 지나자 열이 내리고 하루가 지나자 열꽃이 가라앉기 시작했다. 이틀이 지났을 때는 열꽃에 딱지가 앉기 시작했다.

"대비마마께 아룁니다. 중전마마께서는 두창을 앓은 일이 없어서 이번에 홍서하였고 전하께서는 다행히 쾌차하셨습니다. 하오나 대비마마께서는 두창을 앓은 일이 없어서 예방을 하지 않을 수 없습니다."

광현의 말에 사람들이 일제히 명성왕후를 쳐다보았다.

"예방에는 어떤 방법이 있는가?"

"인두법(人痘法)이 있습니다. 두창을 예방하는 인두법은 수묘법(水苗法)과 한묘법(旱苗法), 의묘법(衣苗法), 장묘법(漿苗法), 혈묘법(血苗法)이 있습니다. 수묘법은 두창의 딱지를 갈아서 물에 녹인 뒤에 솜에 적셔서 콧구멍에 넣는 방법이고, 한묘법은 딱지를 갈아서 대롱을 통해 코로 들이마시는 법입니다. 의묘법은 고름이 생긴 환자의 속옷을 벗겨 건강한 사람에게 입히는 것이고, 장묘법은 고름을 짜서 솜에 적셔 콧구멍에 넣는 방법입니다."

"혈묘법은 무엇인가?"

"건강한 사람에게 상처를 내서 환자의 고름을 피에 섞이게 하는 것입니다. 그리하면 미약한 두창을 앓게 되는데 회복되면 다시 두창을 앓지 않게 됩니다."

"나에게 두창을 앓게 하겠다는 것이 아니냐?"

"망극하옵니다!"

"방자하다. 어찌 나에게 두창을 앓게 한다는 말이냐?"

명성왕후가 눈에서 파랗게 불을 뿜으면서 벌떡 일어났다.

"방의가 함부로 입을 놀리니 용서할 수가 없습니다. 인두법이란 민간에서 조금씩 사용하는 방법인데 완전한 것이 아닙니다. 인두법을 시행했다가 두창이 크게 발병하여 목숨을 잃는 일도 있습니다. 지엄하신 옥체에 어찌 그런 시술을 할 수 있겠습니까? 방의를 엄중히 다스리십시오."

감찰상궁이 명성왕후에게 아뢰었다.

"방의에게 곤장 스무 대를 때려서 내치라."

명성왕후가 열화에 찬 목소리로 영을 내렸다.

"멈추세요! 광현은 임금의 두창을 치료하고 있는데 어찌 함부로 곤장을 때리는 것입니까?"

숙휘공주가 서릿발 같은 목소리로 말했다.

"임금의 두창이 나을 때까지 곤장을 멈추라!"

명성왕후가 고개를 끄덕였다. 그녀도 숙종의 두창을 치료하고 있는 광현에게 곤장을 때리는 것이 옳지 않다고 생각한 것이다.

숙종의 두창은 하루가 다르게 호전되어 보름이 지나자 완전히 나았다.


조덕윤은 몸이 부르르 떨렸다. 임금의 두창을 치료한 광현이 어의로 발탁되더니 강령 현감에 제수된 것이다. 광현은 명성왕후에게 인두법을 시술하려다가 곤장을 맞을 위기에 처했다. 그러나 인선왕후가 인두법을 자신에게 시술해 달라고 광현에게 청하면서 사정이 달라졌다. 서인들은 일제히 반대했다. 명성왕후는 인선왕후에게 두창이 발병하여 목숨이 위태로워지면 광현을 비롯하여 삼족을 멸할 것이라고 펄펄 뛰었다. 광현은 그런데도 수많은 의원들이 지켜보고 있는 가운데 인선왕후에게 인두법을 시술했다.

'제 가족의 목숨을 걸고까지 인두법을 시술하다니….'

인두법은 조덕윤도 알고 있었다. 그러나 인두법을 시술한다고 해서 모두가 효험이 있는 것은 아니었다. 인두법을 시술 받은 사람들 중에 종종 죽는 자가 발생하여 왕실에서는 인두법을 시술하는 것을 금지하고 있었다. 그런데 광현은 감히 대비에게 혈묘법을 시술하고 있는 것이다. 혈묘법은 인두법 중에서도 의원들이 기피하는 예방법이었다.

광현의 가족들은 명성왕후의 명으로 대궐에 끌려와 갑사들의 감시를 받고 있었다. 인선왕후가 위험해지면 그 즉시 목이 잘릴 것이었다.

대비전은 팽팽한 긴장감이 감돌았다. 약방의 도제조 김수항을 비롯하여 조정대신들도 긴장하여 사태의 추이를 주시하고 있었다.

인선왕후는 혈묘법을 시행한 지 한나절이 지나자 얼굴이 붉어지고 땀방울이 솟기 시작했다. 광현은 열을 내리려 침을 시술했다. 그러나 열이 좀처럼 내리지 않고 열꽃까지 피어났다.

"왕대비마마께서 위독하십니다."

이필제가 인선왕후를 진맥하고 나서 말했다. 대신들의 얼굴이 창백해졌다.

"일개 방의가 왕대비마마를 위독하게 했구나. 내가 뭐라고 했느냐? 당장 방의와 가족들을 끌어내어 참수하라!"

명성왕후가 벼락같이 영을 내렸다.

"예!"

갑사들이 우르르 달려들어 광현을 끌고 나가려고 했다. 그때 숙휘공주가 앞으로 나서면서 말했다.

"잠시 기다리십시오. 아직 왕대비마마께서 훙서하신 것이 아닙니다. 조용히 하회를 기다려야 합니다."

"왕대비마마께서 위독하여 헛소리를 하시는데 무엇을 기다린다는 말입니까?"

"왕대비마마께서 쾌차하시면 어찌하시려고 그러십니까?"

숙휘공주의 말에 명성왕후가 입을 다물었다. 광현과 가족들의 참수형은 연기되었다. 하루가 완전히 지나자 비로소 인선왕후의 열이 내리기 시작했다. 열이 내리자 정신이 맑아지고 몸이 상쾌해져 미음을 들기까지 했다. 열꽃도 빠르게 가라앉았다.

'저놈은 지독하게 운이 좋구나.'

조덕윤은 그렇게 생각했다. 광현은 인선왕후에게 인두법을 시행하고 몇 달 후에는 발제종창(髮際腫瘡)까지 치료하여 마침내 강령현감에 임명된 것이다.

정국은 숨가쁘게 돌아가고 있었다. 인경왕후가 승하하자 서인들이 새 중전을 맞아들일 것을 요구했고, 남인들은 궁녀 장씨가 사가에 있는 것이 옳지 않다고 주장했다.

'옥정이 임금의 여자가 되다니….'

조덕윤은 그 생각을 할 때마다 가슴이 타들어가는 것 같았다. 그러나 옥정이 광현의 여자가 되는 것보다 임금의 여자가 되는 것이 낫다고 생각했다. 조덕윤은 이필제와 함께 김수항의 집을 찾아갔다. 김수항의 사랑방에는 이미 서인의 여러 대신들이 와 있었다. 집사가 대감이 긴한 이야기를 나누고 있으니 기다리라고 말했다.

"중전의 자리가 비었습니다. 대감께서는 어찌하실 생각이십니까?"

대신 중 한 사람이 김수항에게 묻는 소리가 밖에까지 들렸다.

"중전을 맞이해야 하는 것이 옳지. 새삼스러운 일이 아니지 않은가?"

김수항이 쉰 목소리로 대답했다. 가래가 끓는 듯한 소리였다.

"전하의 어심은 어떻습니까? 어심이 중요하지 않습니까? 후궁들 중에서 중전을 책봉할 수도 있지 않습니까?"

숙종은 이미 오씨와 김씨 두 후궁을 거느리고 있었다.

"후궁 중에서 중전이 척봉되면 장씨가 다시 대궐로 들어올 수도 있습니다."

"장씨가 그리 위험한 존재인가?"

"남인입니다."

"신속히 중전을 책봉해야 합니다."

대신들이 김수항을 둘러싸고 말했다. 조덕윤은 옥정을 놓고 서인과 남인이 대립하고 있음을 알 수 있었다.

"서인의 딸들 중에 마땅한 규수라도 있소?"

"민유중의 딸이 음전하다고 합니다."

"헌데 전하를 어떻게 움직이나?"

"대비마마가 계시지 않습니까? 김우명 대감의 따님이니 움직일 수 있을 것 같습니다."

"그럼 김우명 대감을 모셔오게."

"예, 다녀오겠습니다."

대신들이 사랑에서 나오다가 밖에 서 있는 조덕윤과 이필제를 힐 끗 쏘아보았다. 그들은 승정원과 홍문관 등에 있는 관리들이었다. 이필제와 조덕윤은 그들에게 고개를 숙여 보이고 사랑방으로 들어 갔다. 김수항은 서안에 비스듬히 기대 앉아 있었다. 이필제와 조덕 윤이 김수항에게 절을 올리고 진맥했다.

"담이 있습니다. 담배를 줄이셔야 할 것 같습니다."

이필제가 김수항을 진맥하고 말했다.

"다른 곳은 괜찮은가?"

"몸이 쇠약하시니 경옥고를 지어 올리겠습니다."

"그래. 부탁하네."

김수항이 비로소 눈을 뜨고 바로 앉았다.

"그대들은 대궐의 동정을 잘 알고 있겠지?"

"예."

"대궐에 중요한 일이 있으면 나에게 와서 알려주게."

"삼가 명을 받들겠습니다."

중전 간택은 뜻밖에 빠르게 진행되었다. 영중추부사 송시열, 좌의정 민정중, 우의정 이상진, 예조판서 이단하가 빈청에 모여 임금에게 아뢰었다.

"신 등이 엎드려 대왕대비전의 전교를 받들건대, 말씀하시기를, '국본(國本)이 있지 아니하고, 곤위(坤位)가 장차 오랫동안 비는 데 이르렀으므로, 이러한 때를 당하니 염려스럽지 않을 수 없다. 나의 뜻은 왕비를 책립하는 것이 합당할 듯하다. 다시 상의하도록 하라' 하셨습니다."

"자성(慈聖)께 품지(稟旨)함이 마땅하다."

숙종이 영을 내렸다. 자성은 명성왕후를 일컫는 것이다.

"아뢴 말은 자세히 보았다. 단자(單子)를 미리 거두어들인다는 한 가지 일은 경중(京中) 뿐만 아니라, 반드시 외방의 단자를 거두어들이기까지 기다려야 할 것이고, 또 처자가 올라오기를 기다렸다가 비로소 초간택을 해야 할 것이니, 그 사이에 날짜가 지연되는 것이 거의 두 달에 이르게 될 것이므로, 단자는 지금부터 미리 거두어들이도록 분부하고자 한다."

대비전에서 영을 내렸다.

"경중(京中)과 기전(畿甸)에서 먼저 간택하고, 원방(遠方)은 해조(該曹)로 하여금 단지 명가 우족(名家右族)만을 택해서 합당할 만한 자의 단자를 거두어들이게 한다면, 삼월 안에 초간택을 거행할 수 있을 것입니다."

"처자의 단자는 졸곡(卒哭) 후에 다만 경중(京中)에서만 거두는 것이 옳겠다."

왕대비가 언문으로 영을 내렸다.

숙종은 국상이 끝나자마자 대궐에서 삼간택을 실시했다.

"대혼을 병조판서 민유중의 집과 정하였는데, 여러 대신들의 뜻은 어떠한가?"

대비인 명성왕후가 대신들에게 물었다.

"지금 삼가 자교(慈敎)를 받들건대, 진실로 신인(神人)의 소망에 맞으니, 이는 온 나라 백성의 복입니다."

영의정 김수항, 판중추부사 김수흥, 정지화, 우의정 이상진 등이 숙종에게 아뢰었다. 이에 민유중의 딸이 불과 16세에 대혼을 올리고 숙종의 두 번째 왕비 인현왕후가 되었다.

인현왕후는 옥정이 사가에 나가 있는 것을 알게 되자 대비 명성왕후에게 말했다.

"임금의 은총을 입은 궁인이 오랫동안 민간에 머물러 있는 것은 사체(事體, 사리와 체면)가 지극히 미안하니 다시 불러들이는 것이 마땅할 듯합니다."

"내전이 그 사람을 아직 보지 못하였기 때문이오. 그 사람이 매우 간사하고 악독하오. 주상이 평일에도 희로의 감정이 느닷없이 일어나시는데, 만약 꿈을 받게 되면 국가의 화가 됨은 말로 다할 수 없을 것이니, 내전은 후일에도 마땅히 나의 말을 생각해야 할 것이오."

명성왕후는 옥정의 입궁을 반대했다.

"어찌 아직 일어나지도 않은 일을 미리 헤아려 국가의 사체를 돌아보지 않으십니까?"

인현왕후가 다시 권했으나 명성왕후는 끝내 허락하지 않았다.

'흥! 아무리 반대를 해도 나는 반드시 대궐로 돌아갈 것이다.'

옥정은 명성왕후가 자신의 입궁을 반대한다는 말을 듣고 입술을 깨물었다. 그녀는 숭선군 이징의 아내 신씨를 자주 찾아갔다. 신씨는 그녀를 보물처럼 아꼈다.

"세상에 이렇게 예쁜 아이가 어디 있느냐? 전하께서 총애하는 것은 당연한데 어찌 대비마마께서 반대를 하시는 것인가?"

신씨가 옥정의 손을 잡고 말했다.

"대비마마는 소인이 남인이라고 반대하고 계십니다. 다른 일이 있기 때문이 아닙니다."

"조정이 어디 서인의 것이고 임금이 어디 서인의 임금이더냐? 걱정하지 마라. 내가 대왕대비마마께 아뢸 것이다."

신씨는 대왕대비 조씨를 찾아가 옥정의 이야기를 했다.

"조금만 기다리도록 해라. 옥정은 내가 키운 아이나 다를 바 없다. 아직은 대비가 펄펄 뛰니 기다려보자구나."

대왕대비 조씨는 옥정을 딸처럼 귀여워했다.


장희재는 기생 숙정을 첩으로 거느렸다. 그런데 인조반정(仁朝反正) 60주년을 맞이하여 대신들이 정명공주의 집에서 잔치를 열었는데 기생들을 불러 술을 따르고 가무를 하게 했다. 정명공주는 인목

대비의 딸로 60세가 넘었다. 장희재의 첩 숙정도 기생이었기 때문에 잔치에 불려갔다. 그녀는 노래를 잘 부르고 춤을 잘 춰서 기생으로 명성이 높았다. 술을 마신 후 손님 가운데 한 대신이 숙정을 희롱하려고 했다.

'숙정은 내 여자인데 대신들이 함부로 희롱을 하면 어찌하라는 것인가?'

장희재는 이때 포도부장으로 정명공주의 집 밖에서 기다리고 있다가 몰래 사람을 보내 숙정을 밖으로 불러냈다.

"네가 나의 첩이면서 어찌 대신들의 노리개가 되려고 하느냐?"

장희재는 숙정을 데리고 집으로 돌아와버렸다. 부마도위인 홍주원이 여러 대신들에게 그 일을 고했다.

"조정의 큰 연회가 끝나기도 전에 술을 따르는 기녀가 먼저 달아났으니 사체(事體)가 놀랄 만하다."

이에 좌의정 민정중이 비국의 낭관을 시켜 장희재를 잡아들여 곤장을 때리게 했는데, 장희재는 이 일로 독을 품었다.

옥정은 숙정과 함께 사가에서 지냈다. 숙정은 기생 출신이었기 때문에 장희재에게 교태를 부렸다. 옥정은 숙정이 교태 부리는 것을 보면서 천박하다고 생각했으나 장희재가 사족을 못 쓰는 것을 보고 남자들이 교태에 약하다는 사실을 깨달았다.

하늘은 옥정의 편이었다.

두창이 또다시 돌아 한양 장안이 뒤숭숭했다. 인선왕후의 인두법 시술 이후 한양 일대의 많은 사람들이 인두법을 시술하여 피해는 크지 않았다. 지난번 두창이 휘몰아쳤을 때 수천 명의 사람들이 죽었으나 이번에는 수백 명에 그쳤다. 그런데 대궐이 뒤숭숭했다. 명성왕후가 갑자기 내의원에 인두법을 시술하라는 영을 내린 것이다. 태의 이필제는 조덕윤에게 시술을 지시했다.

'광현도 시술을 했는데 나라고 못할까.'

조덕윤은 명성왕후에게 인두법을 시술하여 자신도 현감으로 나가고 싶었다. 현감으로 나갔다가 내의원에 돌아오면 다시 목사(牧使)로 나갈 수도 있고 당상관이 될 수도 있었다. 조덕윤은 명성왕후에게 한묘법을 시술했다. 시술 후 증세가 순조로웠다. 약간의 열이 올랐을 뿐 열꽃도 피지 않았고 고름도 나오지 않았다.

'인두법 시술이 성공했구나!'

조덕윤은 그렇게 생각했다. 그러나 열흘이 지나자 갑자기 명성왕후의 몸에 열이 오르고 열꽃이 피어 고름이 흐르기 시작했다. 조덕윤은 황급히 열을 내리는 처방을 했으나 발병한 지 닷새 만에 왕후는 훙서하고 말았다.

'이럴 수가! 인두법이 성공했는데 어찌 대비께서 훙서하신다는 말인가!'

조덕윤은 눈앞이 캄캄했다. 그는 곧장 80대를 맞고 전라도 강진으로 유배를 가게 되었다. 서인들이 적극적으로 구명을 하지 않았다면 살아남을 수 없었을 것이었다.

명성왕후가 승하하자 인현왕후가 다시 숙종에게 옥정을 대궐로 들이라고 청했다. 숙종이 못 이기는 체하고 옥정을 불러들였다.

'나는 원자를 생산할 거야.'

대궐로 돌아온 옥정은 굳게 다짐했다.

숙종은 옥정을 총애하기 시작했다. 인현왕후는 명문가에서 교육을 받은 규수였기 때문에 얌전했으나 옥정은 중인 집에서 자유분방하게 자란 소녀였다. 하루는 후원에서 꽃을 구경하다가 숙종이 그녀를 희롱하려고 했다. 마침 인현왕후도 멀리서 꽃구경을 하고 있었다. 옥정은 재빨리 달아나다가 인현왕후를 발견하고 달려가 뒤에 숨었다.

"중전마마, 제발 신첩을 살려주십시오."

인현왕후의 얼굴이 싸늘하게 굳어졌다.

"너는 마땅히 전교를 잘 받들어야만 하는데, 어찌 감히 이같이 할 수가 있는가?"

인현왕후가 옥정을 꾸짖었다. 옥정은 샐쭉하여 돌아갔다. 숙종도 머쓱하여 대전으로 들어갔다.

'임금이 총애하는 나를 무시해?'

이때부터 옥정은 인현왕후와 대립하기 시작했다. 그녀는 인현왕후가 시키는 모든 일에 교만한 태도를 보이며 공손하지 않았다. 심지어는 인현왕후가 불러도 순응하지 않는 일까지 있었다.

"옥정이라는 궁녀가 참으로 교만하다."

인현왕후는 감찰상궁을 시켜 옥정의 종아리를 때렸다. 이에 옥정이 더욱 원한을 품었다.

숙종은 마침내 옥정을 숙원으로 책봉했다.

II

현감의 일,
의원의 일

화창한 4월의 날씨였다. 바람이 일 때마다 파란 보리밭이 이랑을 따라 물결치듯이 춤을 추고 들판으로 흘러내리는 월암천 천변으로는 수양버들이 무성해 잎잎이 녹향을 뿜고 있었다. 청천하늘은 유리알처럼 투명하고 부챗살 같은 햇살이 온 누리에 퍼졌다.

한양에서 강령으로 오는 넓은 관도. 형형색색의 깃발을 앞세우고 강령 현감 광현의 거창한 부임행렬이 풍악소리와 함께 다가왔다. 삼현육각(갖가지 악기)은 신명이 잔뜩 지펴 있었다. 농사를 짓던 농부도, 집안에서 부엌일을 하던 아낙네도 엉덩이를 실룩거리게 만드는 신명 나는 풍악이었다. 사람들이 구름같이 몰려나와 신관 사또의 부임 행차를 구경했다. 행차는 일부러 그러는 듯 느리게 현청을 향해 가고, 담장 위에는 아낙네들이 머리만 내밀고 행차를 기다리고 있었다.

"신관 현감이 과거에 급제한 양반인가?"

"과거에 급제한 것이 아니라 내의원 어의라네. 임금님의 두창을 치료하여 현감이 되었다네."

"그게 아니라 현감 자리를 오천 냥에 샀다고 그러던걸."

"그러면 오천 냥짜리 현감인가?"

"사또 자리를 오천 냥에 샀으니 오만 냥은 족히 긁어 모을걸. 그래야 이문이 남는 장사잖아?"

여자들이 찧고 까불면서 까르르 웃음을 터뜨렸다. 광현은 사복시에서 이규학에게 치종술을 배우던 일이 떠올랐다. 조선의 치종술은 임언국에서 시작되었다고 해도 과언이 아니다. 그는 치종비방이라는 책을 남기고 그의 제자들은 치종지남이라는 책을 남겼다. 이규학은 임언국의 고제자로 광현에게 침자절개법을 전수했다.

임언국은 농양을 화정, 석정, 수정, 마정, 누정의 다섯 종류로 나누었다. 화정은 침으로 출혈을 시키고 소금물로 세척한다. 또 종기가 난 부위의 털을 깎고 토란고를 붙여서 악독을 흡수시킨다. 얼굴에 농양이 발생했을 때는 종처(腫處), 직상(直上), 모린(毛隣), 백회(百會), 척택(尺澤) 등의 혈위(穴位)에 침을 놓아 독을 뺀 뒤 소금물로 세척하고 토란고를 붙이는 치료법을 썼다.

농양이 손발에 났을 때는 염탕침인법을 추가한다. 그래도 낫지 않을 때는 천금누로탕을 섬회에 섞어 하루 3회 복용하고, 중증일 때는 소금물에 목욕을 시켰다.

석정은 종창이 있는 가까이에서 시침을 하여 독근을 제거하는 방법이었다.

누정은 삼릉침으로 결과하여 그 종근을 제거하면 오랫동안 재발하지 않는다.

광현은 옥정과 액땜을 위한 혼례를 올리고 부모와 함께 새벽 같이 길을 떠나 평양에 이르렀다. 그는 평양 군기시에서 말을 치료하는 의술을 배우기 시작했다. 그때 사복시 정으로 정3품 벼슬에 있던 이규학이 관노로 전락하여 평양 군기시로 끌려왔다.

'스승님께서 어찌 관노가 되었다는 말인가?'

광현은 이규학이 관노로 오자 경악했다. 이규학은 자신이 왜 관노로 끌려왔는지 말을 하지 않았다. 그러나 이규학은 광현에게 침자절개법을 가르치고 치종비방과 치종지남이라는 책을 남기고 홀연히 떠났다.

"스승님의 절학이 맥이 끊기지 않기를 바란다."

이규학은 스승 임언국의 의술을 광현에게 전수하고 떠난 것이다.

아버지 백철명은 사노에서 해방되어 평양으로 온 지 일 년도 되지 않아 바람처럼 떠났다. 광현은 어머니가 아버지를 그리워하자 바랑 하나를 등에 지고 아버지를 찾아 나섰다. 하지만 반년이나 조선 팔도를 돌아다녔으나 찾을 수 없었다. 광현은 실망하여 평양으로 돌아오고 있었다.

"이 비렁뱅이 놈아, 먹을 것을 줄 테니 이것 좀 지고 따라오나."

경상도 어느 재를 넘을 때 길가에 앉아 있던 들병이가 광현을 손짓해 불렀다. 광현은 들병이를 힐끗 쳐다보았다. 들병이는 얼굴에 분을 더덕더덕 처바르고 술독과 돗자리 같은 것들을 가지고 있었다. 광현은 걸인 생활을 하면서 들병이들을 여러 차례 보았었다. 들병이 생활을 하다가 병이 들어 구걸 행각을 하는 여자들도 있었다. 병자호란이 끝난 지 수십 년이 되었는데도 여전히 조선 천지가 피폐해 있었다.

"어디까지 갑니까?"

광현은 걸인이나 다를 바 없는 들병이가 미덥지 않았다.

"발길 닿는 곳까지 가지 어디까지 가겠노? 아무래도 문경 새재까지 가는 것이 좋지 않겠나? 문경 새재는 영남 사람들이 한양 가는 길목이라 과객이 많을기라."

광현은 들병이 필녀를 따라 문경 새재까지 갔다. 비렁뱅이 노릇을 하면서 전국을 떠돌고 있는 처지였기 때문에 들병이 짐을 지고 다니더라도 먹고 살 수만 있으면 다행이었다. 필녀는 새재를 오르는 길목에 돗자리를 깔고 앉아서 술을 팔았다. 손님과 눈이 맞으면 돗자리를 들고 숲으로 들어가서 발가벗고 뒤엉키기도 했다. 그러나 필녀의 몸에 종기가 있었기 때문에 싫어하는 남정네들도 있었다. 광현은 필녀가 술을 팔고 몸을 팔 때면 멀찍이 떨어져 이규학이 남긴 치종비방을 읽었다.

필녀는 손님이 없으면 노래를 불렀다. 간간이 쉰 목소리로 권주가를 부르는 필녀의 노랫가락을 듣고 있노라면 광현은 인생이 풀잎에 맺힌 이슬처럼 덧없는 걸 느꼈다.

"비렁뱅이, 니 무엇을 읽노?"

필녀가 술에 취하면 노상 광현에게 묻는 말이었다.

"치종술에 관한 책입니다."

"치종술? 그기 종기 치료를 하는 책이가?"

"예."

"그럼 내 종기도 치료해보그라."

"저는 아직 잘 모릅니다."

"책에 있지 않나? 책대로 하면 될기 아닌가? 한번 해보그라."

광현은 필녀의 종기를 치료하기 시작했다. 책을 보고 토란고를 직접 만들고, 소금도 구했다. 약재가 갖추어지자 농양을 침으로 십자 모양으로 찢고 고름을 긁어냈다. 상처 부위는 소금물로 씻고 토란고를 바른 후 천금누로탕을 복용하게 했다. 그러나 상처를 긁어낼 때 몹시 고통스러워했기 때문에 마비산을 만들어내야 한다고 생각했다.

광현은 필녀를 치료하면서 평양에 이르렀다. 그러나 광현이 집으로 돌아왔을 때 어머니는 이미 죽고 없었다. 광현은 마을 사람이 묻어준 어머니의 산소를 찾아가 하염없이 울었다.

필녀는 가을이 되어 찬바람이 불자 갑자기 피를 토하기 시작했다.

"내 죽으면 비석은 안 세워도 되니 묻어나다오."

필녀는 죽을 때가 되자 선연동의 산으로 광현을 데리고 올라갔다. 선연동은 평양의 기생들이 죽으면 묻는 공동묘지였다.

"여기쯤이면 괜찮겠네. 봄이면 진달래도 피고 접동새도 울지 않겠나."

필녀는 양지 바른 산비탈에 돗자리를 깔고 앉더니 술을 마시기 시작했다. 광현은 필녀 옆에 앉아서 붉은 노을이 지고 있는 서쪽 하늘을 쳐다보았다. 필녀는 좀처럼 숨이 끊어지지 않았다. 밤이 지나고 날이 밝았다. 필녀는 희미하게 눈을 뜨고는 다시 술을 마시고 잠이 들었다. 그렇게 사흘을 보낸 뒤 깊이 잠이 들었다가 다시 눈을 뜨지 않았다. 광현은 땅을 파고 필녀를 묻어주었다. 이상하게 슬프다는 생각은 들지 않았다.

광현은 혼자가 되자 다시 평양 군영에 가서 말을 치료하면서 홀로 의술을 공부했다. 특히 그는 종기를 치료하는 일에 정성을 기울였다. 다행히 평양 군영에서 말을 치료했기 때문에 종기가 생긴 많은 말을 치료할 수 있었다.

"말의 종기는 치료하면서 사람의 종기는 치료 못 해?"

종기를 앓는 사람들이 광현을 찾아와 치료를 부탁했다. 특히 걸인들은 돈이 없기 때문에 의원을 찾아가지 못했다. 광현은 걸인들의 종기를 치료하기 시작했다. 1년이 지나고 2년이 지나자 광현의 명성이 높아졌다. 사람들은 그를 괴의라고 불렀고 몇 년 사이에 그에게 종기를 치료받은 사람들이 수만 명에 이르렀다.

광현은 말 위에 앉아서 뒤를 돌아보았다. 월이가 탄 가마가 말을 따라오고 있었다. 현감이 부임하는 길이니 현감의 가족들도 가마를 타고 오는 것이다. 강령에 이르기 전 역참에 강령 관아의 관속들이 나와 있었다.

"사또, 저곳이 강령 동헌입니다."

읍성으로 들어서자 멀리 언덕에 웅장한 기와집이 보였다. 동헌은 이방청과 나란히 붙어 있었다. 읍내를 지나 북쪽으로 올라가 동헌에 이르렀다. 동헌에는 강령현의 유지들이 나와서 신관 사또를 정중하게 맞이했다. 광현은 그들과 일일이 인사를 나누었다.

광현이 동헌에 좌정하자 관노와 기생들이 들어와 점고를 했다. 월이는 아이들과 함께 동헌 뒤의 내당으로 들어갔다.

'기생들이 분은 발랐지만 수은에 중독되었구나.'

광현은 점고하는 기생들의 얼굴을 살피면서 눈살을 찌푸렸다.


바람소리가 사나웠다. 인현왕후는 눈을 부릅뜨고 어둠을 노려보았다. 귀인 장씨가 회임을 하여 대궐의 시선이 모두 그녀에게 쏠리고 있었다. 그녀가 아들을 낳으면 어떻게 될까. 그녀가 아들을 낳으면 남인들이 조정을 장악하게 된다. 서인들은 그것을 두려워하여 귀인 장씨를 기회가 있을 때마다 비난하고 나섰다.

임금은 그런 서인들을 경멸했다. 임금은 우유부단한 것 같으면서도 무서운 결단력을 갖고 있었다. 숙종이 보위에 오르고 얼마 되지 않았을 때였다. 정권은 남인이 장악하고 있었다.

"주상은 나이가 어리오. 인평대군은 황해도 관찰사 오단의 딸과 혼인하여 세 아들을 두었소. 오단의 아들 오정창은 남인의 중심인물이니 조정을 마음대로 휘두르게 해서는 안 되오."

명성왕후가 숙종에게 말했다.

"소자에게 인평대군의 세 아들을 치라는 말씀입니까?"

숙종이 어머니 명성왕후에게 물었다.

"그렇습니다. 그들이 보위를 찬탈할지 모릅니다."

명성왕후는 친정아버지 김우명을 내세워 인평대군의 아들인 복창군과 복평군이 군기시의 서원 김이선의 딸 상업과 내수사의 여종 귀례와 간음했다며 처벌을 요구했다. 명성왕후와 김우명이 문제 삼지 않으면 조용히 넘어갈 수 있는 사건이었다.

'왕족이 간음을 했다고 처벌을 해?'

조정대신들은 처음에 어리둥절했다. 정권을 잡고 있는 남인들이 그들을 잡다가 조사를 했으나 완강하게 부인했다.

'이는 남인들을 공격하기 위한 것이다.'

남인들은 복창근 형제들이 무죄라고 판결하고 김우명이 무고한 것이라고 주장했다. 고발한 자가 오히려 죄인으로 잡혀 들어가야 할 형편이었다. 이에 명성왕후는 숙종이 대신들과 대면하는 자리에 미리 나와 통곡하면서 스스로 목숨을 끊겠다고 선언했다. 영의정 허적, 우의정 권대운, 판의금 장선징, 지사 유혁연, 병조참판 신여철, 대사헌 김휘, 대사간 윤심 등 자리에 있던 신하들이 모두 당황했다. 대신들이 들어가 부복하자 문 안에서 여인의 울음소리가 들려 비로소 대비가 울고 있다는 것을 알 수 있었다.

"대비께서 우시는 까닭이 무엇입니까? 신들은 황공하여 어찌할 바를 모르겠습니다."

영의정 허적이 눈살을 찌푸리면서 숙종에게 물었다. 임금이 정사를 보는 자리에는 어떤 여인도 나와 있을 수가 없다.

"나는 내간의 일을 모르므로 대비께서 복평군 형제의 일을 말하려고 여기에 나오셨다."

숙종이 엄중한 표정으로 말했다. 인평대군의 세 아들인 복창군, 복선군, 복평군이 연루된 이 사건은 명성왕후가 전면에 나서면서 정치적 사건으로 비화된다.

"이것은 비상한 거동이시니 신들은 물러가겠습니다."

우의정 권대운이 아뢰었다. 권대운은 부녀자와 정치를 하지 않겠다고 선언한 것이다. 영의정 허적이 아뢰었다.

"대비께서 하교하시려는 일이라면 신들이 진실로 들어야 마땅하니 전하께서 안에 들어가 그 울음을 그치시도록 청하셔야 하겠습니다. 신들은 물러가 기다리겠습니다."

허적은 여러 신하들과 당하로 물러가 부복했다. 임금이 문 안으로 들어간 후 조금 있다가 울음소리가 그쳤다. 임금이 문 안에서 한동안 머물다 나와 다시 앉으니 여러 신하들이 다시 입시했다. 대비가 문 안에서 말을 하니 허적과 권대운이 문을 향하여 부복한 채로 들었다.

임금이 대신들과 정사를 논하는 자리에 왕후나 대비가 나오는 것은 전례가 없는 일이었다. 우의정 권대운이 물러가겠다고 했으나 영의정 허적은 무슨 일인지 들어야 한다고 하여 명성왕후가 복창군과 복평군이 간음한 일을 말하게 된 것이다.

"모진 목숨이 이제까지 죽지 않고 이런 망극한 변을 당했다. 그들의 죄는 이미 선대에 드러났는데 지금에 와서 숨기어 마치 선왕께서 해를 미치려 하신 일인 듯하니 어찌 마음 아프지 않겠는가?"

대비가 울면서 복창군 형제의 죄를 거론하자 남인 대신들은 당황했다. 그들은 당연히 죄가 있다고 아뢰면서 법대로 처벌하겠다고 말했다. 이렇게 명성왕후의 강경한 선언으로 인해 복창군과 복평군 형제는 귀양을 가게 되었다.

이 일로 숙종의 왕권은 더욱 강화되었고 오정창을 비롯한 남인들은 살얼음 위를 걷는 형국이 되었다. 명성왕후는 복창군과 복평군을 유배 보내면서 남인의 세력을 약화시켰지만 대비가 정사에 관여한다는 혹독한 비난을 받게 되었다. 부제학 홍우원이 상소를 올려 비난하고 유학자 박헌은 서인의 잘못이라고 몰아세웠다. 이에 판부사 김수항이 명성왕후를 옹호하는 상소를 올렸고, 남인이 장악하고 있는 삼사가 일제히 김수항을 탄핵했다. 김수항은 결국 귀양을 갔고 명성왕후의 아버지 김우명은 이로 인해 화병으로 죽었다.

'남인들이 탄핵을 하여 아버님이 돌아가셨다. 남인들은 이제 나의 철천지원수다.'

명성왕후는 이 일로 남인들에게 더욱 큰 원한을 갖게 되었다.

명성왕후의 사촌 김석주는 남인이 득세를 하자 이들을 몰아낼 궁리를 했다. 숙종도 권력이 남인들의 손에 들어가자 이들을 경계했다. 이때 영의정 허적이 자신의 조부 허잠에게 시호가 내린 것을 축하하는 잔치를 열었다. 숙종은 영의정이 잔치를 여는데 비가 내린다는 말을 듣고 궁중에서 사용하는 악(幄, 휘장이 있는 천막)을 보내주라는 명을 내렸다. 그러나 허적이 이미 허락도 받지 않고 가져갔다는 말을 듣고는 대노했다.

'남인을 칠 때가 되었구나.'

숙종은 병조판서 겸 도체찰사에 명성왕후의 사촌인 김석주를 임명하고 총융사에 김만기를 제수하여 병권을 서인에게 넘겨주었다. 영의정 허적과 우의정 권대운, 이조판서 오정창 등을 파직하고 영의정에 김수항을 임명하여 대궐로 돌아오게 했다. 남인들은 하룻밤 사이에 일제히 숙청되었다.

서인인 김석주는 기회를 놓치지 않고 허견의 옥사를 일으켰다. 허견은 허적의 서자였는데 우부녀를 납치하는 등 행실이 좋지 않았다. 김석주는 허견이 복창군 형제와 가까이 지내면서 무사들을 모으고 있다고 탄핵했고, 이 일은 급기야 역모 사건으로 발전했다. 이 사건은 경신년에 일어났다고 하여 경신대출척이라고 불린다. 조정은 다시 서인의 손아귀에 들어왔다.

서인들에 의해 남인들이 숙청되었기 때문에 남인들은 호시탐탐 기회를 노리고 있었다. 그리고 남인들이 재기할 수 있는 길을 숙종의 후궁 옥정에게서 찾으려고 했다.

'옥정이 아들을 낳으면 원자가 되는 것인가?'

인현왕후는 자신의 운명이 조정의 권력 싸움에 휘둘릴지 모른다고 생각하자 불안했다.


동헌 바깥마당에 커다란 차일이 쳐져 있었다. 강령 사람들은 장날마다 신관 사또가 진맥을 해준다는데도 찾아오지 않았다. 광현은 차일 안에 앉아서 무료하게 기다렸다. 광현의 제자인 박순도 무료한 표정으로 광현을 살피다가 병부를 살피는 시늉을 하고 있었다.

"박순아."

광현은 한가하게 부채질을 하다가 제자를 불렀다.

"예."

박순이 벌떡 일어나서 광현을 바라보았다.

"무엇을 보고 있느냐?"

"병부를 보고 있습니다."

"오늘은 맥법에 대해 공부하자. 인체도를 펼쳐라."

광현이 동헌의 지붕을 바라보면서 말했다. 비가 오려는 것일까. 잿빛 기와지붕 위로 검은 구름이 몰려오고 있었다. 박순은 어린 시절부터 걸인으로 동냥아치들과 어울려 다녔었다. 두창이 휩쓸 때 광현은 걸인들에게 인두법을 실시하여 치료했다. 그때 만난 박순이 똑똑했기 때문에 제자로 받아들여 의술을 가르치기 시작했다. 몇몇 걸인 소년들도 광현에게 의술을 배우고 싶어했으나 그들은 공부가 싫어서 다시 걸인 노릇을 했다.

　박순이 인체도를 가지고 와서 광현 앞에 펼쳤다.

　"나는 오랫동안 스승님에게 침술을 배웠다. 우리 스승님은 치종술에 일가견이 있는 분이다. 종기를 잘 다스리기 위해서는 맥법을 잘 알아야 한다. 맥 중에는 기경팔맥이 있다. 기경팔맥은 독맥, 임맥, 충맥, 대맥, 음유맥, 양유맥, 음교맥, 양교맥으로 구분한다. 모두 여덟 개이기 때문에 기경팔맥이라고 부르는 것이다. 수천 년 전에 중국의 명의 편작 선생이 맥법에 대해서 비결을 남겼다. 맥을 연결하는 것은 혈(穴)이다. 혈을 어떻게 하느냐에 따라 사람을 죽이고 살릴 수도 있다."

　광현은 인체도를 보면서 박순에게 맥법을 설명하기 시작했다.

　"기경팔맥에 대해서 자세하게 설명해주십시오."

　"기경팔맥 중에 가장 중요한 맥은 임독양맥이다. 먼저 독맥(督脈)은 모든 맥을 감독하고 독촉하는데 머리, 목, 척추와 사람의 중앙을 순행하면서 양경을 지휘하기 때문에 양맥(陽脈)의 해(海)라고 부른다. 다음은 임맥(任脈)인데 머리, 가슴, 배와 같은 사람의 중앙을 순행하면서 음경을 담당하기 때문에 음맥의 해라고 부른다. 세 번째는 충맥(衝脈)인데 열두경맥의 중요한 위치에 자리잡고 있어서 경락의 해라고 부른다. 네 번째는 대맥(帶脈)으로 허리를 돌아가면서 음양의 여러 경맥을 조절한다. 다섯 번째는 양교맥으로 발뒤축 꼬리뼈 부분에서 바깥 부분으로 위로 올라간다. 여섯 번째는 음교맥으로 이와 반대로 안쪽 부분으로 올라간다. 일곱 번째는 양유맥(陽維脈)으로 모든 양경을 얽어매고, 여덟 번째 음유맥(陰維脈)은 모든 음경을 얽어맨다."

박순은 인체도를 놓고 광현이 이야기하는 기경팔맥을 살피고 있었다. 광현은 박순이 어쩌면 자신보다 더 훌륭한 의원이 될지도 모른다고 생각했다.

"감초가 모든 약에 다 들어가는데 왜 그렇습니까?"

"옛날에 천로라는 신선이 살고 있었다. 그 노인은 어찌나 병을 잘 고치는지 죽어가는 사람도 그 노인만 찾아가면 병을 고쳐서 살게 되었다."

"가히 신의라고 할 만하군요. 그 노인은 얼마나 오랫동안 살았습니까?"

"글쎄다. 노인의 의술이 워낙 고명하니 오래 살았지. 그뿐 아니라 병자들도 그를 찾아가서 치료를 받으면 살 수 있으니 죽는 사람이 없었어. 그러자 다른 의원들은 병자가 뚝 끊겨서 먹고 살 수 없게 되었지. 살길이 막막해진 의원들은 결국 그 노인을 죽였지. 병자들은 천노 노인을 찾을 수 없게 되자 다른 의원들을 찾아가서 병을 치료받을 수밖에 없었어. 그런데 한 사람이 중병이 들어 의원들을 찾아다녔지만 누구도 그 사람을 고치지 못했어. 그 병자는 사람들에게 물어물어 천노 노인을 찾아갔지만 노인은 이미 죽은 뒤였어. 그래서 무슨 비법이라도 남기지 않았을까 해서 무덤을 파헤쳤어. 그때 천노 노인의 무덤에서 풀이 나왔는데 그 풀이 바로 감초야. 감초는 모든 한방 약재에 쓰이는 약초지. 천노 노인의 몸에서는 애엽(艾葉, 약쑥)이 나왔어. 팔에서는 삽주라고 불리는 산강이 나왔는데 덩어리가 진 뿌리를 백출이라고 하고 덩어리가 지지 않은 뿌리를 창출이라고 한다. 묵은 뿌리가 창출, 햇뿌리가 백출이다."

삽주는 광현도 여러 번 본 일이 있었다. 봄철에 연한 순을 따서 나물을 만들어 반찬으로 먹기도 하는데 가장 비싼 산채나물 중의 하나였다.

"삽주가 인체에 좋은 약초군요."

"삽주 뿌리를 장복하면 오래 산다. 열선전(列仙傳, 신선들 이야기)에 있는 연자라는 사람이 삽주 뿌리를 먹고 삼백 살이 넘게 살았는데 비바람을 마음대로 일으켰다고 한다. 포박자(抱朴子, 톨로장수의 비법을 기록한 책)에서도 신선이 되는 선약으로 삽주 뿌리가 으뜸이라고 적혀 있다."

광현은 문득 삽주를 채취하러 가야 한다고 생각했다

"삽주를 캐러 가자."

"스승님, 비가 올 것 같습니다."

"괜찮다. 비도 좀 맞자구나."

광현은 박순과 함께 호미와 대리키를 들고 관아를 나섰다. 관아의 사령들이 뒤를 따라오려고 하는 것을 그만두게 했다. 삽주는 보통 두 자(尺)까지 자라는데 어린 순은 흰 솜털로 덮여 있고 굵은 뿌리가 있다. 잎은 세 갈래로 나뉘어 있으나 때때로 다섯 갈래로 나뉘기도 하고 전혀 나뉘지 않기도 한다. 삽주 잎 가장자리에 짧은 가시처럼 생긴 톱니들이 있어서 다른 풀들과 구별하기가 쉽다. 꽃은 흰색 또는 연한 분홍색으로 줄기 끝이나 잎 겨드랑이에서 핀다.

관아를 나서 들판으로 나왔다. 들판 한가운데 연못이 있고 연꽃이 화사하게 피어 있었다. 월이가 아이들과 아녀자들을 데리고 연꽃을 구경하고 있었다. 광현은 연못을 지나 산자락 밑에 있는 마을로 갔다. 그런데 마을 입구에 이상하게 여러 사람들이 모여 있었다. 광현이 가까이 가서 살피자 한 사내가 배를 움켜쥐고 쓰러져 있었다. 마을 사람들이 웅성대면서 논에 물을 대는 일로 시비가 붙어 정가와 김가가 싸웠다고 했다. 김가는 달아나고 김가에게 복부를 얻어맞은 정가는 땅바닥에 쓰러졌다고 했다. 박순이 먼저 진맥을 하고 이어서 광현이 진맥했다. 광현은 정가에게 시침을 했다. 발길로 복부를 얻어맞았을 때 충격을 받아 기절을 하기는 했으나 큰 상처는 없었다. 시침을 마치자 정가는 창백한 얼굴에 핏기가 돌아오면서 몸을 일으켰다.

"여기 피는 어찌된 것인가?"

광현이 마을 사람들에게 물었다. 정가가 쓰러져 있던 주위에 핏자국이 낭자했다.

"정가가 김가를 낫으로 찍어 흘린 피입니다."

마을 사람들이 대답했다.

"김가는 어디로 갔는가?"

"집으로 달아났습니다."

"김가의 집으로 가자."

광현은 박순을 데리고 김가의 집으로 갔다. 마을 사람들이 우르르 뒤를 따라왔다. 김가의 집은 발칵 뒤집혀 있었다. 김가가 피투성이가 되어 돌아와 어쩔 줄을 모르고 발만 구르고 있었다. 낫으로 찍힌 김가의 등과 어깨에서 피가 계속 흘러내리고 있었다. 광현은 김가의 옷을 벗기고 혈맥을 막았다. 피가 흐르는 것을 막아 놓으면 자연적으로 치료가 된다.

'낫이 가슴이나 목을 찍었다면 꼼짝없이 죽었을 것이다.'

광현은 김가의 상처를 치료하고 병이 나으면 동헌으로 출두하라고 지시했다.

"너는 종기를 앓고 있구나."

정가의 아들인 듯한 예닐곱 살 소년의 배꼽 위에 커다란 종기가 있었다. 허름한 베옷을 걸쳤으나 옷고름을 매지 않아 종기가 보인 것이다. 옷고름을 매면 옷자락이 종기를 건드리기 때문에 맬 수도 없을 터였다.

"이 아이의 종기를 치료해야 한다. 멍석에 눕히고 팔다리를 꼼짝 못하게 잡도록 해라."

광현이 마을 장정들에게 영을 내렸다. 아이의 종기는 다행히 곪아서 터지려고 하고 있었다. 장정들이 아이의 팔다리를 잡자 광현은 침을 꺼내 종기를 열십자로 쨌다. 아이가 죽을 듯이 발버둥을 치면서 비명을 질러댔다. 광현은 아이의 울음소리가 시끄러웠으나 썩은 고름을 모두 긁어내고 소금물로 소독한 뒤에 토란고를 붙여주었다. 아이는 식은땀을 흥건히 흘린 채 울고 있었다.

"하루에 한 번씩 토란고를 바꿔서 붙여 주게."

광현은 토란고를 아이의 어머니에게 주었다. 아이의 어머니가 고맙다고 절을 했다. 광현은 종기 치료가 끝나자 야산으로 올라가 삽주를 채취했다. 이튿날이었다. 관아 앞에 한 소녀가 나타나 기웃거렸다. 광현이 나타나면 재빨리 도망치고 광현이 없으면 다시 나타났다. 그는 무슨 곡절이 있나보다고 생각했다. 그래서 자세히 소녀를 살펴보자 걸음을 잘 걷지 못하고 있었다. 장날이 되자 소녀가 또 나타났다. 광현은 나졸들을 시켜 소녀를 잡아오게 했다.

"관아에는 왜 온 것이냐?"

광현이 물었으나 소녀는 고개를 숙인 채 대답하지 않았다. 치마저고리는 더럽고 맨발이었다. 나이는 열두엇으로 보였다. 광현이 호통을 치자 소녀가 기어들어가는 목소리로 종기 때문에 왔다고 말했다. 종기가 어디에 있느냐고 묻자 얼굴을 붉히면서 대답하지 않았다. 광현은 차일과 휘장을 치고 월이에게 소녀의 종기를 살피게 했다. 종기는 뜻밖에도 왼쪽 허벅지에 커다랗게 있었다.

'이런 곳에 종기가 있으니 말을 못하지.'

광현은 소녀의 종기를 치료해서 돌려보냈다.


영마루에 올라서자 저 멀리 강령 관아가 한눈에 내려다보였다. 관아 뜰에는 커다란 차일이 쳐져 있고 병자들이 줄을 서서 치료를 받고 있었다. 조덕윤은 시린 눈빛으로 관아 마당을 쏘아보았다. 유배에서 해제되어 한양으로 돌아가는 길이었다. 한양으로 바로 올라갈 수도 있었으나 일부러 강령 땅을 밟은 것이다.

"병자들이 죄 걸인이나 천민들입니다."

경원으로 조덕윤을 데리러 온 조득구가 말했다.

"돈을 받지는 못하겠구나."

"예. 약재도 외상으로 들일 때가 많습니다."

"돈을 받지 않으니 명의라는 소문이 돌지. 난치병도 치료하나?"

"더러 치료하는 것 같습니다."

조덕윤은 조득구의 말이 끝나기도 전에 휘적휘적 걸음을 떼어놓았다. 강령 관아까지는 적지 않은 길이다. 그러나 그는 영마루를 내려가고 다시 들을 지나고 내를 건너 관아를 향해 갔다. 관아는 흡사 장이라도 벌어진 것 같았다. 허름한 옷을 입은 남녀노소가 광현에게 진료를 받기 위해 잔뜩 몰려와 있었다.

"나리, 백 의원을 만나실 작정입니까?"

조득구가 뒤를 따라가면서 물었다.

"만나서 무얼 하겠나?"

"그럼 굳이 관아로 가시는 것은…."

조득구가 뒤를 졸졸 따라가면서 물었다. 조득구는 경원에서 호피며 담비 가죽, 그리고 북쪽에서만 나는 귀한 약재를 구하여 짐이 무거웠다. 강령에 이를 때까지는 나귀에 싣고 왔으나 나귀가 갑자기 발병하여 죽는 바람에 등에 지고 오느라고 땀을 뻘뻘 흘리고 있었다.

"백 의원에게 말이라도 한 필 빌리지 그러나? 말을 빌리면 한양까지 가는 길이 한결 쉽지 않겠는가?"

조덕윤이 비웃듯이 말했다. 조득구는 조덕윤의 말에 눈살을 찌푸렸다. 조득구가 조덕윤을 데리러 경원까지 간 것은 태의 이필제로부터 돈을 받았기 때문이다. 그러나 광현에게 들르면 경원에 갔다가 온 사실을 눈치챌지 모른다.

'내가 죄를 지은 것도 아닌데 뭐….'

조득구는 조덕윤의 뒤를 부지런히 따라갔다. 그의 말대로 광현에게 말을 빌릴 수 있으면 더욱 좋을 것이다.

조덕윤은 관아 앞에 이르자 잠시 망설였다. 광현은 인선왕후의 두창을 치료하여 강령 현감이 되었고, 조덕윤은 명성왕후의 두창을 잘못 치료하여 유배를 갔다. 그는 인선왕후는 살아나고 명성왕후는 죽었다는 사실을 납득할 수 없었다.

'나는 처음부터 인두법을 좋아하지 않았어.'

명성왕후가 억지로 인두법을 시술하라는 영을 내리지 않았다면 이러한 일도 일어나지 않았을 것이다. 내의원에서조차 그의 의술이 광현보다 못하다고 손가락질을 하고 있었다.

조덕윤은 처음에 관아의 문전만 보고 갈 생각이었다. 그러나 관아 앞에 많은 사람들이 몰려와 치료를 받는 것을 보고 자신도 모르게 광현 앞에 이르렀다.

"강령에는 어떻게…?"

광현이 놀라며 조덕윤을 쳐다보았다.

"유배가 풀렸네. 한양으로 올라가는 길에 걸음이 이쪽으로 떨어지더군. 약재상 조가도 말을 한 필 빌려야 한다고 하고…."

조덕윤의 말에 조득구는 가슴이 뜨끔했다.

"잘 오셨습니다. 날도 더운데 계곡이나 가시지요."

광현이 손을 털며 일어섰다.

"병자를 보지 않아도 되겠는가?"

"박순이 있으니까 괜찮습니다."

광현은 시중을 드는 이방에게 무엇인가 지시하고 조덕윤과 조득구를 데리고 관아에서 오백 보쯤 떨어져 있는 정자로 안내했다. 정자 아래로 맑은 시내가 흐르고 있었다.

"한양으로 올라갈 생각이 없는가?"

조덕윤이 정자에 앉아서 광현에게 물었다.

"조정의 지시에 따라야겠지요. 어디 제 뜻대로 할 수 있습니까?"

"한양으로 올라오면 내가 내의원에서 일을 하게 해주겠네."

"저는 혜민서가 더 좋습니다."

"그런가? 내의원이든지 혜민서든지 한양에 올라와야 할 것이 아닌가?"

조덕윤이 맑은 물을 내려다보면서 말할 때 이방이 관노를 앞세워 술상을 가지고 왔다. 광현이 조덕윤과 조득구의 잔에 술을 따랐다.

"목민관은 보통 임기가 일년이 아닌가? 이제 현감 노릇할 날도 며칠 남지 않았네."

"현감 직에서 물러나더라도 당분간 강령에 있을 생각입니다."

"왜?"

"아무래도 괴질이 창궐할 것 같습니다."

"괴질이라고? 괴질이 창궐할 것을 어찌 아는가?"

조덕윤은 가슴이 철렁하여 광현을 쏘아보았다.

"날씨를 보고 알 수 있습니다. 날이 유난히 덥고 습기가 많으면 물이 나빠져 괴질이 창궐합니다."

광현이 말한 것은 윤질을 의미하는 것이 분명했다. 윤질이라면 홍역과 온역, 두창 등이 있다.

"괴질이라면 윤질을 말하는 것인가?"

"예. 윤질입니다."

"우리가 알고 있는 윤질인가?"

"조선에 많이 알려진 윤질이 아닙니다."

"증세가 어떤가?"

"병에 걸리면 계속 설사를 하다가 탈진하여 죽게 됩니다."

"전에도 창궐한 일이 있나?"

"몇 번 있었습니다만 크게 창궐하지 않아 아는 사람이 많지 않을 것입니다."

"얼마나 위험한 병인가?"

"걸리면 대부분이 죽습니다."

"중국에서도 창궐한 일이 있었나?"

"자세히는 모르지만 중국에서는 창궐하지 않았던 것 같습니다."

중국에서 발견되지 않은 괴질이라면 무서운 병이다. 설사를 하는 괴질은 수백 년 전에 천축국에서 창궐했다는 이야기가 전설처럼 전해지고 있었으나 조선이나 중국에서는 크게 창궐한 예가 없었던 것이다. 그러나 한 번 걸리면 수많은 사람이 죽기 때문에 천연두보다 더 무서운 병이었다.

"우리 조선에서는 수백 년 동안 이런 괴질이 창궐한 일이 없었네. 그런 병이 실제로 존재하는지도 의문스럽고….."

"그동안 크게 창궐하지는 않았지만 분명 괴질이 있었습니다. 사람들이 몰라서 그렇지요."

조덕윤은 광현의 말에 몸을 부르르 떨었다. 괴질이 창궐하면 수천, 수만 명이 죽는다고 했다.

'세상이 말세가 되었다는 말인가? 어찌 그토록 무서운 전염병이 창궐한다는 말인가?'

조덕윤은 광현과 해질녘까지 술을 마신 후 달빛을 벗 삼아 한양으로 가는 길을 재촉했다. 조득구는 강령에서 하룻밤을 지내고 한양으로 돌아오겠다고 했다.

한양에 도착한 조덕윤은 태의 이필제의 집을 찾아가 문안 인사를 했다.

"고생이 많았다."

"대감께서 애를 써주셔서 소인이 무사히 돌아올 수 있었습니다."

"네가 쓸모가 있기 때문이다."

"쓸모라 하심은…."

"사람들이 알지 못하는 낙태약을 만들어야겠다."

이필제가 지나가는 말처럼 가볍게 말했다. 그러나 조덕윤은 낙태약이 어디에 쓰일지 가늠하느라 부지런히 머리를 굴렸다. 그리고 다음 순간 가슴이 철렁했다. 태의인 이필제가 그렇게 말한 것은 낙태약이 대궐에서 쓰일 것이기 때문이다.

이필제는 조덕윤을 가만히 쏘아보았다. 조덕윤은 대답을 하지 않고 머리를 잔뜩 조아리고 있었다. 조덕윤을 유배에서 해제하여 돌아오게 한 것은 오로지 이 일을 시키기 위해서였다.

"소인이 어찌 감히 그와 같은 짓을 할 수 있겠습니까?"

조덕윤이 떨리는 목소리로 대답했다. 낙태약을 대궐로 들여가는 것은 엄격하게 금지하고 있다. 그런데도 대궐로 들이라는 것은 회임을 한 옥정을 유산시키기 위한 것이다. 임금의 아기를 유산시키는 것은 대역죄에 해당되어 삼족이 멸문을 당할 수도 있다.

"네가 살아서 돌아온 것은 모두 이 때문이다."

"하오나…."

"중전마마께서는 아직 젊다. 허나 후궁이 먼저 왕자 아기씨를 생산하면 어찌 되겠느냐?"

"이 일이 드러나면 삼족이 멸문을 당할 것입니다."

"지금 누가 조정을 장악하고 있느냐?"

조정은 서인이 장악하고 있고, 인현왕후는 서인인 민유중의 딸이다. 서인은 옥정이 왕자를 생산하는 것을 막으려 하고 있었다.

서인은 명성왕후의 지시에 따라 인평대군의 아들들이 남인 오단의 딸과 혼례를 올렸다고 하여 허적을 귀양 보내고 오정창을 복주(伏誅)했다. 영의정과 이조판서를 죽인 서인들이라면 후궁 하나 죽이는 것이나 의원 하나 죽이는 것은 어려운 일이 아닐 것이다.

'옥정이 딸을 낳을 수도 있는데 이것은 너무 잔인한 일이 아닌가?'

조덕윤은 이필제와 헤어져 집으로 돌아오면서 걸음을 비틀거렸다.

남인 옥정이 숙종의 총애를 받고 있어 서인은 긴장하고 있었다. 숙종은 옥정을 위하여 창덕궁 후원에 취선당(就善堂, 창경궁 낙선재 부근)을 지어 주었다. 그리고 숙원으로 품계를 올린 뒤 다시 귀인으로 첩지를 내렸다. 옥정이 회임을 한 뒤에는 소의로 책봉했다.

"중전마마께서는 소식이 없느냐?"

민유중의 집에서는 중궁전의 회임 소식만 기다렸다. 그러나 숙종이 중궁전에 왕래조차 하지 않는데 회임을 한다는 것은 불가능했다.

12
죽음을
부르는 병

광현은 강령 현감 임기가 끝나자 월이와 아이들을 한양으로 먼저 올려보냈다. 그리고 자신은 박순과 함께 약재를 찾아다니기 시작했다.

강령 현감에 황일이라는 양반이 새로 부임해 왔다. 그런데 그의 가족들은 얼굴이 창백하고 모두 배앓이를 했다. 황일이 박순을 불렀다.

"내가 오래전부터 배가 아프고 속이 매슥거리는데 진맥 좀 해주겠나?"

황일이 얼굴을 찌푸리며 말했다.

"한번 진맥을 해보겠습니다."

박순과 함께 온 광현은 황일의 손목에 있는 맥을 잡고 눈을 지그시 감았다. 혈이 어떻게 움직이는지 살핀 뒤에 복부를 만졌다. 복부에서 수많은 벌레들이 움직이는 것을 확인할 수 있었다.

'성충이로구나.'

황일의 뱃속에는 담화성충(痰火成蟲)이 있었다. 광현은 삼릉침으로 치료했다. 황일이 변을 보자 침 때문에 죽은 성충들이 쏟아져 나왔다. 황일의 가족들까지 기생충이 가득했다. 광현은 황일의 가족들까지 삼릉침으로 담화성충을 치료했다. 그들을 모두 치료하는 데 도박 열흘이나 걸렸다.

광현의 소문을 들은 지평 김인이 멀리 강령까지 찾아왔다.

"우리 안사람이 오른쪽 아랫배에 찌르는 듯한 통증이 있는데 봐주겠나?"

광현은 김인의 부인을 진맥했다.

"어떤가?"

"뱃속에 벌레가 있습니다."

"벌레라니? 무슨 벌레가 있다는 말인가?"

"조충(條蟲, 촌충)이라는 놈입니다. 종침과 곡침을 이용하면 치료할 수 있습니다."

광현은 김인의 기생충까지 치료했다.

"내가 큰 신세를 졌네."

김인이 절을 하면서 사례하고 돌아갔다. 광현은 박순에게 처방전을 써주어 뱃속에 기생충이 있는 사람들을 치료하게 했다.

김인이 돌아가자 광현은 다시 괴질에 대해서 연구하기 시작했다.

광현이 괴질에 대한 관심을 갖기 시작한 것은 일 년 전 강령 현감으로 부임하고 얼마 되지 않았을 때였다. 광현이 장날마다 환자들을 치료한다고 알렸으나 사람들은 좀처럼 그를 찾아오지 않았다. 그런데 여름이 끝나고 얼마 되지 않았을 무렵 갑자기 설사병 환자가 발생하기 시작했다. 광현은 설사병 환자가 발생했는지조차 알지 못했다. 그런데 한 마을에서 설사병을 앓다가 사망한 사람의 숫자가 여덟 명이나 되자 깜짝 놀랐다. 그는 부랴부랴 사망자가 발생한 마을로 달려갔다. 마을은 불과 초가가 다섯 채밖에 되지 않는 작은 해안가 마을이었고 인구는 스물일곱 명이었다.

"이들이 모두 어떻게 하여 죽었소?"

광현은 이방에게 물었다.

"계속 설사를 하다가 죽었습니다."

이방이 공포에 질린 얼굴로 대답했다.

"죽은 사람들의 가족은 어떻소?"

"그들도 모두 설사를 하고 있습니다."

광현은 그들이 전염이 되는 병을 앓고 있다는 사실을 깨달았다. 그는 즉시 마을을 봉쇄시키고 사람들을 왕래하지 못하게 했다. 그런데 살아 있던 사람들도 닷새가 되지 않아 두 명만 남고 모두 죽었다.

'아아, 어떻게 이럴 수가 있는가?'

광현은 몸을 떨었다. 살아남은 사람은 삼십대의 남자와 아홉 살 소녀였다. 남자는 얼굴이 해쓱했고 바짝 말라 있었다. 광현은 괴질이 전염된다는 사실을 알았다. 그는 괴질이 일어난 마을에 불을 질렀다. 집을 모조리 태우고 시체를 매장했다. 다행히 더 이상의 환자는 발생하지 않았다. 광현은 괴질에 대해 철저하게 조사하기 시작했다. 괴질이 발생한 마을의 날씨까지 모조리 기록했다. 괴질에 대한 조사가 끝나자 황해도 감영으로 찾아갔다. 황해도 관내에서 괴질이 창궐했는지 알아보기 위해서였다.

"십오 년 전에 은율에서도 있었네."

황해도 감영의 책방이 두툼한 책자를 꺼내오면서 말했다. 책방은 얼추 오순이 넘어 보이는 사내였다.

"윤질이 확실했습니까?"

"한 마을에서 사십여 명이 죽었네. 살아남은 사람은 아홉 명에 지나지 않았고…. 다행히 한 의원이 있어서 치료를 했네. 그 사람이 감영에 보고하여 기록이 남은 것이네."

"괴질에 특효약이 있었습니까?"

"여기 처방전까지 있지 않은가?"

책방이 보여준 기록에는 병자들 40여 명의 증세가 상세하게 적혀 있었고 그들을 치료한 처방전도 있었다. 마을에는 50여 명이 살고 있었는데 그중 9명이 살아남았다.

'괴질에 걸린 사람은 설사를 계속하다가 탈진하여 죽는다. 설사를 멎게 하는 것이 중요하겠구나.'

광현은 처방전을 살피면서 생각했다. 그는 은율을 찾아갔다. 다행히 15년 전에 괴질을 치료한 의원을 기억하는 사람이 있었다.

"이름이 이규학이었어. 양반인데 나라에 죄를 지어 관노가 되었다고 하더군."

노인의 말에 광현은 가슴으로 뜨거운 것이 훑고 지나가는 것을 느꼈다.

'스승님이 치료하셨구나!'

이규학이 관노로 전락한 이유도 알 수 있었다. 이규학은 시체를 해부하다가 발각되어 사형을 당할 뻔했으나 가까스로 구명하여 관노로 보내라는 처벌을 받았다고 했다. 이규학이 은율에 있었던 것은 스승 임언국의 고향이었기 때문이다.

광현은 한양으로 돌아왔다. 그러나 강령과 은율에서 발생했던 괴질 때문에 마음이 무거웠다.

광현은 천달의 옹기점에서 다시 의원을 열었다. 그가 환자들을 치료하기 시작한 지 열흘도 되지 않았을 때 금군별장 이종문이 찾아왔다.

"소의마마께서 찾으시네."

"소의마마라고 하시면…."

광현은 누구를 말하는지 얼핏 이해하지 못했다.

"궁녀 장씨가 전하의 총애를 받아 소의가 되셨네. 지금 회임을 하고 계신데 찾으시네."

소의 장씨는 옥정을 말하는 것이었다. 광현은 옥정을 떠올리자 두 사람 사이에 많은 세월이 흘렀다고 생각했다. 이제는 그녀와의 연을 끊어야 하는데 질긴 인연이 끈을 놓지 않고 있었다. 광현은 대궐에 들어가는 일이 썩 내키지 않았다. 그러나 소의마마가 찾는다니 들어가지 않을 수 없었다. 옥정은 창덕궁 취선당에 머물고 있었다.

"강령에서 현감을 지냈다고 하는데 어떻습니까?"

옥정이 얼굴을 가린 발 뒤에서 광현에게 물었다.

"덕분에 무사히 임무를 마칠 수 있었습니다."

"내가 그대를 부른 것은 진맥을 받기 위해서요."

"대궐에 내의들이 있는데 어찌 소인을 부르셨습니까?"

"진맥을 해보시오."

옥정이 주위 사람들을 물러가게 하고 발 사이로 팔을 내밀었다. 광현은 조심스럽게 옥정의 팔을 잡고 진맥을 했다.

'아….'

광현은 옥정의 몸에 이상이 있는 것을 발견할 수 있었다.

"어떻소?"

"마마의 몸에 약간의 이상이 있습니다."

"어떤 이상이오? 태아에 이상이 있는 것이오?"

"소인이 약을 처방해 올릴 것입니다."

"누군가 나에게 독을 쓰지 않았소?"

광현은 몸이 떨리는 것을 느끼면서 그렇지는 않다고 대답했다. 치명적인 독을 사용했다면 옥정이나 태아는 살아 있지 못할 것이다. 그러나 태아에 영향을 미칠 수 있는 미세한 독의 흔적을 찾을 수 있었다. 독은 급사하게 만드는 것이 아니라 서서히 영향을 미쳐 낙태를 하게 하려는 것이었다.

'서인들의 짓이겠지.'

광현은 옥정의 몸에 있는 독을 해독하는 약을 처방하여 직접 조제해서 올렸다.


옥정은 광현이 물러가자 잠시 생각에 잠겼다. 광현은 독에 대해서 입을 다물고 있었다. 그러나 얼마 전부터 그녀는 계속 설사를 하고 뱃속이 조금씩 아팠다. 내의원을 믿을 수 없어서 광현을 불러 진맥을 하게 하니 약간의 이상이 있다고 했다. 옥정은 내의들을 불러 다시 진맥을 하게 했다. 그러나 내의들은 아무 이상이 없다고 아뢰었다.

'광현은 이상이 있다고 했는데 내의들은 이상이 없다니, 이는 내의원에 문제가 있는 것이다.'

옥정은 내의원에서 지어 올린 약을 먹지 않았다. 그들에게는 약을 먹는 체하고 광현이 지어준 약을 복용했다. 광현의 약을 복용하면서 뱃속이 편안해지기 시작했다. 옥정은 주위 사람들 몰래 금군을 시켜 광현을 불러 진맥을 받았다.

'몸에 있는 독을 제거하기는 했어도 태아가 살지 모르겠구나.'

광현은 옥정을 진맥할 때마다 태아가 정상적이지 않을 것이라고 예측했다. 옥정은 열 달이 되자 아들을 낳았다.

"장 소의마마가 왕자 아기씨를 생산했습니다."

취선당 궁녀들의 전갈에 인현왕후는 깊은 바닷속으로 가라앉는 것 같았다.

'낙태를 시키려 했는데 성공하지 못했구나.'

조덕윤은 내의원에서 쥐 죽은 듯이 잠자코 있었다.

숙종은 옥정이 아들을 낳자 누구보다도 기뻐했다. 옥정의 어머니 윤씨는 대궐에 들어와 산후 조리를 해주려고 했다. 이때 서인인 지평 이익수가 의금부 나졸을 보내 종을 잡아가고 윤씨가 타고 있던 가마를 밀쳐서 부숴뜨렸다. 이어 숙종에게 상소를 올려 윤씨를 비난했다.

"신이 듣건대 '장 소의 모친이 8인이 메는 옥교를 타고 대궐에 왕래한다'고 합니다. 장 소의의 어미는 한낱 천민에 지나지 않는데 어찌 옥교를 타고 대궐에 드나들 수 있는 것입니까?"

숙종은 상소를 읽으면서 부들부들 떨었다.

"옛날 선조 임금께서는 유모가 옥교를 타고 입궐하자 매우 준엄하게 꾸짖으시며 즉시 걸어서 돌아가게 하였으니, 화란의 조짐을 막는 뜻이 이처럼 지극했던 것입니다. 전하께서는 마땅히 내시와 궁녀들을 단속하여 잡인의 출입을 막으소서."

숙종은 이익수의 상소를 집어던졌다.

"후궁이 해산할 때 사가의 모친이 들어와 보는 것은 옛날부터 있었던 일이고, 교자를 타는 것도 또 이미 행하던 전례가 있다. 그러므로 이번에 윤씨가 가마를 타고 들어오려 한 것은 법도에 어긋난 것이 아니다."

숙종이 이익수의 상소에 답했다. 숙종은 어느덧 서른 살이었고 왕비와 후궁들이 여럿 있었으나 첫 아들을 본 것이다. 임금은 정무가 끝나기가 바쁘게 취선당으로 행차하여 아들을 보면서 즐거워했다.

"전하, 사헌부 관리들이 어찌 첩의 어미에게 모욕을 주는 것입니까?"

옥정은 숙종 앞에서 왕자의 젖을 먹이면서 물었다.

"사헌부 지평 이익수가 오해가 있었던 것이다."

숙종은 옥정의 젖을 빨고 있는 왕자를 홀린 듯이 보고 있었다.

"그렇지가 않습니다. 사헌부는 대궐에서 멀리 떨어져 있고 대궐의 일을 알지도 못합니다. 이는 서인들이 첩의 사가를 감시하고 있기 때문입니다."

"서인들이 어찌 너의 사가를 감시하느냐?"

"서인들은 첩을 남인이라고 생각하고 있습니다. 허나 첩의 아비는

한 번도 당인(黨人)이 된 적도 없고 첩은 부녀자라 그들과 내왕한 일
이 없습니다. 그런데 어찌 남인이겠습니까? 이들은 첩을 남인이라
고 하여 해칠 것이고 왕자 아기씨 또한 그냥 두지 않을 것입니다."

숙종이 옥정의 말을 곰곰이 생각해보니 서인들에게 확실히 문제
가 있었다.

"사헌부 금리(포졸)와 조례(아전)를 잡아들이라!"

숙종은 내시들에게 지시하여 사헌부의 관리들을 잡아들였다.

"소의방(昭儀房) 본가에서 대궐에 출입하는 것은 전교가 없이 출
입하는 것이 문제가 아니다. 산월에는 으레 친정에서 들어와 보는
일이 있으며, 들어올 때 가마를 타는 것은 옛날부터 있었던 일이다.
그리고 입궐할 때에는 동패(銅牌)에 '입(入)'자를 쓰고 출궐할 때엔
동패에 '출(出)'자를 써서 들어오고 나가는데, 너는 어떻게 감히 그
종을 체포하고 그 교자를 뺏으며 이와 같이 모욕을 주었느냐? 전에
도 후궁이 출산을 했을 때 들어와 보는 것이 한두 번이 아니었으나,
뒤를 밟아 엿보았다가 침해하고 욕 보이며 놀라게 하는 일이 있었
다는 것은 듣지 못하였다. 이는 반드시 배후가 있을 것이니 철저하
게 조사하라."

숙종이 대노하여 영을 내렸다. 옥정의 어머니에게 모욕을 준 사헌
부 관리들은 처절한 고문을 받다가 죽었다. 그러나 배후는 밝혀지지
않았다. 숙종이 직접 조사를 하지 않았기 때문에 관리들이 자복을
하면서 죽었어도 서인들이 보고를 올리지 않은 것이다.

숙종은 옥정이 왕자를 낳자 희빈에 책봉했다. 이제는 옥정이 대궐
에서 인현왕후 다음으로 높은 여인이 된 것이다.

월이는 입을 벌린 채 광현을 바라보았다. 연경에 가겠다는 광현의 말에 가슴이 철렁했다.

"연경에는 왜 가요?"

월이가 놀라서 물었다. 집 뒤에 놓은 목간통에 물을 받아 광현의 몸을 씻어주고 있는데 광현이 불쑥 그렇게 말한 것이다. 사방은 칠흑처럼 어두웠고 지붕 위에는 박꽃이 하얗게 피어 있었다. 달은 아직 보이지 않았다.

"괴질을 연구하러 갈 거야."

"영감이 가신다면 어쩔 수 없지요. 얼마나 있다가 올 거예요?"

"한 여섯 달 정도 걸리겠지."

월이는 여섯 달이 아니라 몇 년이 걸릴지도 모른다고 생각했다.

"여기 일은 어떻게 해요?"

광현은 강령에서 돌아온 뒤에 떠도는 걸인들을 집으로 데리고 와 키우고 있었다. 그들은 광현에게 의술을 배우기도 하고 허드렛일을 하기도 했다. 광현은 의술로 벌어들인 돈으로 광희문 밖 왕십리에 땅을 사서 걸인들에게 농사를 짓게 했다. 광현의 집에서 살고 있는 걸인들은 자그마치 40명이 넘었다.

"당신과 삼촌이 관리해야지. 박순도 집에 있을 것이고…."

광현의 제자 박순도 아내와 아이들과 함께 광현의 집에서 살고 있었다. 광현과 월이는 어느새 대가족을 거느리게 된 것이다.

"알았어요. 조심해서 다녀와요."

월이는 광현의 등에 물을 끼얹어주었다. 광현이 유배를 마친 뒤

현감까지 지내는 바람에 월이는 옹기점 딸이었으나 양반처럼 신분이 높아졌다. 월이는 광현이 현감 일을 할 때부터 언행을 조심했다. 현감의 부인 노릇을 하면서 몸종도 생기고 양반네 부인들과 왕래를 하면서 그들처럼 조신해야 했던 것이다. 그러나 그녀가 몸이 떨리도록 좋은 것은 사람들이 신의라고 부르는 광현이 그녀의 남편이라는 사실이었다.

'나는 서방님을 잘 받들어야 돼.'

월이는 그때부터 광현을 상전처럼 받들었다.

"사람이 왜 이렇게 달라진 거야?"

광현이 웃으면서 물었다.

"달라지다니요? 뭐가 달라져요?"

"전에는 패악질도 하고 욕도 하고 그러지 않았어?"

"지난 일은 왜 얘기해요?"

월이는 눈을 흘기면서 광현의 어깨를 때렸다. 그가 목간통에서 나오자 월이는 베수건으로 광현의 몸에 묻은 물기를 닦아주었다.

그녀는 광현을 처음 만나 사랑을 나누던 때가 생각났다.

"월이야."

광현이 월이를 덥석 안았다.

"예?"

월이는 광현의 품에 안겨 눈을 감았다.

"이렇게 함께 있어서 좋다."

광현이 월이의 옷고름을 풀었다. 월이의 커다란 가슴 두 개가 쏟아질 듯이 열렸다.

"에구머니… 누가 보믄 어떻게 하려고?"

월이는 펄쩍 뛰는 시늉을 했다.

"이 밤중에 누가 본다고 그래?"

광현이 월이의 가슴을 덥석 움켜쥐었다. 월이는 온몸이 떨려왔다.

"나는 아직 씻지도 않았어요."

월이가 고개를 들어 광현을 바라보았다. 광현이 자신의 입술을 월이의 입술에 짓눌렀다.

"빨리 씻고 들어와."

광현이 방으로 들어가자 월이는 목간통에 들어가 씻기 시작했다. 구름 위로 떠다니는 것처럼 기분이 좋았다. 하늘에 휘영청 밝은 달이 떠오르고 바람이 불기 시작했다. 월이는 몸을 깨끗하게 씻고 방으로 들어갔다. 그러자 광현이 기다렸다는 듯이 월이를 안아서 눕혔다.

"사랑해!"

광현이 월이의 귓전에 속삭였다.

"나도…."

월이는 광현을 받아 안으면서 몸을 떨었다.


광현은 번화한 연경의 모습에 놀랐다. 연경 시가지는 고루거각이 셀 수 없고 상점들이 즐비하고 수많은 사람들이 오가고 있었다. 수레를 타고 오가는 사람들부터 말을 타고 오가는 사람들로 길이 메워질 정도였다. 광현은 한양을 떠난 지 20일 만에 연경에 도착하여 객관에 머물고 있었다. 광현이 사은사 김석주를 따라 연경까지 온 것은 괴질을 연구하기 위해서였다.

광현은 객관에서 하루를 쉰 뒤에 역관과 함께 의원을 찾아 나섰다.

"조선에서 왔다고? 그래 무슨 일이오?"

연경의 의원은 광현을 탐탁하게 여기지 않았다.

"그렇습니다. 몇 가지 의혹이 있어서 여쭤보려고 왔습니다."

"의혹이라니?"

"괴질입니다. 한 번 창궐하면 수만 명이 죽을지도 모릅니다."

"괴질이라…."

"수만 명, 수십만 명이 죽을 수도 있습니다."

"무슨 헛소리를 하는 것인가? 전쟁이라도 일어난다는 말인가?"

연경의 의원이 귀찮다는 듯이 손을 내저었다.

"두창이나 홍역보다 더 무섭습니다."

의원은 광현의 말에 귀를 기울이지 않았다. 광현은 실망하여 의원을 나왔다.

"괴질이 그렇게 무섭소? 조선에 괴질이 발생할 것 같소?"

역관이 의아한 듯이 광현에게 물었다.

"그 병이 발생하면 많은 사람이 죽습니다."

"그런데 왜 중국 의원에게 묻는 것입니까?"

"중국에 괴질이 창궐한 적이 있다면 치료법도 개발되었을 것입니다."

광현은 몇몇 의원을 더 만난 뒤에 역관과 함께 노상에서 양고기 꼬치를 안주로 고량주를 마셨다.

이튿날 광현은 다시 의원들을 찾아다녔다. 연경에는 수많은 사람들이 살고 있었기 때문에 의원도 수백 명이나 되었다. 연경의 의원들은 대부분 조선에서 온 광현을 탐탁지 않아 했으나 의술에 대한 토론을 적극적으로 벌이는 사람도 있었고 병자에게 침을 시술하는 모습을 보여주는 사람도 있었다. 특히 소홍진 의원은 즈선의 의술어 대해서 깊은 관심을 갖고 있었다.

'중국의 침술도 대단하구나.'

광현은 소홍진이 침술로 중풍에 걸린 환자를 치료하는 것을 보고 감탄했다.

"어떻소? 나와 함께 명의를 찾아다니고 싶지 않소?"

"명의를 찾아다녀요?"

"중국에는 각 분야에 명의가 있소. 안과, 소아과, 부인과를 한 의원이 다 보는 것이 아니라 각각의 전문가가 있소."

"그렇다면 한번 만나보그 싶습니다."

광현은 소홍진을 따라 중국 명의를 찾아가는 여행을 떠나기로 했다. 소홍진은 오래전부터 중국 전역에 있는 명의들을 만나고 싶었으나 기회가 없었다고 했다. 광현이 그 여행 준비를 하고 있을 때 사은사 김석주가 찾았다.

"예부상서의 부인이 몹시 아프다고 하는데 그대가 한번 볼 수 있겠소?"

그가 우울한 표정으로 물었다.

"연경에도 훌륭한 의원이 많이 있지 않습니까?"

"연경의 의원들이 치료를 하지 못하는 것 같소."

"그렇다면 중병이 틀림없을 것입니다."

"부인을 치료하면 조선에도 많은 도움이 있을 것이오."

"그렇다면 한번 진맥을 해보겠습니다."

광현은 김석주를 따라 청나라 예부상서의 집으로 갔다. 예부상서의 집은 거대한 장원이었다. 몇 개의 대문을 지나 후원으로 들어가자 아담한 별채가 있었는데 젊은 부인이 침상에 누워 있었다. 광현은 천천히 부인을 진맥했다.

"복괴(腹塊)인 것 같습니다."

광현이 진맥을 마치고 김석주에게 말했다.

"복괴라니? 아랫배에 돌덩어리 같은 것이 있는 걸 말하는가?"

"그렇습니다."

"치료할 방법이 있는가?"

"한번 해보겠습니다."

광현은 예부상서의 집에 머물면서 부인을 침으로 치료하기 시작했다. 그 집에는 이미 여러 명의 청나라 의원들이 상주하고 있었다. 광현이 침을 놓을 때마다 그들은 불만스럽게 투덜거렸다.

광현은 하루에 두 번씩 시술을 하면서 청나라 의원들이 살펴볼 수 있도록 혈도를 처방전에 적어주었다. 청나라 의원들은 처음에는 광현의 침술법이 옳지 않다고 투덜거렸으나 차츰차츰 그의 시침을 눈여겨보기 시작했다.

광현은 열흘 동안 부인에게 시침을 했다.

"우리들이 그대를 너무 무시했습니다. 그대는 신의가 틀림없습니다."

의원들이 비로소 광현에게 머리를 숙이고 사과했다. 광현은 부인의 복괴가 풀어져 가고 있는 것을 확인하고는 집에 있는 의원들에게 시침을 하게 했다. 부인을 치료한 공로를 그들에게 돌려준 것이다. 광현이 부인을 완벽하게 치료하면 청나라 의원들은 고향으로 돌아가야 했다.

예부상서는 크게 기뻐하면서 광현에게 통행증까지 써주었다. 광현은 김석주에게 인사를 하고 소홍진과 함께 의술 여행을 떠났다.

"전설의 의원인 편작 선생이나 화타 선생 모두 의술 여행을 했었소."

소홍진이 광현과 나란히 앉아서 말했다.

"그렇지요. 지방마다 치료법이 다르고 병의 종류도 다르지요."

광현이 소홍진과 연경을 떠난 것은 초봄이었다. 그들은 하북을 돌면서 의원들을 만나고 그들과 의술 토론을 했다. 서로가 병자를 치료하는 법을 시범 보이기도 했다. 특히 침술에 대해서는 누구나 관심이 많았다. 하북을 돌아서 산동에 이른 것이 초여름이었고, 산동을 돌아 강남에 이른 것은 늦여름이었다. 그들은 운남과 사천을 지나 서장을 거쳐 천축까지 갔다. 천축에서 연경으로 돌아오자 2년이 지나 있었다.

광현은 중국 전역을 여행한 것이 짧다고 생각했다. 중국은 평생을 돌아보아도 모자랄 것 같았다. 지역마다 말도 달랐고 사람들도 달랐다. 또한 의술과 약재도 달랐다. 중국엔 지역마다 명의라는 사람들이 있어서 그들만의 독특한 의술을 갖고 있었다.

"언제 조선에 한번 오십시오."

"백 의원과 여행을 함께한 것은 평생 잊지 못할 것이오."

광현은 소홍진과 아쉬운 작별을 하고 조선으로 돌아왔다. 광현이 돌아오자 영의정 이경석이 그를 불렀다.

"어떤가? 중국에서 의술 여행을 했다고 들었는데, 이제 내의원에서 어의로 일을 하게."

"감히 명을 받들겠습니다."

광현은 이경석의 천거로 어의가 되었다. 천한 마의에서 시작하여 마침내 의원으로서는 최고의 자리로 올라간 것이었다.


바람소리가 사나웠다. 대궐의 뒤켠을 돌아 앙상한 나뭇가지를 흔들어대는 바람소리가 음산했다. 옥정은 오라버니 장희재를 물끄러미 바라보았다.

"마마, 각오를 단단히 하셔야 하옵니다."

장희재의 목소리가 긴장으로 떨렸다.

"왕자님을 세자로 책봉하지 않으면 우리가 죽음을 당하게 됩니다."

"저들이 왜 우리를 죽이려고 합니까?"

"우리가 남인이기 때문입니다."

"우리와 같은 천민이 무슨 남인입니까?"

"돌아가신 명성왕후께서 복창군 형제를 죽였습니다. 복창군은 남인과 가까웠는데 종숙께서 복창군과 친밀하게 지냈습니다."

"그래서 남인이라고 하는 거예요?"

"그렇습니다. 그래서 남인들도 우리를 자신들과 동당(同黨)이라고 생각하여 우리를 도우려는 것입니다. 남인이 도우니 다행이지 않습니까?"

"나는 잘 모르겠어요."

"지금 상감의 총애를 받고 계시니 어서 세자를 책봉해 달라고 하십시오."

장희재는 옥정이 해야 할 일을 낱낱이 알려주었다. 장희재가 돌아가고 얼마 되지 않았을 때 숙종이 취선당으로 왔다. 옥정은 어린 왕자에게 젖을 먹였다.

"왕자가 젖을 잘 먹는구나."

숙종은 젖을 먹는 왕자를 신기한 듯이 들여다보았다. 저고리를 풀어헤치고 젖을 먹이는 옥정의 가슴이 눈이 부시게 아름다웠다.

"전하, 우리 왕자는 천수를 누리지 못할지도 모릅니다."

"그게 무슨 말이냐?"

"사람들이 신첩이 천민 출신이라고 왕자도 천하게 여기고 있습니다."

"왕자는 나의 아들이다. 누가 감히 그런 소리를 하느냐?"

"왕자의 외할머니조차 사헌부 관리들에게 핍박을 받는 실정입니다."

"그자들은 내가 엄중하게 처벌했다."

"왕자를 세자에 책봉하겠다고 해보십시오. 서인들이 모두 일어나 반대할 것입니다."

"내가 세자를 책봉하는데 누가 감히 반대를 한다는 말이냐?"

"전하의 춘추가 어떻게 되십니까?"

"갑자기 내 나이는 왜 묻는 것이냐?"

"전하의 춘추 서른에 처음 낳은 아들입니다. 서인들은 전하의 아들조차 인정하려고 하지 않습니다."

숙종은 옥정의 말에 고개를 끄덕거렸다. 그렇잖아도 옥정을 비난하는 서인들의 집요한 공격에 진저리를 치고 있던 숙종이었다. 숙종은 결단을 내릴 때가 왔다고 생각했다. 서인들의 권력이 지나치게 방대해져 정사를 전횡하고 있었다.

"승지를 부르라."

숙종은 내시들에게 영을 내렸다. 취선당의 뒷숲에서는 바람이 스산하게 불고 있었다. 가을이 깊어 나뭇잎이 우수수 떨어졌다. 숙종은 당직 승지가 들자 시원임대신(時原任大臣, 전현직대신)들을 내일 정오까지 입시하라는 영을 내렸다. 이어 금군별장을 이종문에서 장희재로 바꾸고 그를 불렀다.

"신임 금군별장을 부르라."

새로 임명된 금군별장 장희재가 황급히 달려와 부복했다.

"대궐을 삼엄하게 경비하라."

"삼가, 명을 받들겠습니다!"

장희재가 머리를 조아리고 물러갔다. 대궐은 밤 사이에 삼엄한 경계가 펼쳐졌다. 이튿날 아침 영의정 김수흥, 이조판서 남용익, 호조판서 유상운, 병조판서 윤지완, 공조판서 심재, 대사간 최규서, 지평 이언기, 수찬 목임일이 입시했다.

"오늘 시원임대신들을 부른 것은 왕자의 명호(名號, 왕자의 호칭)를 정하기 위한 것이다."

숙종이 대신들을 쏘아보면서 엄숙하게 말했다.

"국본(國本, 세자)을 정하지 않아 민심이 매인 곳이 없다. 만약 선뜻 결단하지 않고 머뭇거리며 관망만 하고, 감히 이의를 제기하는 자가 있다면 벼슬을 내놓고 물러가라."

숙종은 자신의 뜻에 반대하려면 벼슬을 내놓으라고 못을 박았다. 대신들이 당황하여 어쩔 줄을 몰라 했다.

"전하께서 오래도록 자손의 경사가 없으시다가 후궁이 비로소 왕자를 낳아 군정(후궁들의 동료)이 믿는 바가 있는 것 같으니, 어찌 관망하는 사람이 있겠습니까?"

김수흥이 떨리는 목소리로 간신히 대답했다.

"오늘 여러 대신에게 묻는 것은 바로 왕자의 명호를 정하려는 일이다."

"전하께서 하문하심이 갑작스럽고 의외의 일인지라 신은 대답할 바를 알지 못하겠습니다. 하지만 중궁께서 춘추가 지금 한창이시고 다른 날의 일을 알 수 없으니, 갑자기 이런 일을 의논하는 것은 어찌 너무 급하지 않겠습니까? 오직 전하께서는 신중하게 하소서. 전하께서 신을 물러가라고 말씀하셨으니 물러가기는 하겠습니다만 또한 말하지 않을 수가 없습니다."

이조판서 남용익은 인현왕후의 나이가 젊은데 벌써 왕자의 명호를 정하는 것은 옳지 않으며, 왕의 뜻에 반대하니 벼슬을 내놓고 물러가겠다고 말했다. 숙종의 얼굴이 붉어지고 눈에 핏발이 섰다. 대신들은 한결같이 중궁이 춘추가 한창이라 아들을 낳을 수가 있으니 명호를 정하는 것은 빠르다고 주장했다. 숙종은 옥정이 낳은 왕자를 원자로 명호를 정하려고 했고 서인 대신들은 이를 완강하게 반대하고 있는 것이다. 원자는 임금의 적자를 말하는 것으로 장차 세자에 책봉되고 임금의 후사를 잇게 된다.

"전하께서 춘추가 한창이시고 왕자께서 탄생하신 지 겨우 두어 달 밖에 되지 않았는데, 어찌 이와 같이 서둘러 명호를 정하려 하십니까? 여러 신하들의 말이 모두 옳습니다. 뒷날 처리하기 어려운 일이 있으면, 장차 어떻게 하시겠습니까? 이렇게 막중한 일을 물으시면서 벼슬의 진퇴를 가지고 아랫사람들을 위협하려고 하시니, 전하께서 아랫사람을 대접함이 또한 너무 박하십니다."

최규서는 벼슬을 가지고 신하들을 위협하는 것은 야박하다고 말했다.

"옛말에 이르기를, '불효에 세 가지가 있는데 후사가 없는 것이 가장 큰 불효이다.'고 하였다. 내 나이 거의 서른이 되도록 아들이 없어 밤낮으로 근심하고 두려워하다가 이제야 비로소 왕자를 낳아 명호를 정하려는 것인데 어찌 빠르다고 하겠느냐?"

숙종은 자신의 뜻을 굽히지 않았다.

"책봉은 왕자가 다섯 살이 되기를 기다림이 마땅하나, 국세가 외롭고 위태한데다 강국이 이웃에 있어 종사의 대계를 늦출 수가 없다. 그러니 왕자의 명호를 정하되 해조(該曹)로 하여금 거행하게 하라."

"왕자의 명호를 정하는 것은 나라의 큰일이라 창졸간에 결정할 수 없습니다."

남용익이 완강하게 반대했다.

"대계는 이미 정해졌다."

그러나 남용익은 필사적으로 왕에게 맞섰다.

"신은 결코 영을 받들 수가 없습니다."

"신하가 어찌 임금의 영을 이토록 반대하는가? 이는 다른 마음이 있는 것이니 끌어내라."

숙종은 남용익을 어전에서 축출하고 엄중하게 조사하라는 영을 내렸다. 서인들의 얼굴은 사색이 되었다. 숙종은 대신들의 반대에도 옥정이 낳은 왕자를 원자에 책봉하고 종묘에 고했다. 그러자 유림의 원로 송시열이 충청도 회덕에 은거해 있다가 원자 정호를 반대하는 상소를 올렸다.

"지난해 동짓달 초에 지금의 영상 김수흥이 급히 신에게 글을 보내어 알리기를, '후궁에 왕자의 경사가 있다.'고 하였는데, 그것은 일전에 매양 같이 근심하던 일이므로 사민(士民)들로 하여금 속히 알리려고 한 것이었습니다. 신이 쇠약하여 정신이 혼몽하고 귀가 어두운 가운데서도 저절로 기쁨에 넘쳐 입이 벌어졌는데, 오늘날에 이르러 여러 대신 중에서 위호(位號)가 너무 이르다는 말이 있다고 합니다. 철종(哲宗)은 열 살인데도 번왕(藩王)의 지위에 있다가 신종(神宗)이 병이 들자 비로소 책봉하여 태자(太子)로 삼았습니다."

송시열은 송나라의 예를 들어 후궁에서 낳은 왕자를 원자로 정하는 일은 너무 빠르다고 말했다. 송시열의 상소는 지극히 공손했으나 그가 가지고 있는 유림에서의 위치 때문에 숙종은 대노했다.

"일전에 여러 신하들과 원자의 명호를 정한 것은 종사의 큰 계책이었다. 그리하여 명호가 이미 정해졌는데 송시열이 상소를 올려 '송의 철종은 열 살이 되도록 번왕으로 있었다.'고 하여, 은연중에 오늘날의 일을 너무 이르다고 하였다. 하지만 대명 황제(大明皇帝)는 황자를 낳은 지 넉 달 만에 봉호한 일이 있었는데, 송시열이 이와 같이 말한 것은 무슨 뜻이냐?"

숙종이 대노하여 대신들에게 물었다. 서인 대신들은 당황하여 대답을 하지 못했다.

"송시열의 말은 비록 다른 뜻이 없더라도 망발을 한 것입니다."

남인 이현기와 윤빈이 나서 송시열을 비난했다.

"유림의 영수이면서도 그의 말이 이와 같으니 장차 이에 대한 논의가 분분해질 것이다."

숙종은 송시열의 권위와 위치 때문에 조정이 혼란에 빠질 것이라고 말했다. 송시열은 유림의 원로로 영의정 김수흥을 비롯하여 수많은 문인들을 제자로 거느리고 있었다. 숙종은 혼란을 막기 위해 송시열을 삭탈관직하고 문외출송하라는 영을 내린 뒤에 서인 정권을 갈아치워야겠다고 결심했다. 게다가 이전에 어전에서 토론이 한창일 때 영의정 김수흥이 숙종에게 모욕적인 발언을 하는 일까지 있었다. 사실은 혼잣말처럼 한 것이었으나 숙종의 귀에도 뚜렷이 들렸던 것이다. 숙종은 뒤늦게 이것을 문제 삼았다.

"저번에 김수흥이 일을 주청하면서 '예로부터 임금의 무리들은…'이라고 하였는데, 무리라고 말한 것은 공경하는 것이 아니다. 인신(人臣)이 되어 임금에 대해서 이와 같이 말하는 것이 어찌 교만한 것이 아니겠느냐? 내 이를 분명히 들었으므로 지금도 잊지 않고 있다."

숙종은 김수흥의 말에 충격을 받았다. 서인들은 임금까지 능멸하고 있었다. 그때는 참았으나 송시열의 상소까지 올라오자 비상한 조치를 취하지 않으면 안 된다고 생각한 것이다.

"지난번 인대(引對)하였을 때 말하는 기색에 발끈 성을 내며 삼가는 태도가 없었으니, 인심이 임금을 섬기는 데 어찌 이와 같을 수 있겠느냐? 영의정 김수흥을 파직하라!"

숙종은 마침내 서인 정권을 숙청하기 시작했다. 서인 대신들이 줄줄이 파직되고 권대운, 김덕원, 목래선, 여성제와 같은 남인 대신들이 발탁되었다. 정권을 잡은 남인들은 서인에 대한 보복에 나섰다.

송시열은 제주도로 우배를 보냈다가 남인들이 죄를 취조하라고 상소를 올리자 그를 국문하라는 영을 내렸다. 송시열이 제주도에서 정읍으로 올라오자 수많은 유림 인사들이 몰려들었다. 숙종과 남인은 83세의 노인인 송시열을 국문하는 것에 부담을 느끼고 그에게 사약을 내렸다. 그가 사약을 받는 장면을 본 수많은 유림 인사들이 눈물을 흘렸다.

남인들의 정치 보복은 잔인했다. 김수흥, 김수항, 홍치상 등 서인 대신 18명이 사약을 받아 죽고, 50여 명이 유배를 갔으며, 대부분의 서인들은 파직을 당하거나 삭탈관직을 당했다.

옥정이 낳은 아들은 원자에 책봉되었다가 곧이어 세자에 책봉되었다. 숙종은 이에 더 나아가 인현왕후를 폐위시키고 옥정을 중전에 책봉했다.


문밖에서 앙상한 나뭇가지를 흔들며 바람이 불어왔다. 그 음산한 바람에 문풍지가 울고 등잔불이 가물거렸다. 허공을 가르며 달려오는 바람소리가 진종일 귓전을 어지럽게 하더니 밤이 되어도 그치지를 않았다. 지루한 여름이 끝나면서 태풍이 불려고 하는 것일까. 조덕윤은 책을 보다가 낮게 한숨을 내쉬었다. 결국 서인들은 몰락했다. 그는 이필제의 지시를 받고 어쩔 수 없이 옥정에게 올리는 탕약에 낙태약을 섞었다. 나중에라도 발각되지 않도록 미세하게 넣었다.

'내 손으로 옥정을 낙태시켜야 하다니….'

조덕윤은 자신의 처지가 한심했으나 이필제의 지시를 거역할 수 없었다. 하지만 그가 약을 썼는데도 옥정은 낙태를 하지 않았다. 옥정이 광현을 불러들인 것이다.

'광현이 내 일을 방해했구나.'

조덕윤은 옥정의 뒤에 광현이 있다는 사실을 알고는 운명이라고 생각했다. 결국 옥정은 왕자를 낳았고 서인은 몰락했다. 서인 대신들이 줄줄이 사약을 받고 파직되었다. 내의원도 대대적으로 개편되었다.

'광현이 나를 죽이지 않는구나.'

내의원 태의가 된 광현은 어의들을 대대적으로 숙청했다. 그러나 낙태약을 쓴 것을 눈치챘을 텐데도 어의들을 의금부에 넘기지 않았다. 대신 어의들을 모두 여러 지방으로 보내 백성들을 치료하게 했다. 그 바람에 조덕윤은 의주까지 오게 되었다.

'광현이 말한 괴질인가?'

문득 낮에 본 설사 환자가 떠올랐다. 광현은 괴질이 창궐할까봐 걱정하고 있었다.

'괴질이 창궐하면 세상이 바뀌겠지.'

조덕윤은 남인이 정권을 잡았지만 서인이 그냥 있지는 않을 것이라고 생각했다. 인현왕후는 사가로 쫓겨나 쓸쓸하게 보내고 있었다. 조덕윤은 의주부 관아에서 나와 술집으로 향했다. 바람이 거칠어 흙먼지가 날리고 나뭇가지가 부러질 듯이 휘어져 흔들리고 있었다. 술집에는 손님이 없었다. 주고에게 술상을 들이게 하여 주거니 받거니 마셨다. 광현이 정3품 당상관이 되고 자신이 의주로 밀려났다는 사실이 괴로웠다.

"의원 나리."

오종종한 얼굴의 주모가 교태를 부리기 시작했다. 30대 중반으로 보이는 여인네였다.

"왜 그러느냐? 나하고 만리장성이라도 쌓으려느냐?"

조덕윤은 자조적으로 웃었다.

"못 쌓을 것이 무어 있습니까?"

"그래. 좋다. 오늘밤 너와 내가 만리장성을 쌓자."

조덕윤은 술에 취해 눈웃음을 치는 주모에게 달려들었다. 주모가 까르르 웃으면서 그를 받아 안았다.

"설사 환자가 발생했습니다."

이튿날 조득구가 와서 보고했다. 조득구는 귀한 약재를 구하러 연경으로 가기 위해 의주에 머물고 있었다.

"그래? 어디냐?"

조덕윤은 정신이 번쩍 들었다. 부랴부랴 행장을 갖추고 조득구를 따라간 곳은 바닷가 마을이었다. 조덕윤은 환자를 진맥하고 처방전을 써주었다. 의주부 관아로 돌아오는데 전날 마신 술 때문에 걸음이 비틀거렸다.

"서방님."

밤이 되어 술집을 다시 찾아가자 주모가 또 아양을 떨면서 매달렸다. 조덕윤은 그날 밤도 주모의 품속에서 뒹굴었다.

"설사 환자가 죽었습니다."

이튿날 조득구가 와서 또 보고했다.

"죽은 것을 내가 어찌 하느냐?"

"백 의원이 설사 환자가 발생하면 고하라고 하지 않았습니까?"

"겨우 한 사람인데 무슨 보고를 하느냐?"

조덕윤은 대수롭지 않게 생각했다. 그러나 이튿날이 되자 설사 환자가 수십 명이나 발생했다는 보고가 들어왔다.

'괴질인가?'

조덕윤은 비로소 전신이 팽팽하게 긴장되어 왔다. 그는 설사 환자가 발생한 마을로 부랴부랴 달려갔다. 그 마을엔 30여 호가 있었는데 10여 호에서 설사 환자가 발생해 있었다.

조덕윤은 환자들을 진맥하고 약을 주었다. 하지만 설사 환자는 빠르게 늘어나더니 며칠 되지 않아 이웃 마을로 번졌다.

'윤질이구나!'

조덕윤은 전염병이라는 사실을 눈치채고 의주 부윤에게 보고했다. 그러나 의원이 아닌 의주 부윤은 마땅한 대책을 세우지 못했다.

'이럴 수가…'

설사 환자가 발생한 마을에서 사람들이 죽어 나가기 시작했다. 마을은 곡소리로 뒤덮였다. 의주 부윤이 부랴부랴 감영에 보고하고 조덕윤은 조득구를 내의원으로 보냈다. 그러는 동안 환자들은 더욱 많이 늘어났다.

'괴질이 의주를 휩쓰는구나.'

조덕윤은 당황하여 어찌할 바를 몰랐다. 사람들은 괴질에 걸리지 않기 위해 문밖 출입을 삼가고 일체 접촉을 피했다.


광현은 세자를 조심스럽게 진맥하다가 자신도 모르게 눈살을 찌푸렸다. 태중에 있을 때 느군가 낙태약을 복용하게 했기 때문에 어린 세자의 맥이 좋지 않았다. 세자는 자라면서 계속 잔병치레를 하게 될 것이고 성인이 되면 사내구실을 못 하게 될지도 모른다.

옥정은 광현의 표정을 뚫어질 듯이 살피고 있었다.

"어떻소?"

옥정이 근심이 가득한 목소리로 물었다.

"무병하십니다."

광현은 세자의 몸에 이상이 있다는 것을 옥정에게 말할 수 없었다.

"다행입니다. 덕윤 오라버니가 나에게 몹쓸 짓을 했으리라고는 생각하지 못했습니다."

옥정이 우울하게 말했다. 광현은 옥정에게 낙태약을 비밀리에 조금씩 섞어 넣은 자가 조덕윤이라는 사실을 말하지 않았다. 조덕윤은 한때 사복시에서 공부를 함께 했고, 옥정의 오라버니 장희재의 친구이기도 했다. 그런데 총명한 옥정은 이미 눈치채고 있는 것이다. 물론 조덕윤의 뒤에는 이필제가 있고 이필제의 뒤에는 서인들이 있다는 것도. 내의원을 대대적으로 개편한 것은 광현이 아니라 옥정이었다.

광현이 내의원으로 돌아오고 얼마 되지 않았을 때 세자가 목이 아프다고 괴로워하기 시작했다.

'항종(項腫, 목에 생긴 큰 종기)이 생겼구나.'

광현은 세자를 진맥하고 눈을 감았다. 내의들에게 세자의 목 뒤 종기를 치료하라고 하자 모두 두려워하면서 나서지 않았다. 광현은 어쩔 수 없이 세자의 항종을 직접 치료했다. 그런데 옥정마저 뇌후종(腦後腫, 뒷머리의 종기)을 앓기 시작했다. 광현은 옥정의 뇌후종도 치료했다.

"그대가 세자와 내전의 종기를 모두 치료했으니 큰 공을 세운 것이다. 그대를 가의대부(嘉義大夫, 종2품)에 명한다."

숙종은 광현을 가의대부에 가자했다. 그리고 바로 이어 자헌대부(自獻大夫, 정2품) 자리로 올렸다. 마의 백광현이 재상의 반열에 오른 것이다.

광현은 대궐과 조정에서 극심한 암투가 벌어지고 있음을 알았다. 옥정은 숙종의 총애를 받으면서 사람이 달라진 것 같았다. 옥정이 왕자를 낳고 왕비가 되면서 서인들이 철퇴를 맞았다. 수많은 대신들이 사약을 받아 죽고 유배를 가거나 파직을 당했다. 서인들이 권력에서 물러나자 남인들이 활개를 치고 있었다. 옥정의 오라버니 장희재는 금군별장으로 있다가 포도대장에 제수되었다. 그러나 남인들에게 핍박을 받은 서인들도 이대로 그냥 있지 않을 것이었다.

'권력이란 무서운 것이구나.'

광현은 권력 싸움에 휘말리지 말아야 한다고 생각했다.

'옥정도 괴로울 텐데….'

옥정은 인현왕후와만 대립하고 있는 것이 아니라 숙빈 최씨와도 대립하고 있었다. 숙빈 최씨(영조의 어머니)는 무수리였다가 숙종의 총애를 받아 왕자를 낳았다. 비록 후궁의 아들이지만 서인들이 그녀에게 접근하고 있었다.

'옥정의 미래는 임금의 마음에 있다.'

광현은 숙종이 무서운 임금이라고 생각했다. 옥정에게도 임금의 마음을 잃어서는 안된다고 은밀하게 당부했다. 그러나 옥정은 그 말의 진의를 깨닫지 못하고 있는 것 같았다.

조득구가 의주에서 괴질이 발생했다는 조덕윤의 서찰을 가지고 올라온 것은 그 무렵이었다.

'정말 괴질이 발생한 것일까?'

광현은 소름이 끼치는 듯한 전율을 느꼈다. 그는 박순을 데리고 의주로 달려갔다. 의주는 이미 설사병이 널리 퍼져 있었다. 마을마다 사람들이 설사병을 앓다가 죽어갔다.

'전염이 되지 않게 하는 것이 첫 번째다.'

그는 환자들을 격리시키고 마을에 봉쇄령을 내렸다. 설사병은 거의 한 달이나 기승을 부리다가 찬바람이 불면서 물러갔다.

"스승님 이 병을 무엇이라고 부를까요? 그냥 설사병이나 괴질이라고 부를 수는 없지 않습니까?"

한양으로 돌아오는 길에 박순이 물었다.

"글쎄, 무엇이라고 이름을 붙여야 좋다는 말이냐?"

"호랑이가 무리를 지어 달려드는 것처럼 무서우니 호질(虎叱)이나 호환(虎患)이라고 부르면 어떨까요?"

"호질이나 호환은 호랑이에게 잡아먹히는 것을 이른다."

"그럼 호열날이라고 부르는 것이 어떻겠습니까? 호랑이가 무리를 지어 달려드는 것처럼 어지럽다는 뜻으로요."

"호열날이라… 나쁘지 않겠구나."

광현은 고개를 끄덕거렸다.

호열날은 훗날 호열자(虎列刺)라고도 불리게 되는데 콜레라를 일컫는 것이다.

호열자가 조선을 휩쓴 것은 1800년대 중반이다. 인도에서 처음 발생한 뒤에 중국을 거쳐 조선으로 들어왔고, 한 번 창궐하면 수천 명에서 수만 명이 죽는 무서운 전염병이었다. 이 병이 공인된 것은 1800년대지만 앞선 700년대를 비롯하여 여러 차례 발병했던 기록이 남아 있다.

광현은 호열자에 대해 고심했다. 다행히 두창처럼 자주 창궐하지는 않았으나 약재를 연구하고 제조하기 시작했다.

# 13
## 빛과 그늘

## 13

　빗줄기가 그친 후 산과 들은 눈이 부실 정도로 아름다웠다. 괴나리봇짐을 지고 터벅터벅 걸음을 떼어놓던 광현은 제기현 영마루에 이르자 시린 눈빛으로 먼 들판을 내려다보았다. 호열자에 대해 조사를 하느라고 전국을 돌아다닌 지 3년이 되었다. 들판 건너 도성이 보이자 광현은 자신도 모르게 걸음이 멈춰졌다. 곳곳에 오곡이 누렇게 고개를 숙이고 있었고 산들은 타는 듯이 붉었다.

　"스승님, 도성입니다. 그래도 한가위 전에 도성에 도착하는군요."

　박순이 무거운 약재가 든 짐을 추스르면서 말했다.

　"한가위라…."

　광현은 혼잣말로 중얼거리며 걸음을 재촉했다. 가을은 호시절이라, 오곡이 영글고 먹을 것이 가득하여 백성들도 좋아한다. 농사를 짓지 않아도 산에는 밤이 익고 과일이 열린다. 광현은 제기현 영마루를 내려와 들판을 가로질러 흥인문으로 향했다. 오곡이 익어 들녘이 황금빛으로 출렁거리는데 기이하게 추수를 하는 사람들이 보이지 않았다.

이내 흥인문 안으로 들어서는데, 여느 때와 달리 인적이 괴괴하고 거리가 조용했다. 마치 꿈속의 일인 듯, 병풍 속의 풍경인 듯 한양의 즐비한 기와집과 초가가 고즈넉하게 가라앉아 있었다.

'괴이쩍다. 한양이 어찌 이리 조용한고?'

광현은 다시 걸음을 재촉했다. 가을인데도 날은 기이할 정도로 축축했다. 그때 한 사내가 지게를 지고 오는 것이 보였다. 지게에는 거적에 둘둘 만 것이 실려 있었다.

'저건 시체가 아닌가?'

광현은 지게를 피하여 옆으로 섰다가 거적 밖으로 여자의 팔다리가 나와 있는 것을 보고 눈살을 찌푸렸다. 이때는 부유하지 않은 천민들이라도 시신을 관에 넣어 장례를 치렀다. 없이 산다 해도 수의나 관을 준비하고, 음식을 마련하여 상례를 치르는 동안 몰려오는 문상객들을 대접했다.

'집안이 가난하여 장례도 치르지 못하는 것인가?'

광현은 지게를 지고 가는 중년 사내를 보고 혀를 찼다. 그런데 그 뒤로 관을 지고 오는 사람, 달구지에 시신을 얹어 거적으로 덮고 오는 사람들이 줄을 잇고 있었다. 사람들이 떼죽음을 당한 것이다. 달구지를 끌고 오는 사내 뒤에는 가족들이 따라오면서 슬피 울고 있었다.

"대체 무슨 일이오? 한양에 변이라도 생겼소?"

광현은 불길한 예감에 달구지를 끌고 가는 사내에게 물었다. 달구지에는 시체가 여러 구였다. 여자와 남자의 시체가 뒤엉켜 있었다.

"보면 모르오? 한양에 마마가 돌았소."

사내가 퉁명스럽게 말한 뒤 흥인문을 향해 걸어갔다. 시체를 산에 묻으러 가는 것이다.

"여보시오. 내가 잠깐 시신을 볼 수 있겠소?"

광현은 달구지를 끌고 가는 사내에게 물었다.

"남의 시신은 왜 보려 하오?"

사내는 귀찮다는 듯이 퉁명스럽게 말했다.

"당신 가족이오?"

"아니오. 옆집 사람인데 일가족이 모두 죽어 장례를 치를 사람이 없어서 묻어주려는 것이오."

"미안하오. 나는 의원이외다. 한양에 처음 들어왔는데 어찌 이렇게 많은 사람이 죽었는지 살피려는 것이오. 어디 잠깐 봅시다."

광현은 달구지를 세우고 시체를 들여다보았다. 시체는 부부로 보이는 30대 후반의 남녀와 7, 8세 가량의 소녀, 5, 6세의 소녀, 3, 4세의 사내아이였다. 일가족이 모두 마마에 걸려 죽은 것이다.

'이번 마마는 독한 모양이구나.'

시체를 살핀 광현의 얼굴이 어두워졌다. 사내는 광현을 쏘아본 뒤 다시 달구지를 끌고 가버렸다.

"스승님, 마마가 크게 돌았는데 어떻게 합니까?"

"어떻게 하긴… 빨리 집으로 가자."

광현은 박순을 재촉하여 천달의 옹기점으로 돌아왔다. 그 사이에도 시체를 지게에 지거나 손수레에 싣고 흥인문을 나서는 사람들의 행렬이 끊이지 않았다. 상가가 철시했고 오가는 사람들이 없었다. 천달은 두창이 극성을 부려 옹기점 문을 굳게 닫고 있었다.

"아니 어째 이제야 돌아오는 거야? 도성 사람들이 모두 두창에 걸려 죽게 생겼어."

천달이 문을 열어주면서 투덜거렸다.

"가족들은 모두 괜찮습니까?"

"우리야 모두 인두법을 했으니 괜찮지."

천달이 남루한 광현의 행색을 살피면서 말했다. 월이나 아이들도 모두 두창에 걸리지 않고 건강했다. 광현은 그들을 살피고 점심을 먹은 뒤에 옹기점 문을 활짝 열게 했다.

"문은 왜 열어요?"

월이가 의아한 표정으로 물었다.

"두창이 창궐했으니 치료를 해야지."

"이번 두창은 옛날과 다른 것 같아요. 한양에서 벌써 수천 명이 죽었대요."

"그러니 더욱 치료를 해야지."

광현은 불만이 가득한 가족들을 달랜 뒤 문을 열고 환자들을 치료하기 시작했다. 한양의 민심은 흉흉했다. 병을 앓고 있는 사람들이 있으면 마마를 옮긴다고 하여 도성 밖으로 내쫓고, 마마를 앓는 환자들이 있는 집은 모두 불태웠다. 도성 곳곳에서 집을 태우는 검은 연기가 하늘을 가렸다.

광현이 본격적으로 치료를 시작하자 많은 사람들이 회복되었다.

"용한 의원이다!"

"마마를 고치는 의원이 나타났다!"

한양에 소문이 퍼지면서 환자들이 무리를 지어 몰려왔다. 광현의 의술은 가히 비법이라고 할 만하여 그에게 치료를 받은 마마 환자들이 대부분 완치되었다. 불과 열흘 만에 수백 명의 환자들이 완치되자 환자들이 구름처럼 몰려왔다.

"우리 아들 좀 치료해주시오. 우리 아들은 대를 이어야 할 혈손이오."

광현이 치료를 하는 옹기점 앞으로 환자들이 구름 떼처럼 몰려들어 애걸하고 매달렸다. 그러나 치료를 받는 것도 순서가 있었다. 조정의 높은 벼슬아치들이나 부자들은 일찍 치료를 받았으나 천민들은 해가 진 뒤에야 간신히 광현의 얼굴을 볼 수 있었다. 부잣집의 하인들이 천민들을 함부로 밀어내고 먼저 치료를 받았기 때문이다. 다행히 광현은 몇 마디 말만 나누어도 금세 증상을 알고 처방을 해주었다.

"우리 마을에 와서도 치료를 해주십시오. 의원께서 오시지 않으면 우리 마을은 한 사람도 살아남지 않습니다."

광현의 처방으로 수천 명의 환자들이 치료되자 마을마다 다투어 광현을 찾아왔다. 광현이 길을 나서면 치료를 받기 위해 많은 사람들이 그 뒤를 따랐기 때문에 마치 벌 떼가 움직이는 것 같았다.

"의원이 온다. 신의가 온다!"

광현을 따라오는 사람들로 인해 뿌연 먼지가 하늘을 가리자 다른 이들은 멀리서 먼지만 보고도 광현이 온다는 것을 알 수 있었다. 수

그러들 줄 모르는 두창의 기세에 맞서 광현은 의술과 정성으로 많은 사람들의 생명을 구했다.

광현이 마마를 치료하자 그를 모함하고 시기하는 자들이 나타났다. 그들은 사람들 앞에서는 광현에게 '의원님, 의원님'하면서 굽실굽실하지만, 환자가 완치되지 못하면 뒤에 가서 돌팔이라고 욕설을 퍼부었다. 광현이라고 모든 환자를 다 고칠 수 있는 것은 아니었다.

'사람들이 왜 나를 욕하는 것인가?'

밤낮 없는 치료에 심신이 지칠 대로 지친 광현은 사람들의 비난이 귀에 들어오자 더이상 견디지 못하고 종적을 감추어버렸다. 광현이 잠적해버리자 성안이 발칵 뒤집혔다. 저잣거리에서 사람들이 삼삼오오 모이기만 하면 광현이 어디로 사라졌는지에 대한 이야기가 끊이지 않았다. 그때 한 사내가 사람들을 향해 소리를 질렀다.

"내가 의원이 어디 있는지 알고 있소."

"어디야? 의원이 어디 있어?"

"나를 따라 오시오."

사람들이 사내를 따라 몰려가면서 소리를 질렀다. 그들은 광현이 있는 곳으로 몰려가 문을 부수고 그를 나오게 했다.

"이보시오, 의원. 의원이 환자를 두고 도망갈 수 있소?"

"양반은 고쳐주고 우리 같은 천민은 고치기 싫다는 거요?"

사람들이 삿대질을 하면서 광현에게 욕설을 퍼부었다.

"저런 인간은 때려 죽여야 해."

흥분을 감추지 못한 몇몇 사람들이 광현을 몽둥이로 때리려고 했다. 그러나 대부분의 사람들은 의원에게 무슨 잘못이 있느냐고 만류

했다. 침거하는 동안 마음을 다스린 광현은 자신이 종적을 감춘 일을 사과하고, 자신을 찾아온 환자들에게 일일이 병의 증상을 물으며 처방을 해주었다. 사람들은 그때서야 분이 풀려 물러갔다.

광현이 다시 환자들을 치료하기 시작했지만, 마마가 이미 널리 퍼져 있었기 때문에 환자의 행렬은 끝이 없었다. 광현은 혼자의 힘으로는 도저히 수많은 사람들을 치료할 수 없다는 사실을 깨닫고는 다른 방법을 찾았다. 치료법을 입으로 불러주고 받아 쓰게 하는 것이었다. 이렇게 만든 처방전을 시골 선비들이 다투어 베껴 썼다. 선비들이 베껴 쓴 광현의 처방은 훗날 마진방(痲疹方)으로 널리 알려졌고, 시골 선비들은 이를 경전처럼 받들었다.

마마의 기세가 조금씩 수그러들고 있던 어느 날, 어떤 아낙이 남편이 병에 걸렸다고 하면서 치료를 해달라고 청했다. 광현이 아낙의 남편을 진맥해보니 비상과 같은 독약을 처방해야 했다. 그러나 처방법을 알려주면 아낙이 약을 쓰지 않고 오히려 그를 욕할 것이 분명했다.

광현이 아낙에게 말했다.

"당신 남편의 병은 매우 위중하오. 다만 한 가지 약이 있기는 하지만 당신은 쓰지 못할 것이오."

"의원님, 무엇이든 좋으니 제발 우리 남편을 살릴 처방을 알려주십시오."

아낙은 눈물을 흘리면서 애원했지만 광현은 끝내 말해 주지 않았다.

아낙은 광현을 원망하면서 돌아갔다. 남편을 살릴 수 있는 방법이 없다는 것을 안 아낙은 남편이 죽으면 자신도 따라 죽기 위해 비상을 사가지고 집으로 돌아왔다.

　방문을 열자 방 안에는 이미 죽음의 공기가 가득했다. 남편은 서서히 죽어가고 있었다. 아낙은 비상을 술에 타서 선반 위에 올려놓고 쏟아지는 눈물을 참지 못해 밖으로 나왔다. 아낙이 울타리 앞에서 한참을 울고 들어와 이제는 죽을 생각으로 선반에 올려놓은 술잔을 보니 비어 있었다.

　"여보, 여기 있는 술잔이 왜 비어 있어요?"

　아낙이 깜짝 놀라서 남편에게 물었다.

　"내가 목이 말라서 마셨소."

　남편이 태연하게 말했다.

　"그 술잔에는 비상이 들어 있었어요. 당신이 그걸 마셨다는 말이에요?"

　"뭐… 뭐요?"

　"잠시 기다리세요. 내가 가서 의원을 불러올게요."

　아낙은 황급히 광현에게 달려가서 남편이 비상을 먹었으니 살려달라고 울부짖었다.

　"이상한 일이로구나. 내가 전에 그대에게 한 가지 약이 있다고 했는데 그것이 바로 비상이었소. 나는 당신이 비상을 사용하지 않을 것이라고 생각하여 알려주지 않았소. 빨리 돌아가보시오. 집에 가면 남편의 병은 분명히 나았을 것이오."

　광현이 놀란 눈으로 아낙을 쳐다보며 말했다.

　"예? 그게 무슨 말씀입니까?"

"아마, 하늘이 그대의 남편을 살린 것 같소."

아낙이 반신반의하면서 집으로 돌아와보니 남편은 정말 병이 나아 있었다. 아낙은 광현이 신의라는 사실을 그때서야 알 수 있었다.

조선시대에 천연두가 얼마나 심했는지는 조선왕조실록을 보면 알 수 있다. 실록에는 이렇게 기록되어 있다.

'전염병과 천연두가 영남 지방에 가장 심하여 그 형세가 점차로 번져가고 있으니, 장차 살아남을 사람이 없게 될 것입니다.'

천연두와 홍역으로 죽은 자가 더욱 많았다. 서울의 5부에서 보고한 사망자가 9백여 명이었는데, 실제로는 이루 헤아릴 수조차 없이 많이 죽었다.

영조시대에는 제주도에 천연두가 발병하여 7월 한 달 동안 2만 명이 죽었다는 사실이 실록에 기록되어 있다. 천연두는 이처럼 많은 사람의 생명을 앗아간 무서운 전염병이었다.


옥정은 허공을 우두커니 쏘아보았다. 정국이 또다시 뒤집히고 있었다. 숙종이 서인들을 몰아내던 기사환국 때 국문을 주관했던 민암과 판의금부사 유명현을 귀양 보낸 것이다. 그리고 훈련청 대장에 신여철, 어영청 대장에 윤지완을 임명하여 서인 소론계를 전면에 내세웠다.

한중혁의 소론 쪽이 집권 남인 측의 막후 실력자인 총융사이자, 옥정의 오라버니인 장희재와 동평군 이항에게 뇌물을 쓸 것을 계획한 것이다. 이는 폐비 인현왕후를 복위시키되 별궁에 거처하게 한다는 전략에서 나온 것이었다. 그들은 남인을 몰아내는 것보다 그들과 공존하려는 생각을 하고 있었다.

노론은 남인과 왕비 옥정을 몰아내기 위해 숙빈 최씨를 이용했다. 그들은 최씨를 통해 남인들의 비리를 고발했던 것이다.

남인은 서인 소론이 자신들을 몰아내고 있다는 사실을 알자 부랴부랴 숙종에게 진실을 보고하려고 했다. 그러나 숙종은 민암 등 남인의 보고를 받기 전에 태도를 바꾸어 서인 소론인 남구만을 영의정, 박세채를 좌의정, 윤지완을 우의정에 각각 임명하여 소론 정권을 세웠다.

소론은 노론에도 관대하여 인현왕후를 복위시키고 송시열, 민정중, 김익훈, 김수흥, 김수항 등도 복관시켰다.

반면에 남인은 민암과 이의징이 사사되고 권대운, 목내선, 김덕원, 민종도, 이현일, 장희재 등이 유배되었다. 중전에 올랐던 옥정도 희빈(嬉嬪)으로 강등되었다.

옥정은 진저리를 치듯 몸을 부르르 떨었다. 바람소리가 음산했다. 얼었던 샛강[西江]이 녹고 양지 바른 곳에서는 봄풀이 파릇파릇 돋아나고 있는데도 요 며칠 세찬 광풍이 불어 동지섣달 칼바람을 무색케 했다.

옥정은 희빈 장씨가 되어 취선당으로 쫓겨났다. 옥정으로서는 치욕적인 일이 아닐 수 없었다. 자신을 그토록 사랑했던 숙종이 인현왕후를 다시 불러들이고 자신을 후궁으로 내치자 비통함을 금할 수 없었다.

"처음에 간신들에게 조롱당하여 잘못 처분했으나 곧 깨달아서 그 심사를 환히 알고 억울한 상황을 깊이 알았다. 그립고 답답한 마음이 세월이 갈수록 깊어져 때때로 꿈에서 만나면 그대가 내 옷을 잡고 비 오듯이 눈물을 흘렸다. 깨어서 그 일을 생각하면 하루가 다하도록 안정하지 못하니 그때의 정경을 그대가 어찌 알겠는가?"

숙종은 인현왕후 민씨에게 손으로 직접 쓴 편지를 보내 사과의 뜻을 전했다. 그립고 답답한 마음으로 꿈속에서도 만났다고 했다. 옥정은 그 이야기를 전해 듣고 씁쓸했다. 숙종은 그녀에게 한 번도 그런 편지를 써준 일이 없었다.

인현왕후는 숙종의 어찰이 당도하자 마당으로 내려와 멍석을 깔고 절을 한 뒤 꿇어앉아서 읽고 답서를 썼다.

"첩의 죄는 죽어도 남음이 있는데 오히려 목숨을 보전한 것은 성은에서 나왔습니다. 스스로 반성할 때마다 죄를 짓고도 곧 죽지 않고 사람 사는 세상에서 낯을 들고 사는 것이 한스러울 뿐입니다. 오직 엄한 벌이 빨리 내려져서 마음 편히 죽기를 기다릴 뿐인데, 천만 뜻밖에 임금께서 손수 쓰신 편지가 내려지고 거기에 담긴 뜻은 감히 감당할 수 없는 것이므로 받들어 보고 감격하여 눈물만 흘릴 뿐이니 다시 무슨 말을 하겠습니까? 사저에서 편히 사는 것도 이미 분수에 지나치거니와 별궁으로 옮기라는 명은 더욱이 죄인이 받들 수 있는 것이 아니니, 천은에 감축하며 아뢸 바를 모르겠습니다."

인현왕후의 답서를 읽은 숙종은 감격했고, 6년 동안이나 헤어져 있었던 인현왕후가 더욱 그리워졌다. 숙종은 상궁 두 사람과 시녀 세 사람을 시켜 왕후의 의복을 가져다주게 했다.

"죄인이 왕후의 옷을 입을 수는 없습니다."

인현왕후는 왕후의 옷을 입을 수 없다고 사양했다. 복위시킨다는 영이 내려졌으나 이미 폐비가 되었기 때문에 절차상 다시 왕후에 책봉되어야 했다. 숙종이 다시 편지를 보냈다.

"어제 답서를 보니 만나서 이야기하는 것과 다름없었다. 기쁘고 위로되는 것이 후련하여 열 번이나 읽어보았는데 절로 눈물이 흐르는 것을 막지 못했다. 경복당에 들어가 살고 공상(供上)을 상례대로 하는 것은 내 후회와 안타까움이 그지없어 특별히 지극한 뜻을 나타내는 것이며, 조정의 공론도 이와 같으니 지나치게 사양하지 말라. 오늘 보낸 옷도 안심하고 입고 가마를 타고 들어오라. 내일 서로 만날 것이므로 자세한 말을 하지 않겠으나 내 뜻을 알아서 보낸 물건을 죄다 받고 몇 글자로 회답하기 바란다."

숙종은 민씨를 기다리는 일이 조급해진 듯 투정을 부리듯이 답장을 써 달라고 부탁했다.

"하루 안에 공상하는 물건을 내리고 나서 또 상궁을 보내어 감히 감당할 수 없는 옷을 내리셨으므로 황공하옵니다. 조심스러워 나갈 바를 모르는데 편지가 또 내려와 담긴 뜻이 간절하시니 천은이 망극하여 땅에 엎드려 흐느껴 울 뿐입니다. 분부가 이렇게 지극하신데 감히 당돌하게 사양하면 거룩한 뜻을 어겨 그 죄가 더욱 커지는 줄 압니다. 하지만 생각하옵건대, 왕후의 옷과 가마 등은 분수에 넘쳐 감당할 수 없는 것이므로 끝내 받기 어렵습니다. 임금께서 사정을 굽어살펴 도로 거두시면 죄를 지은 제가 하늘과 같은 덕을 입어 조금이라도 마음을 편히 할 수 있겠습니다."

인형왕후가 답서를 올렸다.

"편지를 잇달아 받아보고 덕이 가득한 얼굴을 대한 듯하니 어찌 기쁘고 후련하지 않겠는가? 밤이 이미 깊었는데 이렇게 다시 번거롭게 하는구나. 지나치게 사양하지 말고 길일(吉日)에 좋게 들어와야 한다. 또 몇 글자로 회답하기 바란다."

숙종은 밤이 깊었는데도 마치 연애편지를 주고받듯이 인현왕후에게 답장을 써 달라고 재촉했다.

"오늘 안에 거듭 편지를 받으니 황공하고 조심스러울 뿐입니다. 임금의 말씀이 두 번 세 번 간절하신대도 여러 번 성의를 어기는 것은 그 죄를 더욱 무겁게 하는 것입니다. 천한 첩의 마음을 감히 아뢸 수는 없으나 황공하고 감격하여 나갈 바를 모르겠습니다."

인현왕후가 답서를 보냈다.

"왕후가 입궁할 때 어제 내린 옷을 입지 않으면 너희들에게 중죄를 내릴 것이다."

이튿날 아침 일찍 숙종은 상궁들에게 엄중하게 영을 내렸다. 상궁들이 인현왕후에게 달려와 숙종의 뜻을 아뢰자 인현왕후는 마지못해 왕후의 옷을 입고 오시(吾時)에 가마를 타고 의장을 갖춰 경복당으로 향했다.

인현왕후가 복위된다는 소문이 바람처럼 퍼지자 이를 구경하려는 사람들로 도성 길이 메워졌다. 위로는 사대부부터 아래로 종들까지 남녀노소가 뒤질세라 감고당 앞으로 몰려왔다. 이로 인하여 한강에서 가까운 동리들이 텅텅 비었고, 시골에서 먼길을 온 자도 있었다. 그중에는 기뻐서 뛰기도 하고 감격하여 우는 사람도 있었는데, 호위하는 군사들이 길을 비키라고 외쳐도 막을 수 없었다. 한양과 먼 지방의 유생과 파산(罷散, 실직(實職)에서 물러나 산계(散階)만 갖게 되던 일) 중인 신하들은 길가에 엎드려 절을 하면서 공손하게 맞이했다. 여염집 부녀자들은 인현왕후가 6년 동안 살던 곳을 보려고 떼지어 감고당에 가서 두루 살펴보고 눈물을 흘리며 갔는데 며칠 동안이나 그 구경 행렬이 그치지 않았다.

숙종은 경복당에서 인현왕후가 대궐로 들어오는 것을 초조하게 기다렸다. 이내 군사들의 삼엄한 호위를 받으면서 인현왕후의 가마가 경복당 앞으로 들어왔다. 숙종이 경복당에서 내려가 궁녀에게 명하여 발을 걷게 하자 인현왕후가 가마에서 나와 땅에 엎드려 사죄하려고 했다. 그러나 숙종이 그를 붙들어 일으키고는 앞서 경복당으로 들어갔다.

숙종이 인현왕후에게 자리에 오르도록 청하자 인현왕후가 피하면서 죄를 빌었다.

"이는 다 내가 경솔했던 허물이니 회한이 그지없다. 내가 번번이 충언을 살피지 못한 것을 지극히 후회하는데, 그대에게 어찌 빌 만한 죄가 있겠으며 어찌하여 이렇게 사양해야 하겠는가?"

숙종은 손수 인현왕후의 손을 잡아 자리에 앉게 했다.


옥정은 인현왕후가 다시 대궐로 들어오자 눈물을 흘렸다.

'병을 앓고 있다고 하니 얼마 못 살겠지.'

인현왕후는 복위하기 전부터 병을 앓고 있었다. 최근에는 병세가 더욱 악화되었으나 옥정은 문안을 가고 싶지 않았다. 밖에는 바람이 세차게 불었다. 숙종은 그녀에게 발길조차 하지 않고 있었다. 한때 그렇게 열렬하게 사랑했으나 이제는 돌아보지도 않았다.

옥정은 외롭고 쓸쓸했다. 숙종의 사랑을 다시 받고 싶었다. 자신에 대한 노여움이 눈 녹듯이 사라져 숙종이 다시 사랑해주었으면 싶었다.

봄을 시샘하는 바람인가. 대궐의 전각과 누각을 휘돌아 불어오는 바람이 음산했다.

'민중전은 머지않아 죽을 거야. 그럼 나는 다시 복위될 수 있어.'

옥정은 때때로 그런 생각을 했다. 그러나 병을 앓고 있다는 인현왕후는 쉽사리 죽지 않았다.

하루는 장희재의 첩 숙정이 대궐에 들어왔다.

"오라버니는 제주에서 잘 있답니까?"

옥정이 숙정에게 물었다. 장희재는 제주도에 유배를 가 있었다.

"잘 있습니다. 마마, 이대로 나가면 마마께서 위태로워지십니다."

숙정이 주위의 눈치를 살핀 뒤 은밀하게 말했다.

"무엇이 위태롭다는 말입니까?"

"민중전이 병에서 회복되면 마마를 그냥 두시겠습니까? 용한 무당을 불러 기도를 해야 합니다."

"기도를 한다고 무엇이 달라집니까?"

"제가 용한 무당을 알고 있습니다. 그 무당에게 청해 막힌 운수를 풀어야 합니다."

"무당이라고 내 운수를 바꿀 수 있겠습니까? 그만 물러가세요."

그러나 숙정은 물러나지 않았다.

"신령의 기운을 빌어서라도 마마의 자리를 지켜야 하옵니다. 자칫하면 세자 저하께서도 변을 당하게 됩니다."

숙정이 무릎걸음으로 다가와서 말했다.

"세자가 변을 당해요?"

"서인들이 분명히 세자 저하를 제거하려고 들 겁니다. 다음에 입궐할 때는 용한 무당을 데리고 오겠습니다. 그는 인간의 길흉을 알아맞힐 뿐 아니라 앞일을 훤히 내다봅니다."

옥정은 선뜻 대답하지 않았다. 숙종은 그녀에게 완전히 걸음을 끊고 있었다. 임금의 마음이 변하면 세자도 위태로울 수 있었다.

며칠 후 숙정이 무녀를 데리고 은밀하게 대궐로 들어왔다. 무녀는 사십 안팎으로 눈에 신기가 있어 보였다.

"희빈마마께 문후 올립니다."

무녀가 옥정에게 절을 올렸다.

"네가 용하다는 무당이냐? 내 운수가 막혔다고 하던데 풀 수가 있겠느냐?"

"풀 수 있습니다."

"어떻게 해야 막힌 운수를 푸느냐?"

"신당을 차리셔야 합니다."

"대궐에는 신당을 차릴 수가 없다. 네가 모시는 신은 누구냐?"

"자고신(紫姑神)입니다."

"자고신이 무엇을 하는 신이냐?"

"자고는 부모의 빚 때문에 유랑극단에 팔린 여인입니다. 자고가 얼굴이 예쁘고 가무를 잘하여 수양(壽陽) 자사(刺史) 이경(李景)이 첩으로 들였는데 본처인 조고(曹姑)가 학대하고 구박하다가 변소에서 목을 매어 죽였습니다. 자고는 원통하여 저승으로 가지 못하고 신이 되었습니다."

"그런 자를 어찌 신으로 모시느냐?"

"마마, 자고신은 다른 사람들에게는 영험하지 않으나 첩들에게는 수호신입니다. 자고신을 모시면 액을 피할 수 있습니다."

옥정은 무녀가 마음에 들지 않았다. 때마침 숙종이 환후 중에 있었다. 후궁을 많이 거느리고 있어도 남편이요, 국왕이었다. 걱정이 되지 않을 수 없었다.

"전하께서 환후 중에 있다. 내가 명은(命銀, 은(銀)을 가지고 목숨[命]을 빌기 때문에 '명은(命銀)'이라고 한다)으로 기도할 것이다."

옥정은 자고신이 영험한 기운을 발한다는 말에 숙종을 위하여 면주(綿紬)와 쌀로 상을 차리고 기도를 했다. 기도의 효험 때문인지 숙종은 얼마 지나지 않아 환후가 나았다.

"무당이 용하지 않습니까?"

숙정이 옥정에게 은밀하게 말했다.

"과연 그렇습니다."

옥정은 인정할 수밖에 없었다.

"민중전이 죽어야 마마께서 복위된다고 합니다. 그러니 신당을 차려 민중전을 저주해야 합니다."

"대궐에 어찌 신당을 차리겠습니까! 밖에다가 차리도록 하세요."

옥정이 영을 내렸다. 숙정은 한시영 상궁과 차축생 상궁을 데리고 남산에 신당을 차리고 인현왕후가 죽도록 저주했다. 저주의 효험 때문인지 인현왕후의 병세가 더욱 악화되었다.

"내 이제 살지 못하리니 너희의 지성을 무엇으로 갚으리오. 너희들은 내 삼년상 후 각각 돌아가 부모 동생을 보고 인륜을 갖추어 살다가 나중에 지하에서 만나기를 바란다."

인현왕후가 좌우에서 시중을 드는 궁녀들에게 말했다. 궁녀들은 대답을 하지 못하고 눈물만 흘렸다. 인현왕후는 전각을 소세하며 향을 피우고 궁녀들에게 부축하게 하여 세수를 정하게 하고 새 옷을 갈아입은 뒤 새 금침어 누워 숙종을 불렀다. 숙종이 황망한 걸음으로 달려왔다.

"신이 곤위에 있어 성상의 은혜로 영복이 극진하여 여한이 없으나 다만 슬하에 혈육이 없이 그림자 외롭고 성상의 큰 은혜를 만분지 일도 갚지 못하고 오히려 천심을 손상케 하고 오늘날 영결을 짓사오니, 구천지하에서도 눈을 감지 못할 것입니다. 원하옵건대 성상께서는 박명한 신첩을 생각지 마시고 길이 평안하소서."

인현왕후는 임종을 앞두고 숙종에게 작별인사를 했다.

"중전께서 어찌 이런 말씀을 하시는 것이오?"

숙종은 눈물을 흘리면서 인현왕후의 손을 잡았다.

"전하께서는 옥체를 보중하사 돌아가는 첩심을 평안하게 하시고 만민의 폐를 덜으소서."

인현왕후는 세자 윤(옥정의 아들)과 왕자 금(숙빈 최씨의 아들)을 어루만지고 후궁들을 불렀다.

"내 명운이 불행하여 육 년 고초를 겪고 다시 성은이 망극하여 곤위에 올라 세자와 왕자와 더불어 조용히 여생을 마칠까 하였으나 그 날이 길지 않아 오늘날 돌아가니 어찌 박명하지 않으리오. 그대들은 나의 박명함을 본받지 말고 성상을 잘 모셔 만수무강하라."

인현왕후는 후궁들에게 말한 뒤 왕자 금의 손을 잡았다.

"이 아이가 영특하여 내 극히 사랑하였으나 장성함을 보지 못하니 한이로다."

인현왕후는 숙빈 최씨의 아들 금을 특별히 귀여워했다. 비빈들이 물러나자 인현왕후는 오라버니 민진후 내외와 조카, 사촌들을 가까이 오게 하고 눈물을 흘렸다. 인현왕후의 친척들은 엎드려 슬피 울며 말을 잇지 못했다. 이때 궁녀들이 미음을 쑤어 올렸다. 숙종이 친히 부축하여 눈물을 머금고 미음을 권하자 인현왕후는 두어 번 받아 마시고 베개 위에 머리를 눕혔다. 그리고 조용히 눈을 감았다.

# 14
# 길 떠나는
# 사람들

14

날씨가 우중충했다. 광현은 대궐로 들어가다가 하늘을 우두커니
쳐다보았다. 옥정이 왕비에서 빈으로 강등되었으니 앞으로는 목숨
이 위태로울 것이라고 생각했다. 남인이 몰락했으니 그녀가 결코 살
아있을 수 없을 것이다. 누군가가 그녀를 모함할 것이 분명했다. 취
선당으로 가는 길은 마치 황천길로 가는 것처럼 음산했다. 나무에서
나뭇잎들이 모두 떨어져 바람에 쏠려 다녔다.

'인현왕후가 죽었으니 중전은 누가 될 것인가?'

취선당 앞에 이르러 광현은 궁녀에게 어의 광현이 왔다고 아뢰어
달라고 청했다. 궁녀가 안으로 들어갔다가 나오더니 광현을 안내하
여 취선당으로 데려갔다. 옥정은 세자와 함께 앉아 있었다.

"사람은 누구나 태어났다가 죽는다고 하지요?"

옥정은 광현을 흘깃 살피고 고개를 돌렸다.

"병자들을 치료하다보면 많은 죽음을 보겠군요."

광현은 옥정이 평소와 다르다고 생각했다.

"이번에는 어디를 다녀오셨습니까?"

"전국을 떠돌았습니다."

"그래도 사람을 구하기 위한 것이니 보람이 있었겠군요."

"마마, 두창도 어려은 역병이지만 신종 역병이 창궐할 가능성이 큽니다. 그런 병이 창궐하면 아주 많은 사람들이 죽게 될 것입니다."

광현은 고개를 들고 옥정을 살폈다. 옥정의 눈에 짙은 회한이 스치고 지나가는 것 같았다.

"대궐에 들어오지 않았으면 차라리 좋았을걸 그랬다는 생각을 해요."

광현은 잠시 어린 시절로 아득하게 빠져들어갔다. 그 시절이 마치 꿈을 꾼 것처럼 아련했다.

"생각해서는 안 되는 시절입니다."

"의원님께 부탁이 있습니다."

"무슨 부탁입니까?"

"우리 세자를 부탁합니다."

세자를 부탁한다는 것은 무슨 말일까. 광현은 세자에게 시선을 옮기면서 여러 가지 생각을 했다. 세자는 건강이 좋아 보이지 않았다.

"내의원에서 세자를 지켜주세요."

옥정은 세자가 독살당할 것을 우려하고 있었다. 광현은 그 말을 듣자 가슴이 타는 것 같았다. 옥정이 자신의 아들을 걱정하는 것이 무리는 아니었다.

"잘 알겠습니다."

"고맙습니다."

광현은 옥정과 작별하고 취선당을 나왔다. 내의원으로 가자 조덕
윤이 앉아 있었다.

"취선당에 들렀는가?"

조덕윤이 광현에게 자리를 권하면서 물었다.

"예."

"세자 저하를 보호해달라고 했겠지."

조덕윤이 한숨을 쉬듯이 말했다.

"그렇습니다."

"무엇이라고 대답했나?"

"어의께서 보호해주실 것이라고 했습니다."

"그런가?"

조덕윤이 쓸쓸한 표정으로 허공을 쳐다보았다. 광현은 세자를 지
키는 일은 서인들과 가까이 있는 조덕윤이 더 잘 할 수 있을 것이라
고 생각했다.


인현왕후는 서른다섯 살의 짧은 생을 살고 죽었다, 열네 살의 어
린 나이에 조선의 왕비이자 국모가 되어 파란만장한 곡절을 겪은
그녀의 일생은 옥정과의 궁중 암투, 서인과 남인의 정쟁 속에서 보
낸 고통의 연속이었다.

"빈어(嬪御, 후궁)에 속한 시녀들은 감히 대내(大內) 근처에 드나들

수가 없는데, 희빈에 속한 것들이 항상 나의 침전에 왕래하였으며, 심지어 창에 구멍을 뚫고 안을 엿보는 짓을 하기까지 하였다. 그러나 침전의 시녀들이 감히 꾸짖어 금하지 못하였으니, 일이 너무나도 한심했지만 어찌할 수가 없었다. 지금 나의 병 증세가 지극히 이상한데 사람들이 모두 말하기를, '반드시 빌미가 있다'고 한다. 한 상궁에게 의심스러운 자취가 많이 있고, 또한 겉으로 드러난 사건도 없지 아니하였으나 어떤 사람이 감히 주상께 고하여 이 사실을 알게 하겠는가? 나는 갖은 고초를 겪어 빨리 죽는 것이 소원이다. 병이 더하기도 하고 덜하기도 하여 좀처럼 병이 낫지 아니한다. 괴롭다."

인현왕후는 죽기 전에 친정 오라버니인 민진후에게 눈물을 줄줄 흘리면서 자신이 병이 든 것은 옥정의 탓이라고 말했다.

"희빈은 하루도 나를 모함하지 않은 날이 없다. 내가 죽는 것은 오로지 희빈 때문이다."

인현왕후는 죽기 전에 숙빈 최씨에게 말했다. 그녀는 옥정에게 깊은 원한을 갖고 있었다.

"중전마마, 소인은 어찌해야 합니까?"

"희빈은 처소 뒤에 신당을 배설하고 저주를 했다."

"마마, 그러면 전하께 고하여….'

"나는 할 수가 없다. 내가 하면 투기가 된다."

인현왕후는 오로지 명문 사대부가의 여인이라는 자존심을 지키기 위해 안간힘을 썼다. 숙빈 최씨는 인현왕후의 국상이 끝나자 여러 가지 생각에 잠겼다. 날씨는 점점 쌀쌀해지고 있었다. 국상이 끝나자 옥정을 복위시키는 문제와 후궁들 중에서 왕비가 간택될 것이라는 소문이 궐내에 나돌았다.

최씨는 옥정의 처소인 취선당을 감시하기 시작했다. 그러자 취선당에 궁녀가 아닌 여자들이 드나들고 취선당 서편에 신당이 세워져 있다는 것을 알게 되었다. 궐 밖에서 들어온 여자는 무녀였다.

'전하께 고해야 한다.'

최씨는 가슴이 세차게 뛰는 것을 진정시키면서 처소로 돌아왔다.

'내가 고변을 하면 전하께서 어찌 생각하실까?'

숙종은 투기하는 여자들을 싫어했다. 만일 옥정의 신당을 고변하면 숙종이 의심을 할 것이다. 그러나 옥정을 제거하면 남인들이 몰락하고 서인들이 자신을 보호해줄 것이다. 자신이 왕비가 되지 못하더라도 아들 금의 미래는 보장될 것이다.

최씨는 그 생각을 하자 잠을 이룰 수 없었다. 밤은 점점 깊어가고 별빛도 사위어갔다. 최씨는 새벽이 되어서야 간신히 잠이 들었다.

이튿날은 아침부터 비가 내렸다. 가을이 깊어가면서 대궐의 초목들도 바람이 일 때마다 우수수 낙엽을 떨어뜨렸다. 밤이 되자 최씨는 편전을 찾아가 꿇어 엎드렸다. 편전의 궁녀들과 내관들이 무슨 일이냐고 물었으나 대답하지 않았다. 편전의 궁녀들과 내관들이 숙종에게 고했다. 숙종이 밖으로 나와 편전 뜰에 무릎을 꿇고 앉아 있는 최씨를 살폈다.

"무슨 일이냐?"

숙종은 불길한 예감이 뒤통수로 엄습하는 것을 느끼면서 물었다. 최씨가 편전까지 달려온 건 처음 있는 일이었다.

"전하, 감히 아뢰지 않을 수 없어서 죄를 청하옵니다."

최씨가 또렷한 목소리로 아뢰었다.

"무슨 일인지 아뢰어라."

"취선당 서편에 신당이 있습니다."

"신당?"

"희빈마마께서 신당을 만들어 중전마마를 저주하였습니다. 중전마마께서 그 까닭에 횡사하신 것입니다."

숙종은 횡사라는 말에 몸을 부르르 떨었다. 횡사라는 것은 뜻밖의 재앙으로 죽은 것을 의미하니 의혹이 있다는 뜻이다. 숙종은 최씨를 가만히 쏘아보았다. 후궁들의 투기로 궐내가 시끄러운 것은 용납할 수 없는 일이었다. 그러나 최씨는 오연한 자세로 엎드려 있었다.

"가보자. 네가 안내하여라."

숙종은 화가 나서 최씨에게 소리를 질렀다.

"소리를 내면 증거를 감출지도 모르니 조심해서 따라오소서."

최씨가 자리에서 일어나 취선당을 향했다. 숙종은 내키지 않는 걸음으로 최씨를 따라갔다. 취선당 뒤쪽으로 돌아가자 과연 신당이 세워져 있었다. 문을 열어보니 벽에 인현왕후의 초상이 걸려 있고 그 위에 무수한 화살 자국이 있었다. 숙종은 눈앞에 펼쳐진 광경을 보고 전신을 부르르 떨었다. 아아, 어찌 이럴 수가 있는가. 숙종은 치가 떨리는 분노로 눈에 핏발이 섰다.

"언제 신당을 세웠느냐?"

숙종이 떨리는 목소리로 물었다.

"신첩은 오늘에야 알았습니다. 언제 세웠는지는 모릅니다."

"이것이 정녕 옥정이 세운 것이냐?"

"그러하옵니다. 신첩이 어찌 감히 거짓을 고하오리까?"

"무녀는 어디에 있느냐?"

"자시에 나타난다고 하옵니다."

숙종은 신당을 나와 나뭇가지 뒤에 몸을 숨기고 신당 쪽을 지켜보았다. 과연 자시가 가까워지자 어둠 속에서 한 무리의 여인들이 나타나 신당으로 들어가는 것이 보였다. 숙종은 내관에 금군을 불러오도록 지시했다. 신당에 들어간 옥정과 궁녀들이 향을 피우고 절을 했다. 숙종은 숨을 죽이고 그들을 노려보았다.

"저 요망한 것들을 모조리 잡아들이라!"

숙종은 분노에 차서 영을 내렸다.

"예."

금군들이 일제히 대답을 하고 신당으로 달려갔다. 금군이 들이닥치자 여자들이 당황하여 우왕좌왕하는 소리와 비명이 들렸다. 날카로운 소리로 금군에게 저항하는 것은 옥정이었다.

숙종은 옥정을 국문할 수 없어서 심복 궁녀들인 설향, 축생, 숙영 등과 장희재의 첩 숙정, 무녀 오례를 의금부에서 국문하게 했다. 여자들은 의금부에서 끔찍한 고문을 당한 뒤 자백했다.

"삼, 사 년 전에 희빈이 궁녀들을 통해 비단을 내보내어 옷을 만들어 바치게 하였는데, 그 모양은 네 살 먹은 아이가 입는 옷과 같았습니다. 무엇을 하는 옷이냐고 묻자 '취선당의 신당에서 기도할 때에 바치는 물건들이다'라고 하였습니다. 또 '그 기도하는 것은 무슨 일인가?' 하고 물었더니 대답하기를, '취선당이 저절로 울리고 또 병환이 있기 때문에 기도하는 것이다.'라고 하였습니다. 외신당(外神堂)의 신사(神祀) 때에 무녀가 '중전 전하가 만약 없어진다면, 희빈께서 다시 중전이 될 것이다'라고 하였으므로, 저도 같이 축원하기를 '다시 귀하게 되면, 정말 다행스럽고 정말 다행스럽겠습니다.'라고 하였습니다. 재작년 구월과 시월에 희빈의 지시로 각씨(角氏, 여자 인형) 일곱 개를 만들어 보내었는데, 다홍 비단으로 치마를 만들고 죽은 새, 쥐, 붕어 각각 일곱 마리를 아울러 대궐에서 보낸 버드나무 고리에 담아 궁녀 철생으로 하여금 대궐 안으로 다시 들여보냈는데, 궁녀 설향이 글로 보고하기를, '한상궁과 숙이가 통명전과 대조전 침실 밑에다 같이 묻었습니다.' 했습니다."

숙정이 자백한 내용이었다.

"작년 구월 구일과 동짓달 동짓날과 금년 이월 초하루 매양 사경(四更)쯤 제가 취선당 서쪽 우물가에서 찬을 마련하여 희빈의 침실에 바쳤는데, 희빈과 숙영, 시영 등이 스스로 축수하기를, '원컨대 원망하는 마음을 풀어 주시고, 또 소원을 이루어 주소서.'라고 하고, 즉시 민중전을 죽인다고 축언하였습니다. 궁 밖에 있던 자고신의 신당은 장희재의 첩이 항상 주관하였는데, 작년 동짓달 신사 때 무녀가 갓을 쓰고 홍의를 입은 채 활을 들고 일어나 춤을 추며 화살을 사방으로 마구 쏘면서 '내가 마땅히 민중전을 죽이리라. 만약 민중전이 죽으면 어찌 좋지 않겠는가? 좋고말고'라고 하였습니다. 저는 장희재의 첩과 시영과 더불어 축수하였는데, '이와 같이 된다면 정말 다행스럽고 정말 다행스럽겠습니다.'라고 하였습니다."

궁녀 축생도 같은 내용으로 자백했다.

"저는 한상궁 등과 장희재의 첩과 더불어 자주 신사를 행하였습니다. 태자방(太子房)이 살아 있을 때부터 신청을 설치하고 궁시(弓矢, 활과 화살)를 두었으며, 태자방이 죽은 뒤에는 그 신이 저에게 내렸으므로 제가 신청을 주관하고 궁시를 가지고 축원하였습니다. 저도 또 '민중전이 이미 철망 안으로 들어갔는데, 그것이 내 눈에 보인다. 마땅히 금년 팔구월 사이를 살펴보라.'라고 하였더니, 장희재의 첩과 큰 무수리 한상궁 등이 저에게 '지금의 중전을 죽이고, 희빈을 다시 중전으로 삼아야 한다는 뜻을 가지고 축원해 달라'라고 하였으므로, 제가 과연 그 말에 의해서 축원하였습니다. 그리고 중전을 향하여 궁시를 쏘았는데, 곁에 있던 여러 사람들이 일제히 축수하면서 '원하옵건대, 희빈을 다시 중전으로 만들어 주소서.'라고 하였습니다. 방 안에서 몰래 축수한 일은, 저와 한상궁, 장희재의 첩과 큰 무수리 등이 같이 축원하면서 말하기를, '지금의 중전을 죽이고, 희빈이 다시 중전이 되게 해 주소서.'라고 한 것입니다."

무당 오례도 자백했다.

숙종은 무당과 궁녀들의 자백을 받고 몸을 부르르 떨었다.

"인현왕후가 병에 걸린 이 년 동안 희빈 장씨는 한 번도 문안하지도 않았고, '중궁전'이라고 부르지도 않고 반드시 '민씨'라고 일컬었으며, 또 말하기를 '민씨는 실로 요사스러운 사람이다.'라고 하였다. 이뿐만이 아니다. 취선당의 서쪽에다 몰래 신당을 설치하고, 매양 두셋의 비복들과 더불어 사람들을 물리치고 기도하며, 지극히 빈틈없이 일을 꾸몄다. 제주에 유배시킨 죄인 장희재를 먼저 처형하여 빨리 나라의 형벌을 바로잡도록 하라."

숙종은 장희재를 처형하라는 영을 내렸다. 국모인 인현왕후를 저주한 것은 대역죄에 해당된다. 희빈 장씨 처소의 궁녀들이 줄줄이 고문을 받고 사형에 처해졌다.

"희빈 장씨가 내전을 질투하고 원망하여 몰래 모해하려고 도모했다. 궁궐 안팎에 신당을 설치하고 밤낮으로 빌며, 흉악하고 더러운 물건을 대궐에다 묻은 것이 낭자할 뿐 아니라, 그 죄상이 죄다 드러났으니 신인이 함께 분개하는 바이다. 이것을 그대로 둔다면 후일 국가의 근심이 실로 형언하기가 어려울 것이다. 전대 역사에 보더라도 어찌 두려워하지 않을 수 있으랴? 지금 나는 종사를 위하고 세자를 위하여 이처럼 부득이한 일을 하니 어찌 즐겨 하는 일이겠는가? 장씨로 하여금 자진하게 하라!"

숙종이 희빈에게 자진을 명했다. 소론의 영의정 최석정을 비롯하여 대신들이 세자의 후일을 보아 살려줄 것을 호소했으나 숙종은 완강했다.

옥정은 침상에 죽은 듯이 누워서 허공을 망연히 쳐다보고 있었다. 얼마나 오랜 시간을 누워 있기만 한 것일까. 일각(一刻), 이각(二刻)… 그리고 하루… 또 하루… 시간은 그렇게 흘러가고 있었다.

인현왕후는 죽었다. 몇 년 동안 자고신에게 축원을 한 까닭이었다. 이제는 다시 복위되기만을 바라고 있었는데 뜻밖에 금군이 들이닥쳤다. 인현왕후를 저주한 사실이 숙종에게 발각된 것이다. 그녀의 수하로 있던 궁녀들은 줄줄이 의금부로 끌려가 혹독한 고문을 당한 뒤 저자에서 목이 베어졌다.

옥정은 한때 왕비의 몸이었고 세자의 생모라고 하여 감옥에 갇히지도 않고 죄를 추궁받지도 않았다. 그러나 감찰부의 매서운 상궁들에 의해 취선당에 연금되었다. 밖으로 나갈 수도 없고 사람을 만날수도 없었다. 그녀를 감시하는 감찰부의 상궁들은 먹을 것도 주지않고 물도 주지 않았다.

'전하께서는 나를 죽이시려는 것일까?'

옥정은 겁이 덜컥 나기도 했다. 배가 고픈 탓인지 잠조차 오지 않았다.

"친가 오라버니를 사형에 처하라는 비망기가 내려졌소."

감찰부의 상궁 하나가 귀띔을 해주었다. 숙종이 장희재를 사형시킨다고 하자 옥정은 가슴이 철렁했다.

"숙정도 사형을 당했으니 황천길이 외롭지는 않을 것이오."

감찰부의 상궁이 비웃듯이 말했다. 옥정은 초점 없는 눈으로 허공을 응시하고 있었다. 그런데 뜻밖에 옥정의 의식이 명료해지면서 밖에서 왁자한 새 소리가 들렸다. 그 소리에 섞여 무슨 소리가 들려온 것 같기도 했다. 그러나 자세히 귀를 기울이자 사방이 마치 물속처럼 조용했다. 옥정은 누군가를 부르고 싶었다. 너무나 오랫동안 아무도 그를 찾아오지 않았다. 사람이라고는 그림자조차 보이지 않았다.

"여봐라!"

옥정은 간신히 입술을 움직여 외쳤다.

"……"

"여봐라!"

"……"

사람을 부르는 옥정의 목소리는 공허한 메아리가 되어 되돌아왔다. 옥정은 멀뚱히 천장을 쳐다보았다. 어찌하여 사방이 이토록 조용한 것일까. 그 많던 궁녀들과 시중들은 모두 어디로 간 것일까. 그녀는 침상에서 일어날 수가 없었다.

'대궐에 들어오지 말았어야 했어.'

대궐에 들어와 숙종의 총애를 받지 않았다면 이러한 운명은 되지 않았을 터였다. 옥정은 손발을 움직일 기운조차 없었다. 그러나 의식은 더욱 또렷하게 맑아져 왔다. 그의 망막으로 수많은 날들이 주마등처럼 스쳐 지나갔다. 여한 없는 삶을 살기는 했다. 그러나 이렇게 죽어야 한다는 말인가. 대궐을 호령하던 내가 이렇게 죽어야 한다는 말인가. 옥정의 메마른 얼굴 위로 눈물이 한 방울 굴러 떨어졌다.

"여봐라….."

옥정은 또 다시 입술을 달싹거려 시중들을 불러보았다. 그러나 사람의 그림자조차 보이지 않았다.

'내가 이렇게 죽어야 한다는 말인가?'

숙종은 그녀에게 자진하라는 영을 내렸다.

'세자가 살아 있거늘 어찌 나에게 죽으라는 영을 내린다는 말인가?'

옥정은 비통했다. 자신의 죄를 모르는 것은 아니었으나 오로지 사랑을 되찾기 위한 행위였을 뿐이었다. 옥정은 살고 싶었다. 그녀는 대신들에게 구원을 청했다. 영의정 최석정, 좌의정 이세백을 비롯하여 승정원과 삼사에서 숙종의 영을 거두어 달라는 청을 올렸다. 옥정의 죄는 용서할 수가 없으나 세자의 모후이니 죽일 수 없다는 것이었다.

그러나 숙종은 한 번 결단을 내리면 절대로 철회하지 않는 성품이었다. 원자의 정호를 정할 때 유림의 영수인 송시열을 사사시킨 임금이었다. 경신대출척과 기사환국, 갑술환국 등 기회가 있을 때마다 대신들을 죽이고 몰아낸 전력이 있었다. 영의정 최석정이 여러 차례에 걸쳐 장씨를 자진케 하는 것은 옳지 않다고 주청을 올리자 귀양을 보내버렸다. 그러자 더 이상 그녀를 위하여 변호해줄 사람이 없었다.

"세자의 낯을 보아 시신의 형체를 온전하게 보전하게 해주는 것이 너에게는 은혜일 것이니 빨리 죽어 요사스러운 자취를 남기지 마라."

숙종이 궁녀들을 통해 엄중하게 영을 내렸다. 옥정은 궁녀가 사약을 가지고 오자 당황했다. 세자의 모후라는 사실에 실낱 같은 희망을 품고 있었으나 소용이 없었던 것이다.

"죄인은 사약을 받으시오."

궁녀가 옥정을 내려다보면서 엄중하게 말했다.

"내가 무슨 죄가 있어서 사약을 받느냐?"

옥정은 공포로 온몸을 떨면서 거부했다.

"왕명이 지엄하니 어서 사약을 받으시오."

"못 받는다!"

"왕명을 거역하면 강제로 먹게 할 것이오."

"네년들이 나에게 강제로 사약을 먹이면 온전하게 살 것 같으냐? 훗날 세자가 보위에 오르면 살아남지 못할 것이다."

옥정은 몸부림을 치면서 울다가 표독하게 발악을 하며 악다구니를 퍼부었다. 옥정의 저항이 극렬하자 궁녀들이 물러가 숙종에게 아뢰었다. 숙종은 대노하여 취선당으로 달려가 옥정을 강제로 끌어내게 했다.

"죄인이 어찌 사약을 받지 않느뇨?"

"세자와 함께 죽이라! 내가 무슨 죄가 있느뇨?"

옥정은 숙종 앞에서도 발악을 멈추지 않았다. 죽음이 임박한 옥정은 제정신이 아니었다. 아들에게 기대어 목숨을 구하려고 버텼으나 숙종은 이에 더욱 분노하여 궁녀들에게 강제로 사약을 먹이라는 영을 내렸다. 궁녀들이 일제히 옥정에게 달려들어 팔다리를 붙잡아 허리를 안고 사약을 먹이려고 했으나 입을 굳게 다물고 거부했다. 옥정은 죽지 않으려고 필사적이었다. 궁녀들이 숟가락으로 강제로 입을 벌리자 옥정은 눈물을 비 오듯이 흘리며 이번에는 부부의 옛정을 보아서 살려달라고 애원했다. 그러나 숙종은 냉정하게 거절하고 궁녀들에게 어서 빨리 사약을 먹이라고 재촉했다. 옥정은 마지막으로 세자를 한 번 보게 해달라고 애원했다. 숙종은 칼날처럼 최후의 영을 내렸다.

"어서 사약을 먹이라!"

옥정은 사약을 세 사발이나 강제로 마시고 크게 비명을 지르면서 섬돌 아래로 고꾸라져 샘솟듯이 피를 쏟고 숨이 끊어졌다. 옥정은 마지막 순간까지 살기 위해 발버둥을 쳤으나 덧없는 생애를 그렇게 끝내고 말았던 것이다.

광현은 호열자 약을 만들다가 갑자기 가슴이 서늘한 것을 느꼈다. 그때 사립문을 열고 흰옷을 입은 사내가 불쑥 들어왔다.

"어의께서 무슨 일입니까?"

뜻밖에 광현을 찾아온 사람은 조덕윤이었다. 그는 호리병 하나를 들고 있었다.

"술이 마시고 싶어 왔네."

조덕윤의 목소리가 무겁게 가라앉아 있었다.

"희빈마마께 무슨 일이 있었습니까?"

광현은 가슴을 지그시 누르며 조덕윤에게 물었다.

"어찌 알았나?"

조덕윤이 툇마루에 걸터앉았다.

"병이 드셨을 리는 없고…."

"전하께서 자진하라고 비망기를 내리셨네."

"그럼…?"

"내 손으로 사약을 지어 올렸네."

조덕윤의 목소리에 울음이 섞였다. 광현은 어두운 산 위에 걸려 있는 달을 바라보았다. 그믐달이 반공에 걸려 있었다. 조덕윤이 호리병을 기울여 벌컥벌컥 술을 마셨다.

"세자 저하는 생산을 못할 것이네."

조덕윤의 말에 광현은 가슴이 터질 것 같았다. 옥정의 아들인 세자가 생산을 하지 못하게 된 것은 서인들의 공작일 터였다. 서인과 남인의 대립이 옥정에게 끝난 것이 아니라 세자에게도 미치고 있었다. 광현은 우두커니 사립문 밖 어둠을 응시했다. 옥정은 저 어둠속 어디쯤 가고 있을까. 지금쯤 고단한 몸을 이끌고 황천으로 가고 있을 것이라고 생각하자 가슴이 아려왔다.

"나는 두 번 다시 내의원으로 돌아가지 않을 것이네."

조덕윤이 툇마루에서 일어나 휘청대는 걸음으로 다당을 나갔다. 광현은 그가 사립문을 나가 달빛 속으로 사라지는 것을 우두커니 바라보았다.

"무슨 일이에요?"

월이가 옆에 와서 물었다.

"희빈마마께서 승하하셨다는군."

"무슨 일로요?"

"사약을 받으셨대."

광현은 눈시울이 뜨거워지는 것을 느꼈다. 월이가 달을 바라보다가 광현의 어깨를 끌어당겨 가슴에 안았다.

광현은 그날 이후 조덕윤의 소식을 들을 수 없었다.

'어차피 뇌후종 때문에 오래 살지는 못했을 것이다.'

광현은 옥정의 뇌후종을 치료했지만 완전히 치료되지는 못할 것이라고 생각했었다.


여러 해가 지났다.

광현은 숙종의 명으로 영돈녕부사 윤지완의 각병(脚病, 다리 종기)을 치료했다.

"백광현은 종기를 잘 치료하여 많은 기효가 있으니, 세상에서 신의라 일컬었다."

실록이 그의 의술을 기록했다.

광현이 숙종의 통풍을 치료하자 숙종은 그를 숭록대부(종1품) 지중추부사에 가자했다.

세자 윤은 청은부원군 심호의 딸을 세자빈으로 맞아들였다. 그런데 사흘도 되지 않아 세자빈이 갑자기 배를 움켜쥐고 데굴데굴 굴렀다. 광현은 세자빈의 복통을 침으로 치료했다.

"일침신효(一鍼神效)다."

숙종이 한 번의 침으로 치료를 했다고 하여 비망기에 그와 같이 써서 내렸다.

그때 경상도 울산에서 괴질이 발생하여 열흘 만에 34명이 죽었다는 보고가 올라왔다. 이어 강원도 울진에서 77명이 죽고, 강원도에서 1천2백 명, 전라도에서 9백여 명, 황해도에서 수천 명이 죽었다는 보고가 올라왔다. 특히 황해도 안변부는 온 고을이 황폐하게 변해 숙종이 백성을 위로하는 제사를 지내라는 영을 내리기까지 했다.

'괴질이 황해도에 창궐했으니 이를 어쩌지?'

광현은 황해도 일대에 호열자가 만연하자 잠을 이루지 못했다.

"황해도에 가시고 싶은 것입니까?"

월이가 그런 광현을 보고 물었다. 광현은 병자들을 치료하는 병사 앞에서 뒷짐을 지고 하늘을 바라보고 있었다.

"부인에게 무엇을 숨기겠소? 오랫동안 괴질을 연구했으니 가야 할 것 같소."

"아직 치료법을 찾은 것이 아니지 않습니까?"

"치료법을 찾으러 가려는 것이오."

"가시면 돌아오지 못할지도 모릅니다."

월이의 말에 광현의 안색이 흐려졌다. 그는 황해도에 가면 돌아오지 못할 가능성이 많다는 것을 누구보다도 잘 알고 있었다. 그러나 반드시 괴질의 치료법을 찾아야 한다고 생각했다. 괴질은 해마다 창궐하고, 창궐할 때마다 죽어가는 사람들의 숫자가 늘어났다. 몇 년만 지나면 수십만 명이 죽을지도 모른다.

월이는 맑은 눈으로 광현을 보고 있다. 광현은 월이의 눈을 대하자 가슴이 찌르르 울리는 것을 느꼈다.

"아이 하나는 남겨 두셔요."

"알겠소."

아이 하나를 남겨 달라고 한 것은 세 아들 중 한 명은 집에 남게 해달라는 것이다.

"내일 미명에 떠나세요. 준비해 드릴게요."

월이가 몸을 돌려 안채 쪽으로 걸어갔다. 광현은 우두커니 월이의 뒷모습을 바라보다가 하늘로 시선을 옮겼다. 무더운 날씨에 장맛비까지 겹쳐 숨이 막힐 것 같은 여름이 계속되더니 모처럼 하늘이 맑게 개었다.

광현은 안방에 가 누웠다. 부엌에서 월이가 물을 끼얹는 소리가 들렸다. 월이가 목욕을 하고 있는 것이다.

광현은 눈을 지그시 감았다. 어쩌면 이 밤이 월이와 마지막 밤이 될지도 모른다고 생각했다. 월이는 광현을 가슴에 담기 위해 목간을 하고 있는 것이다.

이내 월이가 하얀 속옷 차림으로 방으로 들어왔다.

"이리 오시오."

광현이 팔을 벌리면서 월이를 불렀다.

"불을 끄셔요."

월이가 광현의 가슴에 안기면서 속삭였다. 광현이 월이를 안고 누우면서 입김을 불어 촛불을 껐다. 방 안이 칠흑처럼 어두워졌다.


"가자!"

아직 어두운 새벽이었다.

광현은 등에 바랑을 하나 지고 뒤를 돌아보았다. 그의 뒤에 제자 박순을 비롯하여 아들 홍령과 홍린이 따라오고 있었다.

아내 월이와 막내아들 홍성이 나란히 서서 떠나는 그들을 배웅하고 있었다.

동산 위 하늘에 박명이 희미했다.

'이 길이 마지막 길이겠지.'

월이는 광현의 일행이 점점 멀어지는 것을 바라보면서 가슴속으로 찬바람이 불고 지나가는 것을 느꼈다. 광현은 이제 다시 돌아오지 않을 것이다.